JEANETTE WINTERSON

KERSTDAGEN

12 VERHALEN EN
12 FEESTELIJKE RECEPTEN
VOOR 12 DAGEN

Vertaald door Arthur Wevers

Uitgeverij Atlas Contact
Amsterdam/Antwerpen

© 2016 Jeanette Winterson
© 2016 Nederlandse vertaling Arthur Wevers
Oorspronkelijke titel *Christmas Days. 12 Stories and 12 Feasts for 12 Days*
Oorspronkelijke uitgave Jonathan Cape, Londen
Omslagbeeld, -ontwerp en typografie binnenwerk Suzan Beijer
Illustraties binnenwerk © Katie Scott
Drukkerij Wilco, Amersfoort

ISBN 978 90 254 4934 6
D/2016/0108/924
NUR 304

www.atlascontact.nl

Voor de geliefden in mijn leven die echt kunnen koken.
Mijn vrouw Susie Orbach en mijn vriendinnen Beeban
Kidron en Nigella Lawson. Er gaat niets boven een
Joodse Kerstmis.

Inhoud

KERSTTIJD

*D*rie wijzen volgen een ster in de woestijn. Herders liggen bij nachte in het veld. Een engel, zo snel als een gedachte en stralend als de hoop, verandert de eeuwigheid in tijd. Schiet op! Er wordt een kindeken geboren.

Gelovigen en ongelovigen kennen dit verhaal. Wie kent het niet? Een herberg. Een stal. Een ezel. Maria. Jozef. Goud, wierook en mirre.

En, de kern van het verhaal, moeder en kind.

Tot de Reformatie in de zestiende eeuw zag iedereen in Europa dagelijks een afbeelding van de madonna met kind: glas-in-loodramen, beelden, schilderijen, houtsnijwerken en altaren bij mensen thuis.

Stel je voor: de meeste mensen kunnen niet lezen en schrijven, maar deze verhalen en afbeeldingen staan hun altijd voor de geest; de afbeeldingen zijn meer dan de illustraties bij het verhaal. Ze zijn het verhaal.

Wanneer we een oude kerk in Italië, Frankrijk of Spanje betreden, kunnen we de talloze taferelen op de gewelfde plafonds of de fresco's of de schilderijen niet lezen, maar onze voorouders konden dat wel. We staan daar met onze reisgids en zoeken aanknopingspunten. Zij gooiden hun hoofd achterover en zagen het mysterie van de wereld.

Ik houd van het geschreven woord – ik schrijf het nu, lees

het nu – maar in ongeletterde samenlevingen die wel een cultureel leven kennen, is het gesproken of het gezongen woord alles. De geest leeft er op een andere manier.

Op de Reformatie volgde de degradatie van Maria, die eerder was behandeld als de vierde goddelijke persoon waaruit God bestond. De Reformatie was niet erg vrouwvriendelijk – in Europa komen we al snel bij de heksenverbrandingen terecht, en de Pilgrim Fathers die in 1620 in Amerika aan land gingen bij Plymouth Rock waren puriteinen van de meest halsstarrige soort, en dat leidde al snel tot de heksenprocessen in Salem in de jaren negentig van de zeventiende eeuw.

In New England werd de kerstviering in 1659 door de puriteinen verboden en die wet werd pas in 1681 herroepen. In Engeland was Kerstmis onder Cromwell al sinds 1647 verboden en dat bleef zo tot 1660.

Waarom? Het feest was van oorsprong te heidens, zoals we later zullen zien, en te feestelijk en te aangenaam (waarom gelukkig zijn als je je rot kunt voelen?) en het was te gevaarlijk om Maria weg te halen bij het aanrecht en haar opnieuw een glansrol te geven.

Wat gewone mensen vooral misten na de breuk met het katholicisme was de Mariaverering.

De Mariaverering, het mysterie van de onbevlekte ontvangenis, de eenheid van moeder en kind, was in katholieke landen in Europa destijds heel levendig en is dat nu nog steeds, zowel in Europa als in Zuid-Amerika. Iedere keer dat een vrouw een nieuw leven baart is ze even het middelpunt van de allerheiligste voorstelling. Het dagelijkse en het godsdienstige leven gaan in dit beeld samen.

En het is een beeld met wortels die dieper liggen dan het christendom.

Als we in de Griekse en Romeinse geschiedenis kijken, zien

we dat goden en stervelingen die wonderen verrichten meestal worden geboren uit een goddelijke en een menselijke ouder. Zeus was de vader van Hercules. Zeus verwekte ook Helena van Troje. Ze zorgde voor een hoop problemen, maar mooie vrouwen die iets goddelijks hebben, zorgen altijd voor problemen. Romulus en Remus, de stichters van Rome, beweerden dat Mars hun vader was.

Jezus werd geboren in het Romeinse Rijk. Het Nieuwe Testament is in het Grieks geschreven. De schrijvers van de Evangeliën wilden dat hun Messias werd opgenomen op de lijst van superhelden met een goddelijke vader.

Maar waarom moest Maria een maagd zijn? Jezus was een Jood en aangezien de Joodse bloedlijn via de moeder loopt, en niet via de vader, ligt de nadruk in het Jodendom op de reinheid en de seksuele onthouding van vrouwen. Als Maria maagd is, kan de goddelijke komaf van Jezus niet in twijfel worden getrokken.

Dit is allemaal logisch, maar er is nog iets anders. Achter dit verhaal gaat ook de vruchtbaarheid van de oppergodin zelf schuil.

Bij de godinnenverering in de Klassieke Oudheid gold kuisheid niet als deugd. Zelfs de Vestaalse maagden kregen toestemming om te trouwen zodra ze niet meer in dienst waren van de godin. Tempelprostitutie was normaal en de godin werd beschouwd als een symbool van vruchtbaarheid en voortplanting – ze hoorde dan ook nooit bij een bepaalde man.

De Mariamythe slaagt er briljant in om deze twee tegenpolen met elkaar te verenigen: de nieuwe christelijke godsdienst vertelt het verhaal van een goddelijke geboorte, van God die mens is geworden. Maria is uniek en uitverkoren – net als in de heldenverhalen. Haar zwangerschap is geen gewone huiselijke aangelegenheid, aangezien ze is bezocht door een god.

Maar door haar reinheid en onderworpenheid is de nieuwe godsdienst tegelijkertijd in staat zich te onderscheiden van de opruiende heidense sekscultussen en vruchtbaarheidsrites waaraan de Joden zo'n hekel hadden.

Al meteen vanaf het begin was het christendom er bijzonder goed in om belangrijke elementen uit andere godsdiensten en vereringen samen te voegen – en alle problematische bestanddelen weg te laten – en het verhaal vervolgens opnieuw te vertellen. Dat is een van de redenen waarom de nieuwe godsdienst een wereldwijd succesverhaal werd.

En het spectaculairste succesverhaal is Kerstmis. De geboorte van Jezus komt alleen ter sprake in het evangelie volgens Mattheüs en in het evangelie volgens Lucas, en hun versies zijn verschillend. Marcus en Johannes hebben het niet eens over de geboorte. Nergens in de Bijbel is er sprake van 25 december.

Hoe is het dan zo gekomen?

Ook de Romeinse Saturnalia zijn deel van het verhaal. Op dit typische midwinterfeest werd de zonnewende gevierd (21 december is de kortste dag van het jaar, de winterzonnewende). De heidense keizer Aurelianus riep 25 december uit tot Natalis Solis Invicti – de geboorte van de onoverwinnelijke zon. Tijdens deze feestdag gaven mensen elkaar geschenken, vierden ze feest, droegen ze malle hoedjes, werden ze dronken, staken ze kaarsen en vreugdevuren aan als zonnesymbolen en versierden ze openbare plekken met groenblijvende takken. Deze feestdag werd al snel gevolgd door de kalenden – waaraan wij het woord kalender ontlenen. Men hield vroeger wel van feesten.

In het Keltische Groot-Brittannië begon het winterfeest Samhain op de dag waarop wij Halloween vieren – All Hallows Eve, Allerheiligenavond –, een feestdag van de doden, en de Kelten vierden de winterzonnewende net als hun buren in de Germaanse en Scandinavische landen met vreugdevuren en jolijt. De groenblijvende planten hulst en klimop, symbolen van het voortgaande leven, werden gebruikt als versieringen en voor heilige bouwsels.

Tijdens de midwinter zwierf bij de Germaanse stammen Odin rond met zijn witte baard en hij moest worden gekalmeerd met geschenken die 's nachts werden achtergelaten.

De Kerk was zo verstandig om in te zien dat deze gebruiken toch niet konden worden uitgebannen en lijfde alle elementen in waarvan mensen geen afstand wilden doen – de gezangen, de feesten, de hulsttakken en de klimop, de geschenken, en, natuurlijk, de tijd van het jaar – en maakte er Kerstmis van.

Het kwam ook mooi uit als Jezus op 25 december werd geboren, want dan was Maria op 25 maart door God bezwangerd – Mariaboodschap in de kerkelijke kalender – en daardoor kon de Kerk de lentenachtevening van 21 maart vieren zonder dat het al te heidens werd. En zodoende ontstond er ook een mooie symmetrie tussen de verwekking van Christus en zijn kruisiging (Pasen).

De Kerstman zelf is een van de vele gemengde boodschappen van Kerstmis.

De Kerstman, Santa Claus in het Engels, is Sint-Nicolaas, een Turkse bisschop die ongeveer tweehonderdvijftig jaar na de dood van Jezus Christus in Smyrna werd geboren. Hij was rijk en gaf geld aan de armen. Het mooiste verhaal over hem is dat hij op een nacht een zak goud door een raam wilde gooien, maar ontdekte dat het raam was gesloten. Hij moest dus op het dak klimmen om de zak door de schoorsteen te gooien.

Wie weet? Maar deze man werd vanzelfsprekend het object van een cultus, vooral bij zeelui, die uiteraard gingen varen, en zo verspreidde de cultus zich naar het Noorden, waar deze vrijgevige man met de baard versmolt met de god Odin, die het voordeel had zich op een vliegend paard met acht poten te verplaatsen. De Nederlanders noemden Sint-Nicolaas Sinterklaas en zij hebben hem naar Amerika gebracht. Nieuw-Amsterdam, nu New York, was een Nederlandse nederzetting. Rond 1809 verplaatst Santa Claus, de Kerstman, zich ondanks alle inspanningen van de afstammelingen van de puriteinen uit New England, in *De geschiedenis van New York* van Washington Irving per slee over de boomtoppen.

In 1822 vereeuwigde een andere Amerikaan, Clement Moore, de definitieve Santa Claus in zijn gedicht 'Een bezoek van Sint-Nicolaas'. Iedereen kent de eerste regels: 'Het was de nacht voor Kerstmis toen er in het hele huis/ Niet één wezen zich verroerde, zelfs geen muis.'

Dit is het moment waarop Santa zijn rendieren krijgt.

Maar hij droeg nog wel groene kleren – dat is zijn kleur, want hij is tenslotte een voorchristelijke vruchtbaarheidsgod.

Toen verscheen Coca-Cola ten tonele.

In 1931 gaf de Coca-Cola Company een Zweedse kunstenaar, Haddon Sundblom, opdracht Santa in een nieuw jasje te steken. Het moest rood zijn, en sindsdien draagt de Kerstman rode kleren, met dank aan het advertentiebudget van Coca-Cola.

De kerstboom is een oud symbool van de levenskracht die de barre winter weet te doorstaan. Wat dachten onze voorouders wanneer ze door de donkere kale wouden sjokten en een groenblijvende plant zagen?

Het verhaal wil dat koningin Victoria en prins Albert de eerste moderne fotosessie organiseerden toen ze in 1848 voor hun kerstboom in Windsor Castle poseerden.

Eigenlijk was het een tekening in de *Illustrated London News*, maar sindsdien moest iedereen een kerstboom hebben.

Prins Albert was een Duitser en als er voor het eerst in de annalen sprake is van winterbomen die worden binnengezet voor het midwinterfeest, gebeurt dat in het Zwarte Woud in Beieren.

Maarten Luther, de man die verantwoordelijk was voor de Reformatie, was een Duitser, en het verhaal gaat dat hij zijn kerstboom met kaarsjes versierde om zo de miljoen sterren in Gods hemel te weerspiegelen.

Bomen zijn heilige voorwerpen. Denk aan de appelboom in de tuin van Eden, aan de wereldboom, Yggdrasil, die in de Noordse en Germaanse mythologie wordt aanbeden, aan de eik van de druïden. In *Avatar* van James Cameron komt een Godinnenboom voor en in *In de ban van de Ring* van Tolkien worden de Enten, de pratende, lopende bomen, bruut gekapt door Saruman en de Orks, de vijanden van het heilige bos. Net als andere goden die worden geofferd, sterft Christus aan een boom.

In vele eeuwen en culturen is de boom dus een symbool, en de groenblijvende boom een symbool van levenskracht.

De puriteinen uit Massachusetts haatten al die heidense connecties, maar konden niet verhinderen dat er in 1851 twee sleeladingen met bomen vanuit de Catskills naar New York werden gebracht, de eerste commerciële kerstbomen die in de Verenigde Staten werden verkocht.

In de negentiende eeuw wordt Kerstmis dus het feest zoals wij dat nu kennen: de kerstboom, kerstkaarten, de tijd van vrede op aarde, kerstcadeaus, roodborstjes, het kerstmaal, liefdadigheid voor de armen, sneeuw, interventies van een of andere bovennatuurlijke instantie – of dat nu spoken, visioenen of mysterieuze sterren zijn.

Al die mooie kerstliedjes die we nu zingen zijn in de negentiende eeuw gecomponeerd.

Ook de kerstkaart wordt in de negentiende eeuw uitgevonden. Henry Cole werkte op het postkantoor in Londen en begreep dat de *Penny Post* een fantastische manier was om eenvoudige wenskaarten te versturen. Hij liet een vriend in 1843 een paar kerstkaarten tekenen en nog voor je plumpudding kon zeggen was de kerstkaartenrage begonnen. Het duurde meer dan dertig jaar voordat de kerstkaart aansloeg in Amerika. Daar kun je de puriteinen de schuld van geven, althans dat doe ik.

Kaarten, kerstliedjes en, de meest victoriaanse traditie, het spookverhaal. De gewoonte elkaar verhalen te vertellen rond het vuur is net zo oud als de taal. En vanwege de vuren die 's nachts en/of in de winter worden aangestoken, waren de winterse feestdagen natuurlijk een uitstekende gelegenheid om verhalen te vertellen. Maar het spookverhaal is een negentiende-eeuws fenomeen. Volgens een theorie zijn de spoken en verschijningen die zo vaak zouden zijn waargenomen het gevolg van de lichte koolmonoxidevergiftigingen van gaslampen (waarvan je gaat hallucineren). Voeg daar een dichte mist en de nodige gin aan toe, en het begint allemaal logisch te klinken. Maar er zit ook een psychologische kant aan het verhaal. De negentiende eeuw zelf was behekst. De recente industrialisering leek hellekrachten te hebben ontketend. Mensen die Manchester hadden bezocht, noemden de stad een inferno. De Engelse schrijfster Elizabeth Gaskell schreef het volgende over haar bezoek aan een katoenfabriek: 'Ik heb de hel gezien en het is er wit...' En de nieuwe armen, de fabrieksslaven, de kelderbewoners, de arbeiders in ijzer, hitte, vuil en ontaarding, leken ook op spoken, want ze waren dun, geel, halfmenselijk en halfdood en in lompen gehuld.

Het is geen toeval dat dit ook de eeuw is van de georgani-
seerde liefdadigheid en filantropie. En het wekt evenmin verbazing dat het de eeuw is waarin Kerstmis het meest bezield
en sentimenteel is. Kerst wordt een magische cirkel, de tijd
van barmhartigheid waarin degenen die het meest hebben ge-
profiteerd van de gemechaniseerde ontaarding van hun soortgenoten de zaken recht kunnen zetten en hun ziel kunnen zal-
ven.

Daarom begint *Een kerstverhaal* van Charles Dickens met
Scrooges weigering om geld aan de armen te geven: 'Zijn er
geen werkhuizen?'

Scrooge, de tegenpool van de Kerstman, kan niet geven en
zal niet geven en wordt bezocht door drie geesten en door het
spook van zijn dode partner, Jacob Marley.

Dit is een verhaal over hardvochtigheid en tweede kansen.
Over de omgekeerde wereld van Kerstmis, waarin gewone
wetten worden omgedraaid, waarin de kloktijd buitenspel
wordt gezet (er ontrolt zich in een nacht een heel leven). En
over ganzen, pudding, vuur, kaarsen, angstaanjagend hete
cocktails (Smoking Bishop), pakken sneeuw zo dik dat de stad
slaapt, en over een 'Zalig kerstfeest voor iedereen en God ze-
gene ons!'

Dit is zo'n sterk verhaal dat het zelfs de Muppets kan over-
leven.

In Amerika werd Kerstmis pas in 1870 een officiële feestdag.
(Na de Burgeroorlog, in een poging Noord en Zuid in een gezamenlijke traditie te verenigen.)

Maar ondanks alle inspanningen van de puriteinen en ondanks het feit dat Kerstmis zeker geen Joodse feestdag is, hebben de Amerikanen en de Amerikaanse Joden evenveel bijge-
dragen aan de kerstfolklore als willekeurig welke ster, herder,
Kerstman of engel ook.

It's a Wonderful Life, *Miracle on 34th Street*, *Meet Me in St. Louis*, *The Polar Express*, *How the Grinch Stole Christmas*, *Trading Places*, *Scrooged*, *Home Alone 2*, *White Christmas*... En de lijst met films wordt alleen maar langer.

En als je meezingt met 'White Christmas', 'Rudolph, The Red-Nosed Reindeer', 'Santa Baby', 'Winter Wonderland' of 'Let It Snow, Let It Snow, Let It Snow' of iets neuriet over kastanjes roosteren bij de open haard, moet je het glas heffen op de Joodse liedjesschrijvers die in kerst een goede gelegenheid zagen om een lekker nummer te componeren en ons de klassiekers gaven waar we zo van houden.

Kerstmis werd in Groot-Brittannië en de Verenigde Staten door de puriteinen verboden omdat de feestdag zo'n bijeengeraapt zootje is van elementen die overal vandaan zijn geplukt – heidenen, Romeinen, Noormannen, Kelten, Turken – en omdat het anti-autoritair en zedeloos zou zijn vanwege de vrijzinnigheid, de vrijgevigheid en de jolijt. Het was een feestdag, een heilige dag, van de beste soort, waar devotie gepaard ging met vreugde.

Het leven moet vreugdevol zijn.

Ik weet dat Kerstmis is gekaapt door de commercie, maar het is aan ons allen, individueel en collectief, om daartegen in verzet te komen. Kerstmis wordt in de hele wereld gevierd door mensen van alle godsdiensten en overtuigingen en ook door mensen die niet geloven. Het is een samenzijn waarbij verschillen terzijde worden geschoven. In heidense en Romeinse tijden werd de kracht van het licht gevierd en de rol van de natuur in het mensenleven.

Het ging niet om geld.

Het kerstverhaal begint zelfs met een verzoek om geld:

En het geschiedde in diezelve dagen dat er een gebod uitging van den Keizer Augustus, dat de geheele wereld beschreven zou worden. (Lucas 2:1)

En het eindigt met een geschenk – 'er is een kindeke geboren op aard'. Het geschenk van het nieuwe leven wordt gevolgd door de geschenken van de drie koningen: goud, wierook en mirre. In het kerstlied 'In The Bleak Midwinter' vraagt de dichteres Christina Rossetti wat we kunnen geven dat niet om geld of macht of succes of talent draait:

What can I give Him, poor as I am?
If I were a shepherd, I would bring a lamb;
If I were a Wise Man, I would do my part;
Yet what can I give Him: give my heart.

We geven onszelf. We geven onszelf aan anderen. We geven onszelf aan onszelf. We geven.

Wat we ook van Kerstmis maken, het zou iets van onszelf moeten zijn, en niet iets dat we van het schap trekken. Voor mij is eten met vrienden een heerlijk deel van de kersttijd en daarom heb ik hier een aantal recepten toegevoegd waaraan een persoonlijk verhaal is verbonden. Ik ben hopeloos met hoeveelheden en kook op het oog en op smaak. Als het deeg te droog is, voeg ik water of een ei toe, en als het te vochtig is bloem – zo ongeveer.

Deze recepten zijn dan ook een beetje chaotisch. Meestal sta ik met iemand te koken en merk ik bijvoorbeeld op: 'Verrek, we zijn de champignons vergeten', en dan laten we ze gewoon maar weg. Dus maak je niet al te druk. Koken is te veel op hardlopen gaan lijken. Ik bedoel dat mensen vroeger gewoon even gingen trimmen – nu draagt iedereen lycra en een speciale uitdossing en moeten eigen tijden en afstanden worden verbeterd. Koken is geen olympische sport. Koken is een alledaags mirakel.

Ik hou van koken, maar nog meer van schrijven. Ik woon in verhalen – voor mij zijn het fysieke, driedimensionale plekken. Wanneer ik als kind om de een of andere reden weer eens in het kolenhok zat opgesloten, kon ik kiezen: ik kon kolen gaan tellen – een redelijk beperkte en geestdodende bezigheid – of een verhaal verzinnen – een oneindige wereld van de verbeelding. Ik schrijf omdat ik er immens van geniet. Ik zit achter mijn toetsenbord en speel. Kerstmis is een bijzondere tijd – alsof je wordt aangemoedigd door de feestdagen. Het is een tijd voor verhalen, onder voorzitterschap van de Prins der Zotten, die niet alleen de beschermheer is van de vroegere twaalf dagen van de kersttijd, maar ook de beschermheer van de creativiteit moet zijn.

En in een huis waar iedereen altijd ongelukkig leek te zijn, was Kerstmis vreemd genoeg in mijn jeugd altijd een gelukkige tijd. We raken deze associaties niet kwijt. Het verleden gaat met ons mee en met een beetje geluk kunnen we het opnieuw uitvinden, en ik stel voor dat we dat met Kerstmis doen. En alles is een verhaal.

Verhalen rondom het vuur met Kerstmis, of verhalen die met dampende adem tijdens een winterwandeling worden verteld, hebben een magie en een mysterie die bij het seizoen horen.

Schrijven is ook een soort epifanie, in die zin dat er iets onverwachts wordt geopenbaard. Kerstmis lijkt zo bekend, misschien zelfs overbekend, maar het is het vieren van het onverwachte.

Hier zijn de verhalen die ik heb geschreven – twaalf verhalen voor de twaalf vroegere feestdagen. Er zijn spookverhalen, magische interventies, gewone ontmoetingen die helemaal niet zo gewoon blijken te zijn, kleine wonderen en eerbewijzen aan de komst van het licht.

En aan de vreugde.

DE KERSTGEEST

*H*et was de avond voor Kerstmis en in het hele huis verroerde zich niets, want zelfs de muis was uitgeput. Overal lagen cadeaus: vierkante pakjes met een strik, langwerpige met een lintje. Dikke in kerstmannenpapier. Dunne, even betoverend als een diamanten armband of net zo teleurstellend als een eetstokje? Er was een voedselvoorraad aangelegd alsof er oorlog dreigde: puddingen zo groot als een bom ontploften van de planken. Kogels van dadels waren opgeslagen in kartonnen salvo's. Een rij korhoenders hing als een formatie gevechtsvliegtuigjes bij de achterdeur. Kastanjes paraat om te worden gepoft en afgevuurd. De biologische vrije-uitloopkalkoen – een goede dierenarts kon hem zo weer tot leven wekken – lag ineengedoken naast hangarladingen aluminiumfolie.

'Maar goed dat het varken voor Driekoningen nog valappelen aan het eten is in een boomgaard in Kent,' zei jij toen je je langs de keukentafel probeerde te wurmen.

Ik wankelde onder het gewicht van de kersttaart – het was zo'n ding dat middeleeuwse metselaars als hoeksteen voor een kathedraal gebruikten. Je nam hem van me over en zette hem in de auto. Alles moest in de auto worden geladen, want we gingen die avond de stad uit. Hoe meer je inlaadde, hoe meer het erop begon te lijken dat de kalkoen zou rijden. Voor jou was er geen plek meer en ik zat op mijn stoel met een rieten rendier.

'Hackles,' zei jij.

O god, we waren de kat vergeten.

'Hackles viert geen Kerstmis,' zei ik.

'Als je dit engelenhaar nou eens aan zijn mandje bindt en in-stapt...'

'Zullen we nu kerstruzie maken of zullen we het onderweg doen als we erachter komen dat jij de wijn bent vergeten?'

'De wijn ligt onder de doos met knalbonbons.'

'Dat is niet de wijn, maar de kalkoen. Hij is zo vers dat ik hem heb moeten intapen om te voorkomen dat hij probeert te ontsnappen, zoals in een verhaal van Poe.'

'Doe niet zo onsmakelijk. Die kalkoen heeft een mooi leven gehad.'

'Jij hebt ook best een leuk leven gehad, maar toch hoef ik je niet op te eten.'

Ik rende naar je toe en beet in je nek. Ik ben dol op je nek.

Je duwde me weg – voor de grap – maar ik bedacht tegelijkertijd hoe je me binnenkort zou wegduwen en het misschien wel meende.

Je lachte een lach en ging verder met inladen.

Kort na middernacht. Kat, engelenhaar, boom met kerstlichtjes, rendier, cadeaus, eten, mijn arm uit het raam omdat ik hem nergens anders kon laten – en jij en ik gingen op weg naar het huisje op het platteland dat we hadden gehuurd om Kerstmis te vieren.

We reden langs de seizoensgebonden dronkenlappen die met serpentines zwaaiden en in roodneuzige solidariteit over Rudolph zongen. Je zei dat het 's avonds laat sneller was om dwars door het centrum te rijden en toen je langzaam optrok bij de stoplichten in de hoofdstraat dacht ik dat ik iets zag bewegen.

'Stop!' zei ik. 'Rij eens terug.'

De straat was nu geheel verlaten en je reed achteruit, met een motor die gierde van de inspanning, tot we voor BuyBuy-Baby stonden, het grootste warenhuis ter wereld, dat op kerstavond om middernacht met tegenzin voor vierentwintig uur de deuren had gesloten (de onlineshop was altijd geopend). De grote etalage van BuyBuyBaby was ingericht als kerststal, compleet met Maria en Jozef in skipak en een stel boerderijdieren die warm bleven dankzij Schots geruite hondendekjes. Geen goud, wierook en mirre – deze drie koningen hadden hun cadeaus bij BBB gekocht. Jezus kreeg een Xbox, een fiets en een appartementsvriendelijk drumstel.

Zijn moeder, Maria, had een strijkijzer gekregen.

Voor het kersttafereel stond een kindje, met haar neus tegen het raam gedrukt.

'Wat doe jij daar nou?' zei ik.

'Ik zit opgesloten,' zei het kind.

Ik ging terug naar de auto en tikte op je raam.

'Er is een kind opgesloten in de winkel – we moeten haar redden.'

Je kwam even kijken. Het kind zwaaide. Je leek te aarzelen.

'Ze hoort vast bij de beveiligingsmedewerker,' zei je.

'Ze zegt dat ze opgesloten zit! Bel de politie!'

Het kind glimlachte en schudde haar hoofd toen jij je telefoon pakte. Er was iets aan de hand met haar glimlach. Ik voelde me onzeker.

'Wie ben je?' vroeg ik.

'Ik ben de Kerstgeest.'

Ik kon haar duidelijk verstaan. Ze zei het duidelijk.

'Ik heb geen bereik,' zei jij. 'Probeer de jouwe eens.'

Ik probeerde de mijne. Hij was leeg. We keken naar links en naar rechts in de straat die nu helemaal was uitgestorven. Ik begon in paniek te raken. Ik rammelde aan de deuren van het warenhuis. Op slot. Geen schoonmakers. Geen portiers. Het was kerstavond.

De stem sprak weer: 'Ik ben de Kerstgeest.'

'Kom op zeg,' zei jij, 'het is een publiciteitsstunt.'

Maar ik luisterde niet naar jou, want ik was gefixeerd op het gezicht in de etalage, dat iedere seconde leek te veranderen, alsof het werd beschenen door een licht dat de gezichtsuitdrukking verborg en vervolgens onthulde. De ogen waren niet de ogen van een kind.

'Wij zijn verantwoordelijk voor haar,' zei ik kalm, niet echt tegen jou.

'Nee hoor,' zei jij. 'Kom op, ik bel de politie wel als we weer in de auto zitten.'

'Laat me eruit!' riep het kind toen jij weer naar de auto liep.

'We sturen wel iemand... dat beloof ik... We komen vast wel ergens een telefoon tegen...'

Het kind onderbrak je. 'Jullie moeten me hieruit halen! Willen jullie een paar cadeaus en wat eten in die portiek leggen?'

Je kwam weer terug. 'Dit is belachelijk.'

Maar ik was gehypnotiseerd door het kind.

'Ja,' zei ik, en ik ging halfverdwaasd naar de auto, deed de achterklep open en begon verpakte vormen en tassen met eten naar de ingang van het warenhuis te slepen. Telkens als ik iets neerzette, pakte jij het weer op en zette je het terug in de auto.

'Je bent helemaal gek geworden,' zei jij. 'Dit is een kerststunt... We worden gefilmd... Ik weet het zeker. Dit is reality-tv.'

'Nee, dit is geen reality-tv, dit is echt,' zei ik, en mijn stem klonk ver weg. 'Dit is niet iets bekends, maar iets onbekends, en het is echt. Ik zweer je, het is echt.'

'Oké,' zei je, 'als dat moet om weer te kunnen vertrekken, krijg jij je tassen. Oké? Hopsakee.' Je kwakte ze neer in de portiek, vermoeid en geërgerd zuchtend. Ik ken dat gezicht.

En je ging achteruit, balde je vuisten en dacht niet eens aan het kind.

Opeens gingen alle lichten in de etalage van de winkel uit. En toen stond het kind op straat tussen ons in. Je gezicht veranderde. Je legde je hand op het gladde glas, dat even helder en gesloten was als een droom. 'Zijn we dit aan het dromen?' vroeg je aan mij. 'Hoe heeft ze dat nou weer gedaan?' 'Ik ga met jullie mee,' zei het kind. 'Waar gaan jullie naartoe?'

En zo was het al over enen 's nachts toen we weer op weg gingen, nu wel met mijn arm in de auto en met het kind op de achterbank naast Hackles, die uit zijn mandje was geklommen en zat te spinnen. Toen we optrokken, keek ik in de achteruitkijkspiegel en zag dat duistere figuren onze tassen met eten en cadeaus een voor een meenamen.

'Dat zijn de mensen die in portieken wonen,' zei het kind, alsof ze mijn gedachten las. 'Ze hebben helemaal niets.'

'Ze gaan ons vast arresteren,' zei jij. 'Diefstal uit een etalage. Afval lozen op de openbare weg. Ontvoering. En u ook een zalig kerstfeest, meneer agent.'

'We hebben het goede gedaan,' zei ik.

'Wat hebben we nou precies gedaan,' vroeg jij, 'behalve de helft van onze spullen kwijtraken en een verdwaald kind oppikken?'

'Het gebeurt ieder jaar,' zei het kind. 'Op verschillende manieren en op verschillende plaatsen. Als ik op kerstochtend niet ben bevrijd, wordt de wereld zwaarder. De wereld is zwaarder dan jullie denken.'

We reden een tijdje in stilte verder. De hemel was zwart en volgeprikt met sterren. Ik stelde me voor dat ik boven deze weg zweefde en naar de Aarde keek, blauw in de duisternis, met witte vlekken en de poolkappen. Dit was het leven en dit was thuis.

Toen ik kind was, kreeg ik van mijn vader een glazen sneeuwbol van de aarde vol sterren. In bed bleef ik hem maar omdraaien tot ik met de sterren achter mijn ogen in slaap viel en me warm en licht en veilig voelde.

De wereld is gewichtloos, hangt in de ruimte, door niets ondersteund, een geheim van de zwaartekracht, verwarmd door de zon, gekoeld door gas. Ons geschenk.

Ik vocht altijd zo lang mogelijk tegen de slaap en tuurde door een dichtvallend oog naar mijn stille, draaiende wereld. Ik werd volwassen. Mijn vader overleed. De sneeuwbol stond nog bij hem thuis, in mijn oude slaapkamer. Toen we het huis leegruimden, liet ik hem vallen en viel de kleine globe uit de zware vloeistof die was doorschoten met sterren. Pas op dat moment moest ik huilen. Ik weet niet waarom.

Ik moet mijn hand hebben uitgestoken over de autostoel en de jouwe hebben gepakt toen we eenzaam over de nachtelijke weg reden.

'Wat is er?' vroeg je vriendelijk.

'Ik dacht aan mijn vader.'

'Vreemd. Ik dacht aan mijn moeder.'

'En wat dacht je precies?'

Je kneep in mijn hand. Ik zag je ringvinger glinsteren onder de lage groene dashboardlichtjes. Ik herinner me die ring en weet nog wanneer ik je hem heb gegeven. Ik zie hem iedere dag, maar vandaag zie ik hem echt.

Je zei: 'Ik wou dat ik meer voor haar had gedaan, meer tegen haar had gezegd, maar nu is het te laat.'

'Jullie hebben het nooit met elkaar kunnen vinden.'

'Waarom is dat? Waarom kunnen zoveel ouders en kinderen het niet met elkaar vinden?'

'Wil je daarom geen kinderen?'

'Nee! Nee. Werk. We hebben gezegd dat we erover zouden nadenken... maar... ja, misschien... waarom zou ik willen dat

mijn kind me haat? Is er niet genoeg haat in de wereld?'
Je zei nooit zulke dingen. Toen ik in het spookachtige groene licht een vluchtige blik op je profiel wierp, zag ik dat je kaak gespannen was. Ik hou van je gezicht. Dat wilde ik je zeggen, maar je zei: 'Let maar niet op mij. Het is de tijd van het jaar. Tijd voor de familie, denk ik.'

'Ja, en hoe we er een zootje van maken.'

'Waarvan? Van onze familie of van Kerstmis?'

'Allebei. Geen van beide. Geen wonder dat iedereen gaat shoppen. Pure verdringing.' Je glimlachte, deed je best om de sfeer te verlichten.

Ik zei: 'Ik dacht dat je het leuk vond om cadeaus onder de boom te leggen.'

'Dat vind ik ook, maar hoeveel cadeaus hebben we nodig?'

Ik wilde je eraan helpen herinneren dat je nog geen uur daarvoor tegen me had staan schreeuwen, toen een stem vanaf de achterbank zei: 'Als de wereld nou maar een deel van zijn inhoud los kon laten.'

We keken allebei om. Het drong tot me door dat het groene licht in de auto niet van het dashboard afkomstig was; zij was het. Ze gloeide.

'Denk je dat ze ook radioactief is?' vroeg je.

'Ook? Wat is ze dan nog meer?'

'Ze is ook... Nou, ook... Ik weet niet wat ze verder nog is...'

'Stel nou dat ze echt is wie ze zegt dat ze is.'

'Ze heeft niet gezegd wie ze is.'

'Jawel, ze is...'

'Ik ben de Kerstgeest,' zei het kind.

Ik zei: 'En stel nou dat ons vannacht echt iets wonderbaarlijks overkomt.'

'Hoezo? We zitten hier gewoon met een raadselachtig kind...'

'Het past in elk geval wel bij de tijd van het jaar.'

'Wat?'

'Een raadselachtig kind.'

Je kneep in mijn hand en ik zag dat je kaakspier iets ont-
spande.

Ik wil je over de liefde vertellen en ik wil je zeggen hoeveel
ik van je hou en dat ik van je hou als de opkomende zon, iedere dag weer, en dat mijn leven beter en gelukkiger is geworden doordat ik van je hou. Ik weet dat je je daar ongemakkelijk
onder zult voelen en daarom zeg ik niets.

Je zette de radio aan. 'Hark! The Herald Angels Sing.'
Je zong mee: 'Vrede op aarde, 't is vervuld...'
Ik zag dat je in de achteruitkijkspiegel naar het kind keek.

'Als dit allemaal volgens plan verloopt,' zei je, 'moeten we
nu ongeveer de Kerstman en een stel rendieren zien. Wat vind
je ervan, Kerstgeest?'

De stem vanaf de achterbank zei: 'Hier naar rechts, alstublieft.'

Je gaat rechtsaf. Je aarzelt, maar je doet het, omdat zij zo'n
soort kind is.

Je nam de donkere bocht, drukte het gaspedaal in en remde
opeens.

Op het dak van een mooi negentiende-eeuws huis, met een
kerstkrans aan de blauwe voordeur, landde net een slee, die
door zes rendieren werd getrokken.

De Kerstman lachte naar ons en zwaaide. Het kind zwaaide
terug en klom uit de auto. Sloten leken voor haar niet te bestaan. Hackles sprong uit de auto en ging achter haar aan.

De Kerstman klapte in zijn handen. In het huis was het
donker, maar op de eerste verdieping werd een schuifraam
omhooggeschoven door een of andere onzichtbare hand: drie
uitpuilende zakken ploften op de grond. De Kerstman gooide
ze zonder moeite over zijn schouder en laadde ze op zijn arrenslee.

'Hij is de boel aan het leegroven!' zei jij. Je deed de deur van de auto open en stapte uit. 'Hé, jij daar!'

Het type in het rood kwam vrolijk op ons af, stampte met zijn laarzen en wreef in zijn handen.

'We kunnen deze dienst helaas maar één keer per jaar verlenen,' zei hij tegen jou.

'Welke dienst?'

De Kerstman maakte gebruik van de gelegenheid om zijn pijp te stoppen. Hij blies stervormige rookwolken uit en ze waren blauw in de witte lucht.

'Vroeger lieten we altijd cadeaus achter omdat de mensen niet veel bezaten. Nu heeft iedereen zoveel spullen dat mensen ons schrijven en vragen of we ze kunnen komen ophalen. Je hebt geen idee hoe goed het voelt als je op kerstochtend wakker wordt en ontdekt dat alles is verdwenen.'

De Kerstman graaide in een van de zakken. 'Kijk, krulspelden, een jaarvoorraad badzout, meer sokken dan een mens ooit aan voeten kan bezitten, gebakken knoflook in olijfolie, een borduurset voor de Eiffeltoren, twee porseleinen varkentjes.'

'En wat moet jij er nou mee?' zei jij, half woedend, half verbijsterd. 'Kofferbakverkoop op nieuwjaarsdag?'

'Nou, kom maar eens kijken,' zei de Kerstman. 'Volg me maar.'

Hij stak zijn pijp in zijn zak en liep naar zijn arrenslee. De Kerstgeest en Hackles liepen achter hem aan.

'Hé, dat is onze kat!' riep jij onder de slee, want die was nu al opgestegen.

De Kerstgeest leek erg met zichzelf ingenomen.

We sprongen in de auto en volgden de slee zo goed en zo kwaad als het ging, hoewel hij de directe route boven de weilanden nam.

'Het is een soort hovercraft met straalmotoren,' zei jij. 'Hoe zijn we hier nou in terechtgekomen?'

We waren van de weg geraakt en hobbelden over een pad dat funest was voor de vering. Je had beide handen aan het stuur.

De slee landde. Een paar minuten later hadden we hem weer ingehaald.

We stonden voor een donker en vervallen huisje. De pannen waren van het dak gegleden en aan de dakgoot hingen ijspegels, net als die elektrische ijspegels die mensen als versiering kopen, maar deze waren niet elektrisch en ook niet als versiering bedoeld. De palen van het hek om het huis waren met stukken ijzerdraad aan elkaar gebonden en de poort bleef op zijn plek door een steen. In de geopende deur van een aftandse caravan lag een oude hond te slapen.

Toen de hond zijn kop optilde om te blaffen, gooide de Kerstman een glinsterend bot door de lucht. De hond ving hem tevreden.

Terwijl de rendieren mos uit hun neuszakken stonden te eten, liepen de Kerstman en de Kerstgeest naar het huis. Ze deden de voordeur open.

'Is dit een val? Net als in *Don't Look Now*? Gaan ze ons vermoorden?' Je was bang. Ik was niet bang, maar dat was omdat ik erin geloofde.

De Kerstman kwam het huisje uit en liep enigszins gebogen onder het gewicht van een mottige zak. Hij had een *mince pie* en een glas whisky in zijn handen.

'Mensen laten tegenwoordig niet veel achter,' zei hij en sloeg de whisky in één keer achterover, 'maar ik ken de mensen die hier wonen en zij kennen mij. Pijn en behoeftigheid moeten vannacht verdwijnen. Ik ben er maar één keer per jaar toe in staat. Vaker is het me niet vergund.'

'Waartoe in staat?' zei je. 'Waar is het kind? Wat heb je met mijn kat gedaan?'

De Kerstman wees naar het huisje. In de ramen scheen nu het vreemde groene licht dat het kind vergezelde. Zelfs van een afstandje konden we duidelijk zien dat de tafel was gedekt met een schoon kleedje en dat het kind een ham, een ovenschotel en kaas op tafel zette. Onze kat Hackles liep spinnend rond met zijn staart in de lucht.

De Kerstman glimlachte en gooide de mottige zak op de slee. De dingen die eruit vielen waren muf en oud en kapot. Hij haalde er nog scherven van een bord uit, een jasje met een scheur en een pop zonder hoofd. Toen was de zak leeg.

Hij bood jou zwijgend de lege zak aan en wees naar de auto. Hij wil dat jij de zak vult, dacht ik. Doe het, doe het nou, alsjeblieft.

Maar ik durfde het niet hardop te zeggen. Dit was voor jou. Dit ging om jou.

Je aarzelde en toen opende je alle autoportieren en begon cadeaus en eten in de zak te stoppen. Het was een kleine zak, maar je kreeg hem niet vol, hoeveel je er ook in propte. Ik zag je naar de overgebleven spullen kijken.

'Geef hem alles maar,' zei ik.

Je boog voorover en begon spullen van de achterbank te pakken. De auto was nu bijna leeg, op het rieten rendier na, en die leek te belachelijk om weg te geven.

Je gaf de zware zak aan het rode type, dat je strak aankeek.

'Je hebt me niet alles gegeven,' zei hij.

'Als je het rieten rendier bedoelt...'

De Kerstgeest was naar buiten gekomen met Hackles in haar armen. Die had nu ook een groene gloed. Ik had nog nooit een groene kat gezien.

Het kind zei tegen jou: 'Geef hem datgene wat je vreest.'

Het was even stil, uitzonderlijk stil. Ik wendde mijn blik af, net als toen ik je ten huwelijk had gevraagd en niet wist wat je zou antwoorden.

'Ja,' zei je, 'ja.'

Er klonk een verschrikkelijk harde klap en de zak viel met een dreun op de grond. De Kerstman knikte en slaagde er met enige moeite in de zak op te tillen en op de slee te gooien. 'Het is tijd om te gaan,' zei de Kerstgeest.

We stapten in de auto en reden terug over het pad. Door de vorst was de grond glanzend geworden en waren de sterren feller gaan stralen. Achter de muurtjes van rotsstenen stonden de kuddes schapen in de weilanden. Een stel jachtpaarden rende mee langs het hek en hun adem stoomde als de adem van draken. Na een tijdje stopte je en stapte je uit. Ik liep achter je aan. Ik sloeg mijn armen om je heen. Ik kon je hart horen bonzen.

'Wat moeten we nu? We hebben alles weggegeven,' zei jij.

'Hebben we helemaal niets meer?'

'Een tas met eten achter de stoel. En deze...' Je voelde in je zak en pakte een chocoladen Kerstman, die in folie was verpakt.

We moesten allebei lachen. Het was zo belachelijk. Je brak er een stukje vanaf en wilde het aan het kind op de achterbank geven, maar ze lag te slapen.

'Ik snap hier helemaal niets van,' zei je. 'En jij?'

'Nee. Is er nog meer chocola?'

We aten samen de laatste stukjes op en ik zei tegen jou: 'Weet je nog dat we helemaal geen geld hadden toen we elkaar net hadden leren kennen? We waren bezig onze studieschuld af te betalen en ik had twee baantjes, en op eerste kerstdag aten we worstjes en de vulling voor een kalkoen, maar geen kalkoen omdat we die niet konden betalen. Je had een trui voor me gebreid.'

'En de ene mouw was langer dan de andere.'

'En ik had voor jou dat krukje gemaakt van die es die door

de gemeente was gekapt. Ze hadden de halve stam op straat laten liggen. Weet je nog?'

'God, ja, en we hadden het ijskoud, want jij woonde op die afgrijselijke woonboot en je wou niet mee naar mijn ouders omdat je mijn moeder haatte.'

'Ik haatte je moeder niet! Jij haatte je moeder.'

'Ja,' zei je bedachtzaam, 'wat is het toch een verspilling van je leven om te haten.'

Je draaide je om en keek me aan. Je was kalm en ernstig.

'Hou je nog van me?'

'Ja. Ik hou van je.'

'Ik hou van je, maar volgens mij moet ik dat wat vaker zeggen.'

'Ik weet dat je het voelt. Maar soms krijg ik het gevoel...'

'Nou?'

'... het gevoel dat je me niet wil. Ik wil je niet onder druk zetten, maar ik mis je lichaam. Onze zoenen en onze intimiteit, en ja, de rest ook.'

Je zweeg. Toen zei je: 'Toen hij, de Kerstman of wie hij ook wezen mag, me vroeg om datgene te geven wat ik vreesde, toen besefte ik dat ik, nou ja... Wat moet ik nou als alles nog in die auto ligt terwijl jij er niet meer bent? Wat als ons huis, mijn werk, mijn leven, alles wat ik bezit nog allemaal hetzelfde was en jij er niet meer was? En ik dacht... dat is wat ik vrees. Ik ben er zo bang voor dat ik er niet eens aan kan denken, maar toch is het er altijd, als een naderende oorlog.'

'Wat?'

'Dat ik je langzaam maar zeker van me af duw.'

'Wil je me van je af duwen?'

Je zoende me – zoals we elkaar vroeger altijd zoenden – en ik voelde mijn tranen en toen realiseerde ik me dat het jouw tranen waren.

We stapten weer in de auto en reden langzaam de laatste kilometers naar het dorp, waarvan de ongelijke daken al zichtbaar waren onder de verdwijnende maan. Het was al bijna dag. Langs de kant van de weg liep een figuur die zijn hoofd onder een kap had verscholen. Je reed naar de kant, remde en opende het raam. 'Wilt u een lift?' vroeg je.

De figuur draaide zich naar ons toe; het was een vrouw die een baby droeg. De vrouw schoof haar kap naar achteren en we zagen haar gezicht, dat mooi en sterk was. Glad en stralend. Ze glimlachte en de baby glimlachte. Het was een baby, maar zijn ogen waren niet de ogen van een baby.

In een opwelling keek ik naar de achterbank. De kat lag in zijn mandje, maar het kind was weg.

In de hemel boven ons hoofd stond een heldere ster en in het oosten straalde een licht dat steeds sterker werd.

'Het is bijna dag,' zei ik.

Je was naar de kant gereden. Je legde je elleboog op het stuur en je hoofd op je hand. 'Ik heb geen idee wat er allemaal gebeurt. En jij?'

'Ze is weg. De Kerstgeest.'

'Hebben we alles gedroomd? Liggen we thuis te slapen en wachten we tot we wakker worden?'

'Kom op,' zei ik. 'Als we aan het slapen zijn, slaapwandelen we naar het huisje. We hoeven niet veel te sjouwen.'

De vrouw en het kind liepen nu voor ons. Ze liepen en liepen en liepen.

We stapten uit. Je pakte mijn hand.

Vroeger was alles ons opgevallen – het water dat zich had verzameld op de klimop met bessen, de maretak in de eikenboom met de donkere takken, de uil die in de schuur onder de dakpannen zat, de rook die opkringelde uit het bos als een boodschap van het vuur, de ouderdom van de tijd en dat wij daarvan deel uitmaakten.

Waarom haastten we ons door het leven van alledag wanneer we alleen het leven van alledag hadden?

De vrouw liep nog altijd verder en ze droeg de toekomst met zich mee, hield het mirakel in haar armen, het mirakel dat opnieuw de wereld baart en ons een tweede kans geeft.

Waarom raken we de echte dingen, de belangrijke dingen, zo makkelijk kwijt en bedelven we ze onder de dingen die er nauwelijks toe doen?

'Ik zal het vuur wel aanmaken,' zei ik.

'Wacht maar even,' zei jij. 'Ik wil eerst weer met jou naar bed slaapwandelen.'

Je was verlegen. Je bent zo stoer, maar ik kan me deze verlegenheid nog wel herinneren. Ja. En ja. Slapend of wakend. Ja en ja.

Buiten, over de neveldoorploegde weilanden, luidden de kerstklokken eerste kerstdag in.

De **mince pies**
van
mevrouw Winterson

MEVROUW WINTERSON HEEFT haar oorlogsvoorraad-
kast nooit afgeschaft. Van 1939 tot 1945 leverde ze haar bijdrage aan de oorlogsinspanning door eieren en uien in te maken, fruit te wecken, bonen te drogen of te zouten en blikken
cornedbeef van de zwarte markt te verhandelen. Ze hield van
houdbare producten en in de jaren vijftig en zestig, toen ze ieder moment een kernoorlog of het einde van de wereld verwachtte, bleef ze gehakt draaien en van alles bereiden met gedroogde vruchten.

De twee onmisbare benodigdheden in onze aanbouwkeu-
ken hadden beide een handvat: de mangel, waarmee ze op was-
dag kleren uitwrong, en de Spong-gehaktmolen. Dit was de
grootste gehaktmolen van Spong die er te krijgen was en hij
was permanent vastgeklemd aan de rand van onze formica-
tafel. Een van de vele dingen waarvoor hij werd gebruikt was
de *mincemeat* voor *mince pies*. Mevrouw Winterson maakte het
in de herfst omdat we dan heel veel valappelen hadden.

Voor mensen met een kersttraditie zonder mince pies, taartjes
met een vulling van vruchten, is het moeilijk te begrijpen
waarom de mincemeat geen vlees is, maar fruit. Het antwoord
luidt dat mince pies teruggaan tot de regeringsperiode van
Elizabeth de Eerste (1558-1603) en dat mince pies in die dagen
wel werden gemaakt met gehakt, fruit en sukade.

Waarom?

Vruchten en specerijen werden gebruikt om te verhullen dat
het vlees, dat niet gekoeld werd bewaard, ondertussen zijn
beste tijd wel had gehad. Dit is waarschijnlijk de reden waar-

om fruit tot diep in de jaren zestig zo populair was in de Engelse keuken. We zijn Amerika niet en ijskasten waren duur in die tijd. Wij kregen er pas een in de jaren zeventig, toen ik naar de middelbare school ging. Mijn vader had hem gewonnen bij een loterij. Het was een piepklein ijskastje voor onder het aanrecht en meestal was hij leeg. We hadden geen idee wat we ermee moesten. De melkman kwam iedere dag, groenten kwamen uit ons volkstuintje of kochten we twee keer per week op de markt en we hadden onze eigen kippen voor eieren. We waren arm en kochten daarom maar één keer per week een stuk vlees – en niet vaker. De resten gingen door de gehaktmolen en doken weer op in hartige taarten en vleessauzen. Als ons eten niet werd gegeten, werd het bereid en als het niet werd bereid, was het vers. Wie had er nou een ijskast nodig?

Maar als je je eigen mincemeat zonder vlees wil maken, met of zonder Spong-gehaktmolen, dan is hier het recept. Ja, je kunt ook een blender gebruiken, maar een mechanisch apparaat met een handvat levert een veel bevredigender resultaat wat betreft grofheid. Als je niet je eigen vulling wil maken, moet je goede spullen kopen (neem de lijst met ingrediënten door, niet te veel suiker, geen bloederige palmolie, enzovoort). Doe de inhoud van je potten voor gebruik in een kom, voeg dan cognac toe en roer goed. De pasteivulling die je in de winkel kunt kopen, is altijd te droog.

Ingrediënten voor de mincemeat

* 450 gram moesappels, zonder klokhuis, geschild en geraspt
* 450 gram niervet, in blokjes gesneden (ja, niervet... stel je voor)
* 450 gram sultanarozijnen, 450 gram krenten, 450 gram rozijnen en 450 gram ruwe rietsuiker. Je kunt sukade toevoegen, als je daarvan houdt. Ik houd er niet van.
* 170 gram geblancheerde amandelen, fijngestampt in een vijzel

*Geraspte schil en sap van 2 citroenen (onbespoten, biologisch,
   je gaat dit tenslotte opeten)
*1 theelepel geraspte nootmuskaat
*1 theelepel kaneel
*1 theelepel zout
*1,5 dl cognac – of rum als je dat liever wil

Draai het gedroogde fruit door de gehaktmolen. Gooi alles in
een grote kom. Roer het door elkaar. Voeg meer cognac of
rum toe als het mengsel te dik is naar je smaak. Het moet niet
te dun zijn, maar ook weer niet te dik. Stop alles weer in potten en bewaar het minstens een maand achter in de voorraadkast.

Ik maak mijn vulling altijd op 5 november, op *bonfire night*.
Je kunt het ook op Halloween doen, want dat is een minstens
even nutteloze als rommelige feestdag en je kunt net zo goed
iets nuttigs doen tijdens het *trick or treat* of als je vreugdevuren
maakt en dronken aan het worden bent. In december ben je
dan klaar om het deeg te maken.

Ingrediënten voor de mince pies

* De mincemeat die je zelf hebt gemaakt of hebt gekocht
* 450 gram bloem – ik gebruik biologische, mevrouw W gebruikte
  Homepride
* 1 theelepel bakpoeder
* 225 gram ongezouten boter – ik gebruik biologische boter, zij
  gebruikte reuzel
* 1 eetlepel gezeefde suiker of fijne kristalsuiker
* Koud water (zorg dat je dit bij de hand hebt, anders komt je kraan
  helemaal onder het deeg te zitten)
* 1 ei, in een kopje, goed losgeklopt, voor later

Je hebt ook een bakplaat met aparte uitsparingen voor de
taartjes nodig; vet deze in met de verpakking van de boter – of
die van de reuzel, als je terug wilt naar de jaren zestig.

Bereidingswijze

Draag een schort. Bij dit recept wordt het een bende. Zet
kerstliedjes op, of Bing Crosby of Judy Garland of de *Messiah*

van Händel (die is wel geschreven voor Pasen, maar het werd al snel een kerstkraker).

Doe alles, met uitzondering van het water en het ei, in een grote kom en kneed het met beide handen. Als het mengsel iets weg heeft van broodkruim, voeg je genoeg koud water toe om het spul in deeg te veranderen.

Strooi nu wat bloem op het aanrecht of op je keukenplank, pak het mengsel en rol het uit met een deegroller tot de textuur naar wens is – goed voor je armspieren –, deel er een paar dreunen mee uit op het aanrecht en denk aan je vijanden, als je op mevrouw Winterson lijkt – je zou er schade mee moeten kunnen aanrichten als je het iemand (je vijand) naar zijn hoofd gooit. Doe dit kerstprojectiel weer in de kom, bedek deze met een theedoek waarop eventueel een plaatje van een roodborstje staat en zet hem een uur in de ijskast of gewoon in het raamkozijn als het koud is en sneeuwt (maar niet regent).

Mevrouw W hoefde dit nooit te doen omdat we geen centrale verwarming maar een kolenkachel hadden en het bij ons thuis altijd ijskoud was. In moderne huizen is het te warm voor fatsoenlijk deeg. Vroeger zeiden ze altijd dat je met koude handen goed deeg kon bereiden. Als je de hele jarenzestigbeleving wilt, met reuzel en alles erop en eraan, moet je de avond van tevoren de verwarming uitzetten en twee truien dragen onder je schort.

Pak de mincemeat, die je zelf hebt gemaakt of hebt gekocht. Doe het in een kom en kijk of je nog wat cognac of rum wilt toevoegen. Is het mengsel te droog? Dit is belangrijk.

En dan moet je nu – en dit is mijn toevoeging en niet de hare – een glas wijn inschenken en een paar kerstkaarten schrijven of een paar cadeautjes inpakken; iets wat bij de kerstsfeer past en leuk is. Niet gaan strijken!

Verwarm de oven voor op 200 °C of stand 6. Je kent je eigen oven, dus zet hem aan wanneer het deeg stevig begint te worden. Ik heb een Aga en daarom ben ik niet goed in ovens – en mevrouw W had een gasoven die een angstaanjagende hitte voortbracht. Hij gedroeg zich als een gecastreerde blaasoven die brulde om zijn ballen. Lomp. Vierkant. Korte pootjes. Draai de gaskraan open. Gesis. Gooi de lucifer erin. Ga een stap naar achteren. Boem. Brul. Uitslaande blauwe vlam die bedaart en een losgeslagen oranje lijntje wordt. De binnenkant van de oven als een squashbaan van stuiterend vuur. Nu koken. Hopelijk heb je een tammere en beter afgerichte versie van deze wilde vuurdoos.

Dus terug naar de ijskast.

Na ongeveer een uur haal je het deeg eruit, verdeel je de klomp in tweeën en rol je de ene helft uit op je aanrecht, dat je met bloem hebt bestrooid. Niet te dik. Gebruik een kopje of een vorm om mooie deegrondjes te maken en duw deze stevig in de uitsparingen van de ingevette bakplaat.

Vul ieder taartje nu met een royale maar niet belachelijke hoeveelheid mincemeat.

Nu zul je een keuze moeten maken.

De traditie wil dat je de andere helft van het deeg uitrolt en er bovenkanten voor de mince pies van maakt, waarna je de naad dichtmaakt met een beetje van het geklopte ei en wat ei over de bovenkant strijkt. Prik een gaatje in de bovenkant met een vleespen zodat de stoom kan ontsnappen.

De mensen die minder deeg willen, maken meer taartjes en maken van twee reepjes een kruisvorm die ze over de mincemeat leggen. Ik niet.

Deze taartjes zijn eerder gaar, dus laat ze niet verbranden.

Laat de taartjes met bovenkant 20 minuten in de oven staan, en 15 minuten zonder bovenkant. Met een Aga klopt dit niet helemaal. In de oven van mevrouw Winterson was het 20 minuten of een verbrande mince pie.

Bewaar de mince pies in een oud blik dat je niet meer gebruikt maar niet wilt weggooien.

TIP: maak twee keer de benodigde hoeveelheid deeg. Als je het in aluminiumfolie verpakt, blijft het vijf dagen goed in de ijskast. Dan kun je makkelijk en snel nog meer mince pies maken.

DE SNEEUWMAMA

*H*et sneeuwde. We weten niets over de 'het' die sneeuwt. Het zou God kunnen zijn. Misschien ook niet. Hoe dan ook. Het. Sneeuwt.

Wat voor soort sneeuw?
Er zijn verschillende soorten sneeuw. Wist je dat?
Er is bergsneeuw. En poolsneeuw. En skisneeuw en diepe sneeuw en dwarrelende sneeuw als piepkleine motjes en vlagen sneeuw als haastige motten en sneeuw in vlokken alsof iemand (het?) de hemel raspt.

En sneeuw die net zo venijnig prikt als een insect en sneeuw die zo zacht is als schuim en natte sneeuw die niet plakt en droge sneeuw die wel plakt en die de wereld verpakt als een installatie tot je 's nachts op een gegeven moment wakker wordt en merkt dat het geluid is verdwenen, tot je 's nachts op een gegeven moment dieper in je bed kruipt, tot het 's nachts op een gegeven moment sneeuwt in je slaap en je slaap even diep is als sneeuw.

En dan!
En doe nu de gordijnen open!
Wauw!

Sneeuw op sneeuw op sneeuw op sneeuw op sneeuw.
Er ligt een laag waarin de hond kan verdwijnen en waaruit
alleen zijn oren tevoorschijn komen als vleugels. Auto's zijn
heuvels. Geluiden zijn opgewonden kinderen.

We gaan een sneeuwpop maken!
Nicky en Jerry rolden de sneeuwbal groter en groter en
ronder en ronder. Al snel was het sneeuwlichaam groter dan
dat van hen.
Vind je haar te dik? vroeg Nicky.
Hoe weet je dat ze een zij is?
Nou, dat weet ik pas als we haar kleren hebben aangetrok-
ken.
Maar je blijft haar tegen haar zeggen.
Omdat ze dik is.
Hoe maak je een dunne sneeuwpop?

Ze probeerden het. Ze rolden een sneeuwstam en zetten hem
rechtop, maar hij viel om toen ze het hoofd op de paal wilden
zetten.
Nicky was niet onder de indruk. Ze trok een gezicht. Ze zei:
Als we haar nou iets piramideachtiger maken en een nek geven of zoiets. Een dikke nek is niet mooi.
Jerry wilde geen piramideachtige sneeuwpop maken.
Ze zei: Alle sneeuwpoppen zijn dik. Als ze niet dik zijn, krijgen ze het niet warm.
Nicky was niet onder de indruk. Ze smelten als ze het warm
krijgen.
Warm vanbinnen, dombo! Kom op, Nicky, help me eens
met het rollen van haar hoofd.

Nicky's moeder kwam naar buiten met twee mokken warme
chocolademelk.

Hé, wat een mooie sneeuwpop! Hij is prachtig!

Het is een zij. Hebben we nog kleren voor haar?

Natuurlijk! Ga maar eens kijken wat er in de bak voor de kringloopwinkel zit.

Nicky rende naar binnen en liet haar dampende mok chocolademelk staan.

Nicky had een knappe moeder. Ze was slank en blond, in wel drie verschillende kleuren. Ze glimlachte naar Jerry. Ze had mooie tanden.

Hoe gaat het met je moeder, Jerry? Alles goed met haar?

Jerry knikte. Haar moeder moest hard werken en werkte 's nachts in een hotel. Soms dronk ze te veel en dan raakte ze buiten westen. Jerry's vader was vorig jaar vertrokken, vlak voor Kerstmis, en niet meer teruggekomen. Nicky's moeder verplaatste haar geringe gewicht van haar ene voet naar de andere.

Waarom blijf je niet een nachtje logeren? Dat zou Nicky leuk vinden.

Ik zal het vragen.

Je kan wel even bellen, zei Nicky's moeder, maar Jerry kon niet bellen, want de telefoon van haar moeder was afgesloten. Maar dat wilde ze niet zeggen en daarom zei ze: Ik ga straks wel even langs om het te vragen.

Nicky kwam terug met haar arm vol kleren. Ze probeerden een trui, een hoodie, een jurk met knoopjes, maar niets paste.

Het is net Assepoester, zei Jerry.

Bedoel je dat ze het lelijke zusje is? vroeg Nicky.

Ze is een prinses, maar niemand weet het. Hier. Probeer dit eens.

De muts met het bolletje paste.

Ze kan naar het bal!

Met een bolletjesmuts?

Ja.

Nou, dat kan ze niet, want ze heeft geen benen. En hoe zit het met haar ogen? Ze moet ogen hebben. Maar geen knopen. Nee, geen knopen, geef me je armband eens... die groene stenen... dat worden haar ogen. Kom op! Wat doe je nou? Dat is mijn armband! Maar Jerry luisterde niet. Ze trok de armband stuk en gaf de Sneeuwvrouw grote, groene, starende ogen. Nu is ze net echt! zei Nicky. Ze moet nog een neus hebben, zei Jerry. Of misschien een snuit.

Jerry dacht helemaal niet meer aan Nicky. Ze gaf de Sneeuwvrouw een neus van een dennenappel en een mond die een grote rode glimlach was. Het was de werpring van de hond die in twee stukken was gebroken, maar het leek een grote rode glimlach.

Nicky zat ondertussen een spelletje te spelen op haar iPad. Het waren korte middagen en koude dagen. Het zou snel donker worden. Nicky's moeder riep vanuit de keukendeur: Jerry! Je moet nu naar je moeder gaan als je nog wil terugkomen!

Jerry beloofde de Sneeuwvrouw dat ze zo terug zou zijn en rende weg. Maar haar moeder was niet thuis. In huis was het donker. Soms werd de elektriciteit afgesloten en dan kon Jerry niet worden binnengelaten met de intercom. Dan moest ze aan de achterkant over de muur klimmen en de sleutel achter de vuilnisbakken pakken. Dat deed ze, maar de sleutel lag er niet en het was achter net zo donker in huis als aan de voorkant.

Zoek je je moeder? vroeg meneer Store, de eigenaar van de winkel die Store's Stores heette.

Jerry knikte. Ze zei niets. Meneer Store zei: Je moeder is er niet. Ze is weggegaan en niet teruggekomen. Zoals gewoonlijk.

Meneer Store was afschuwelijk. Hij had een afschuwelijk gezicht en hij staarde je afschuwelijk aan en hij droeg altijd dezelfde afschuwelijke overall. Soms vroeg de moeder van Jerry of ze melk of brood kon krijgen en de volgende dag mocht betalen. Hij zei altijd nee. Nu stak hij zijn afschuwelijke handen in de bruine zakken van zijn afschuwelijke overall en ging weer naar binnen.

Jerry besloot nog even te wachten en ging op het trapje voor de deur zitten zodat ze een beetje beschut was tegen de kou. Ze dacht aan de Sneeuwvrouw. Ze was minstens tweeënhalve meter, groter dan alle anderen. Toen Jerry nog klein was, hoopte ze dat ze tweeënhalve meter zou worden. Dan zou ze iedereen wel eens een lesje leren. Dan zou ze iedereen laten zien met wie ze te maken hadden.

De avond viel. Waarom zeggen we dat zo? Alsof de avond hier helemaal niet wilde zijn, maar is gestruikeld toen hij langs de maan kwam. De maan was helder. Iedereen kwam nu thuis, de dag was voorbij, de avond koud. In het ene na het andere raam in de straat begon licht te branden. Jerry kwam overeind om haar armen en benen te warmen en liep op en neer door de straat en keek bij alle huizen naar binnen. Mensen gingen aan tafel. Mensen zaten tv te kijken. Mensen liepen van de ene kamer naar de andere, zeiden iets – ze kon het niet verstaan en hun mond ging open en dicht als de bek van een goudvis.

Er was een vogel in een kooi en ze zag een Duitse herder die voor een voordeur lag en wachtte tot die werd geopend.

Overal brandde nu licht, behalve bij haar thuis.

Misschien dacht haar moeder dat ze bij Nicky zou logeren. Misschien moest ze nu teruggaan.

Jerry begon aan de wandeling naar Nicky's huis, die een halfuur duurde. Het leek later dan het was – de verlaten straten, geen verkeer. Een zwarte kat liep langs een witte muur.

Daar was Nicky's huis – en er brandde nog licht. Jerry rende naar het hek, maar toen ze er was, gingen alle lichten zomaar uit en was het daar net zo donker als bij haar thuis. Hoe laat was het? De stationwagon stond op de oprit. Jerry veegde sneeuw van de autoruit en gluurde naar de klok. 23:30. Het kon geen halftwaalf 's avonds zijn.

Jerry was opeens bang en moe en radeloos. Ze wist niet hoe laat het was en ze wist niet wat ze moest doen. Misschien kon ze in de schuur slapen. Jerry liep van het donkere huis naar de tuin, waar het merkwaardig licht en wit en helder was vanwege de sneeuw.

De Sneeuwmama keek haar aan met twee heldergroene juwelenogen.

Ik wou dat je levend was, zei Jerry.

Een levende wat was? zei de Sneeuwmama. Een levende kat? Een levend circus?

Zei je nou iets? vroeg Jerry aarzelend.

Ja, ik zei iets, zei de Sneeuwmama.

Je hebt je mond niet bewogen...

Zo heb jij hem gemaakt, zei de Sneeuwmama. Maar je kan me toch horen?

Ja, zei Jerry, ik kan je horen. Ben je echt levend?

Moet je kijken! zei de Sneeuwmama en ze schoof een stukje opzij. Niet slecht voor iemand zonder benen. Maar zo heb jij me gemaakt.

Sorry, zei Jerry, ik wist niet hoe ik benen moest maken.

Maak je niet druk om dingen waar je niets aan kunt doen. Je hebt je best gedaan. En ik kan trouwens glijden. Kom mee! We gaan een eindje glijden!

De Sneeuwmama kwam verbijsterend snel in beweging voor een voorwerp zonder benen, wielen of een motor. Jerry moest rennen om haar in te halen.

Hou mijn hand vast, zou ik zeggen, zei de Sneeuwmama, als je me handen had gegeven.

Wacht! zei Jerry. Wil je twee spitvorken als handen?

Dat zou ik heel aardig vinden, zei de Sneeuwmama.

Daarom haalde Jerry twee (kleine) spitvorken uit de schuur en die duwde ze stevig in de flanken van de Sneeuwmama. De Sneeuwmama bewoog haar schouders een beetje op en neer om ze op de juiste plek te krijgen en toen concentreerde ze zich en lukte het haar om de tanden te buigen.

Hé! Hé! Hé!

Hoe doe je dat? vroeg Jerry.

Dat is een mysterie, zei de Sneeuwmama. Weet jij hoe je dingen doet? Is er iemand die dat weet? Ik deed het gewoon. Kom op, we gaan!

Waar gaan we naartoe?

De anderen zoeken!

Jerry en de Sneeuwmama gingen de tuin uit en de weg op. De Sneeuwmama ging veel sneller dan Jerry, die steeds viel.

Als een vis in het water, zo voel ik me, zei de Sneeuwmama. Ik voel me helemaal in mijn element. Kom aan boord! Klim er maar op en steun met je voeten op de tanden.

Al snel vlogen ze samen over straat. Jerry had haar voeten in de tanden gezet alsof het stijgbeugels waren en ze hield de uiteinden van Sneeuwmama's sjaal vast alsof het een leidsel was. En daar gingen ze, langs de school en langs het postkantoor, of althans, ze waren bijna langs het postkantoor toen een klein stemmetje riep: WACHT OP MIJ.

De Sneeuwmama maakte een schuiver om tot stilstand te komen.

Ze zei: WIE IS DAAR?

Op de brievenbus stond een Sneeuwpoppetje met een papieren hoedje op zijn hoofd. Hij was daar door een stel kinderen neergezet. HET IS HIER ZO SAAI, zei het sneeuwpoppetje, NEEM ME MEE!

Waarom praat je in hoofdletters? vroeg de Sneeuwmama. Weet je niet dat het onbeleefd is om in hoofdletters te praten? Ik heb geen familie, zei het Sneeuwpoppetje, en ik ben nooit naar school geweest. Sorry.

Nou, kom op, zei de Sneeuwmama, hou je maar aan de voorkant vast, want de achterkant is al bezet. Dan zullen we zien wat er te zien is.

AANGENAAM MET U KENNIS TE MAKEN, JUFFROUW! schreeuwde het sneeuwpoppetje tegen Jerry, en toen herinnerde hij zich dat het onbeleefd was om te schreeuwen en fluisterde hij zo zacht als hij kon: AANGENAAM MET U KENNIS TE MAKEN, JUFFROUW!

En daar gingen ze weer, langs de garage en langs de fabriek en onder de fonkelende hemel door de stille nacht.

Ze kwamen bij het stadspark.

Kinderen hadden de hele dag sneeuwpoppen gemaakt en nu waren ze allemaal naar huis en stonden de Sneeuwmannen er nog. Ze zagen er spookachtig uit in hun glinsterende witte jassen, die oplichtten in het glinsterende witte maanlicht.

Toen zag Jerry dat er een paar Sneeuwmannen langzaam naar het meer gingen. Daar stonden al twee Sneeuwmannen te vissen. Waarschijnlijk had een kind deze twee vissende Sneeuwmannen gemaakt en ze allebei een hengel en een vislijn van een stok en een touw gegeven.

Toen Jerry, de Sneeuwmama en het Sneeuwpoppetje bij het meer kwamen, draaide een van de Sneeuwvissers zich om. Hij tilde zijn platte hoed op ter begroeting.

Welkom! Dit meer zit vol Sneeuwvissen! De Sneeuwmeisjes zijn vuur aan het maken en we hopen dat jullie met ons willen barbecueën. Het weer is perfect.

Juist op dat moment boog zijn hengel door en trilde zijn lijn. Een minuut lang bewoog hij iets onzichtbaars en sterks heen en weer onder het wateroppervlak en toen maakte hij een handige beweging en vloog er een sneeuwvis uit het water. Hij was meer dan dertig centimeter lang en zijn schubben waren van sneeuwvlokken.

Je hebt ze alleen in deze tijd van het jaar, legde de Sneeuwvisser uit. Als het te vroeg in het seizoen is, zijn ze bevroren, en als het te laat in het seizoen is, smelten ze alsof ze er nooit zijn geweest.

Ik heb nog nooit een sneeuwvis gezien, zei Jerry.

Dat kan ook niet anders, zei de Sneeuwvisser. De meeste wezens zien alleen de wereld die we kennen.

O JÉ O JÉ O JÉ O JÉ O JÉ! schreeuwde het Sneeuwpoppetje. Hij was zo opgewonden dat hij op zijn kop stond en alles er achterstevoren uit kwam: ÉJO ÉJO ÉJO ÉJO ÉJO!

Kan dat wat minder? vroeg de Sneeuwvisser. Hij jaagt alle vissen weg.

De Sneeuwmama pakte het Sneeuwpoppetje bij zijn voeten en bracht hem naar de plek waar een groepje Sneeuwzusters een wigwam van witte berijpte takken bouwde. Ze hadden allemaal oorbellen van rode bessen.

Blijven jullie allemaal voor de barbecue? vroeg de ene die groter was dan de andere. Dat is toch een mens?

Ja, zei de Sneeuwmama, ze heet Jerry.

En IK dan? schreeuwde het Sneeuwpoppetje. Denken jullie ook wel aan MIJ?

Kan ik hem bij jullie laten? vroeg de Sneeuwmama. Iemand moet hem wat orde bijbrengen. Hij kan takken halen voor het vuur.

Natuurlijk! Kom op, snotneus van een Sneeuwpop, aan de slag! We zullen hem wel leren.

Ik ben wees! schreeuwde het Sneeuwpoppetje. Ik heb speciale wensen.

Als de zon opkomt en jij begint te smelten, zal je inderdaad speciale wensen hebben, zei een Sneeuwzuster. Hup! Hup! Aan de slag!

Ik zal je alles laten zien, zei de Sneeuwmama tegen Jerry. Ik zie dat dit allemaal nieuw voor je is.

Voor jou niet dan? vroeg Jerry. Ik bedoel, ik heb je pas vanochtend gemaakt.

Dat hoort bij het mysterie van de geschiedenis, zei de Sneeuwmama. Ik was niet. Ik ben. Ik zal niet zijn. Ik zal zijn.

Dat was te veel voor Jerry, net als de sneeuw. Toen ze achter de glijdende Sneeuwmama aan rende, viel ze tot haar kin in een diepe berg sneeuw.

SNOLLIE! Gooi eens een lijntje voor me uit! De Sneeuwmama gebaarde naar een van de Sneeuwvissers. Hij kwam naar haar toe, liet zijn lijn neer en trok Jerry uit de sneeuw alsof ze een karper onder het ijs was.

Bedankt, Snollie, zei de Sneeuwmama. Dit is een goed jaar, vind je niet?

O zeker, Mama, zei Snollie. Als het zulk weer blijft, zijn we hier zeker een week voordat we weer verder moeten.

Verder moeten? vroeg Jerry.

Zoals ik al zei, het mysterie van onze geschiedenis. Ik zal je over ons ontstaan vertellen.

De Sneeuwmama nam plaats naast een figuur van sneeuw

op een ondergesneeuwde bank en nodigde Jerry uit om tussen hen in te komen zitten. Ze vouwde haar vorkhanden in haar witte schoot en begon te vertellen...

Ieder jaar sneeuwt het en dan maken kinderen sneeuwpoppen. Ze geven ons wanten en mutsen en sjaals en dassen en mooie ogen, zoals die groene ogen van glas die je mij hebt gegeven. Grote mensen denken dat Sneeuwmensen alleen maar poppen van sneeuw zijn, maar kinderen weten wel beter. Ze fluisteren tegen ons en vertellen ons hun geheimen. Ze gaan op de grond zitten en trekken hun knieën op en leunen met hun rug tegen ons aan wanneer ze verdrietig zijn. Ze houden van ons en zo komen wij tot leven. Kijk eens om je heen in het park. Zie je hoeveel Sneeuwmensen er zijn? We ontmoeten elkaar ieder jaar, omdat we het eeuwige leven hebben als we eenmaal tot leven zijn gekomen. Je ziet ons smelten, en we smelten ook, maar zo gaan we weer verder, naar de volgende plek waar het sneeuwt. En zodra de kinderen de sneeuw beginnen te rollen, zijn we er weer.

Jerry dacht erover na. Maar als je smelt...

De Sneeuwmama stak haar hand op om haar tot zwijgen te brengen.

Je kan onze snielen niet laten smelten. Ieder Sneeuwmens heeft een sniel en de sniel reist door de tijd en de ruimte en de vorst en het ijs en je vindt ons tussen de ijsberen en de elanden en de rendieren. We wachten in witte wolken tot we weer kunnen beginnen. Wanneer het gaat sneeuwen, laten we niet lang op ons wachten.

Jerry keek naar de sneeuwpop die roerloos naast haar zat op de bank. En hoe zit het met hem? Waarom zegt hij niets?

De Sneeuwmama schudde haar hoofd. Hij zal nooit iets zeggen. Hij is geen Sneeuwmens, maar alleen een pop van sneeuw. Hij is gemaakt door een volwassene die niet in hem geloofde en niet van hem hield. En daarom is hij niet tot leven gekomen.

Jerry zei: Mijn vriendin Nicky hield niet van je. Ze vond je te dik.

Ik ben precies goed, zei de Sneeuwmama, en jij hield van me en daarom heb ik in de tuin op je gewacht.

En als ik niet was teruggekomen? zei Jerry.

Ik wist dat je zou terugkomen, zei de Sneeuwmama. De liefde komt altijd terug.

Er sloop een Sneeuwkat met een halsband met edelstenen langs. Zo is het maar net! zei de Sneeuwkat. High five voor geluk in de liefde! En hij stak zijn poot in de lucht.

Ze hebben het vuur aangemaakt! zei Jerry. Ik kan het zien! Maar de vlammen zijn niet oranje of rood. Ze zijn wit!

Koud vuur, zei de Sneeuwmama. Dat is geen gewoon vuur. Kom op! We gaan meedoen.

Het vuur vlamde hoog op en iedere flakkering en flikkering van de vlammen leek wel een opdwarrelende vlaag sneeuwvlokken, maar merkwaardig genoeg leken de witte, berijpte takken niet te verbranden. Het koude vuur brandde er in flakkerende doorzichtige stoten dwars doorheen.

De Sneeuwmensen stonden of zaten om het kampvuur hun handen en voeten te koelen.

Kom je hier lekker koelen! zei de Sneeuwmama.

Ik heb het al veel te koud, zei Jerry, die stond te rillen.

Zo, kijk eens wie we daar hebben, zei een van de Sneeuwzusters.

AAN DE KANT! AAN DE KANT!

Het was het Sneeuwpoppetje, dat het ene uiteinde van een tak vol Sneeuwvissen uit het meer droeg. De vissen leken wel van kristal en hadden parelachtige ogen.

Snollie droeg het andere uiteinde van de tak en probeerde het Sneeuwpoppetje de goede kant op te dirigeren. Nu hangen we de tak boven het vuur, alsof...

Maar het Sneeuwpoppetje was zo opgewonden dat hij recht het vuur in liep en er aan de andere kant weer uit kwam.

WAUW! zei Jerry. Hij lijkt wel groter geworden.

Het Sneeuwpoppetje was inderdaad groter geworden... veel groter.

Dat krijg je nou van koud vuur, legde de Sneeuwmama uit. Dingen verbranden in gewoon vuur en daardoor worden ze eerst kleiner, om vervolgens helemaal te verdwijnen. Maar dingen worden groter wanneer ze worden aangeraakt door koud vuur. Kijk maar naar de vissen!

De vissen kookten en sisten in hun schubben van sneeuwvlokken – maar ze waren nu twee keer zo groot.

Pak maar een vis, zei de Sneeuwvisser. Eet ze maar op nu ze nog koud zijn.

Mag ik er drie? riep de GROTE SNEEUWPOP, beter bekend als het Sneeuwpoppetje.

Die snotneus van een sneeuwpop heeft hersenen van sneeuwbrij. We krijgen hem wel klein... Hé, popje, hier heb je wat te eten!

Een van de Sneeuwzusters gooide een soort dennenappel naar de groeiende sneeuwpop, die nu gigantisch groot was.

BEDANKT! BEDANKT! BEDANKT! zei het grote Sneeuwpoppetje, dat inmiddels met zijn kop in de takken zat.

Komt het wel weer goed met hem? vroeg Jerry.

Ja hoor, natuurlijk, antwoordde de Sneeuwmama. In het ergste geval smelt hij.

Smelt jij ook? vroeg Jerry.

Ja, ik zal ook smelten.

Ik wil niet dat je smelt.

Weet je wat ik denk? vroeg de Sneeuwmama. Ik denk dat we jou eens naar huis moeten brengen. Ik wil niet dat je zo eindigt als Kay in 'De Sneeuwkoningin'... met blauwe handen en voeten en ijs in je hart.

Maar zij was slecht, zei Jerry, de Sneeuwkoningin.

Ja, zij was slecht, maar goedheid kan ongewenste gevolgen hebben. Je bent tenslotte alleen maar menselijk.

Dus pakte de Sneeuwmama Jerry op en verlieten ze de Sneeuwmensen die bij het kampvuur winterliederen aan het zingen waren. 'Let it Snow, Let it Snow, Let it Snow', 'Walking in a Winter Wonderland', 'Snobody Loves You Like I Do', 'Ain't Snow Stopping Us Now'.

Toen ze bij de rand van het stadspark waren, stierf het geluid van het gezang weg en hoorde Jerry alleen nog de wind die door de takken woei en het gesuis van de glijdende Sneeuwmama. Ze zong zachtjes voor zich uit met een lage, mooie stem.

Wat is dat voor lied? vroeg Jerry.

Shakespeare. 'Vrees niet meer de hitte van de zon'. Het is een klaagzang. We zingen het als we smelten.

Ken je Shakespeare?

Dat is een mysterie, zei de Sneeuwmama.

Al snel waren ze bij Jerry in de straat en stonden ze voor haar huis. Er brandde nog steeds geen licht.

Hier, zei de Sneeuwmama, ik doe de deur wel open. Ik vries het slot wel door.

In het huis was het koud en verlaten. In de gootsteen en op het aanrecht stonden borden opgestapeld. De vloer was smerig. Er stond wel een kerstboom in de hoek van de kamer, maar deze was niet versierd.

Over een paar dagen is het Kerstmis, zei de Sneeuwmama.

Mijn vader is vorig jaar met Kerstmis vertrokken, zei Jerry. Volgens mij is mijn moeder verdrietig.

Er kwam nooit iemand bij Jerry thuis. Er kwam nooit iemand spelen en nooit iemand op bezoek. Ze was het gewend dat het bij hen thuis zo was. De troep en het vuil en de droefenis. Nu zag ze het huis door Sneeuwmama's ogen. We gaan samen opruimen, zei de Sneeuwmama. Jij begint met de vaat. Ik dweil de vloer.

De Sneeuwmama had een unieke manier om de vloer te dweilen. Ze liet een stuk van haar sneeuwrok smelten en joeg het water door de kamer om het meteen de deur uit te vegen als het te vuil werd. Al snel was de vaat gedaan en begon de vloer te glimmen.

Mooi! zei de Sneeuwmama. Nu verzamelen we alle vuile kleren en lakens en het beddengoed en gaan we naar de wasserette.

Die is gesloten, zei Jerry. En we hebben geen geld.

Vertrouw me nou maar, ik ben een Sneeuwmens.

Bij de wasserette liet de Sneeuwmama het slot openspringen en toen gingen ze naar binnen. Het was makkelijk om de apparaten aan de praat te krijgen. De Sneeuwmama verboog de metalen voorkant van de muntjesautomaat met haar stalen vingers.

Hier zijn er genoeg, zei ze en daarna boog ze het klepje weer netjes terug.

Terwijl de was ronddraaide en ronddraaide, kreeg Jerry het weer warm en begon ze slaperig te worden. Ze droomde dat ze in een sneeuwstorm van waspoeder liep en dat de hemel van lakens was.

Er liep een dronkenlap langs, met een tweede fles wodka in zijn zak, die later vertelde dat hij had gezien hoe een sneeuwpop de was deed...

Ik zweer het je ze was meer dan tweeënhalve meter lang en wit en het was een soort blok en ze had van die enge groene ogen en mestvorken als handen en er was ook een meisje dat op een stel stoelen lag te slapen.

Weet je zeker dat je de Kerstman niet hebt gezien? Hahaha-
haha!

Toen Jerry wakker werd, was de was gedroogd en opgevou-
wen en daarom ging ze weer naar huis met de Sneeuwmama.

Doe jij de bedden, zei de Sneeuwmama. Ik ben zo terug.

Jerry maakte schone bedden op voor haarzelf en voor haar
moeder. Voor het eerst in tijden zagen hun bedden eruit als
een plek waar je lekker kon slapen. Knus en warm en schoon
en uitnodigend. Ze begon te gapen. De klok zei dat het bijna
vier uur 's ochtends was.

Net op dat moment kwam de Sneeuwmama terug met een
winkelwagentje vol boodschappen: fruit, koffie, koekjes, groenten, bacon, eieren, melk, boter, brood, een kalkoen en een
plumpudding. De rode hondenringenmond van de Sneeuwmama vertoonde een bredere grijns dan ooit tevoren.

Ik heb ingebroken bij Store's Stores!

Maar dat is diefstal!

Ja, dat klopt.

Maar dat mag niet!

Je mag ook niet een kind zonder iets te eten achterlaten.
Hier...

En de Sneeuwmama verwarmde melk en maakte een grote
geroosterde boterham met kaas voor Jerry. Jerry at en dronk
in bed en viel bijna in slaap.

Ik moet nu gaan, zei de Sneeuwmama. Je kan me morgen
weer komen opzoeken bij Nicky in de tuin.

Ik wil niet dat je weggaat, zei Jerry.

Ik moet buiten in de kou staan. Slaap lekker. Ik zou je wel
een zoen willen geven, maar ik kan niet vooroverbuigen.

Jerry ging op het bed staan en zoende de Sneeuwmama. Ze
voelde hoe er een beetje sneeuw in haar mond smolt.

De volgende dag werd Jerry wakker van het geluid van de voordeur. Ze sprong uit bed. Haar moeder was thuisgekomen. Ze zag er moe en verslagen uit. Ze merkte niet dat de keuken helemaal schoon was of dat de ramen glommen of dat er een warm en gelukkig gevoel in huis hing. Jerry deed een paar boterhammen in de broodrooster. Het is bijna Kerstmis, zei ze.

Ik weet het, zei haar moeder. Ik ga een cadeautje kopen, dat beloof ik. We gaan samen de boom optuigen, maar ik moet gewoon even slapen... Ik... Ze kwam overeind, ging naar de slaapkamer en kwam weer tevoorschijn. Heb jij schoongemaakt? Zo heb ik het nog nooit gezien.

Ik heb overal schoongemaakt. En er is eten. Kijk!

Jerry's moeder keek in de ijskast en in de keukenkastjes. Hoe ben je aan het geld voor al dit eten gekomen?

Dat heeft de Sneeuwmama gedaan.

Jerry zei niet dat de Sneeuwmama het eten bij Store's Stores had gestolen.

Is dat een soort... liefdadigheidsinstelling? Voor Kerstmis? Ja, zei Jerry.

Jerry's moeder leek bijna de persoon die ze was voordat Jerry's vader was vertrokken. Ik kan haast niet geloven dat iemand ons heeft geholpen en aardig voor ons is geweest. Heeft ze een nummer achtergelaten?

Jerry schudde haar hoofd.

Haar moeder keek weer rond in hun huisje. Dit is een soort wonder. Het is een wonder. Jerry! Ga buitenspelen en als je terugkomt, heb ik het eten klaar. Net als vroeger.

Jerry rende naar Nicky's huis. Ze kon haast niet wachten om haar vriendin te vertellen wat er die nacht was gebeurd. Ze vertelde haar over de Sneeuwvissen en het Kleine Grote Sneeuwpoppetje en hoe ze op de rug van de Sneeuwmama had gereden. Ze vertelde niet over de wasserette of de inbraak.

Maar Nicky geloofde haar niet. Ze liep naar de Sneeuwmama en trok haar neus eraf. Zie je nou? Ze zou echt wel vloeken als ze levend was!

Jerry pakte de dennenappel en duwde Nicky met haar gezicht in de sneeuw. Nicky begon te huilen en haar moeder kwam naar buiten. Jullie twee, zo is het genoeg! Jerry, we gaan vanmiddag kerstinkopen doen. Wil je mee?

Ik wil haar niet mee! riep Nicky.

Jerry deed alsof ze naar huis ging maar verstopte zich achter de schuur. Zodra de auto was vertrokken, rende ze naar de Sneeuwmama. Ze zijn weg! Je kan je weer bewegen!

Maar er gebeurde niets. De Sneeuwmama stond daar roerloos als een beeld. Jerry wachtte en wachtte en kreeg het kouder en kouder. Ze was triest en opgelaten toen ze door het park naar huis liep. De Sneeuwmannen waren er allemaal en stonden te vissen of in groepjes met elkaar te praten. Ze zag de Sneeuwkat onder de boom en rende naar hem toe: Hallo! Geluk in de liefde! Maar de kat zweeg.

Daarom liep Jerry naar huis, terwijl ze zich afvroeg of het er echt schoon zou zijn, of er echt eten in de ijskast zou liggen, of haar moeder echt wat te eten zou maken...

Toen ze langs Store's Stores liep, stond meneer Store chagrijnig in zijn afschuwelijke overall op zijn trappetje. Hij zwaaide naar Jerry en zei dat ze eens moest luisteren.

Ik ben vannacht beroofd! Er is ingebroken en eten gestolen. De inbreker was verkleed als sneeuwpop! Ik heb de beelden van de bewakingscamera. Het is toch ongelooflijk!

Jerry moest glimlachen. Meneer Store keek haar zo boos aan dat zijn afschuwelijke wenkbrauwen zijn afschuwelijke snor raakten. Dat is niet om te lachen, jongedame.

Jerry deed de deur van het huis open. Het was er net zo schoon en netjes als ze het had achtergelaten. Er kwamen heerlijke geuren uit de keuken. Jerry's moeder luisterde naar kerstliedjes op de radio. Ze had lasagne gemaakt. Ze aten samen en haar moeder zat vol plannen. Ik ga op zoek naar een andere baan. Geen nachtwerk meer. We houden het hier schoon. Het maakt zo'n verschil dat we hulp hebben gehad. Weet je dat?

Die avond moest Jerry's moeder weer naar haar werk, maar dat leek nu niet meer zo triest en zo zwaar als daarvoor. Jerry was van plan het huis uit te glippen en naar het park te gaan, maar kwam erachter dat haar moeder de deur op slot had gedaan. Ze bedacht net dat ze door het slaapkamerraam naar buiten kon klimmen zodat niemand haar zou zien, toen ze iemand op het keukenraam hoorde klop-klop-kloppen.

Het was de Sneeuwmama.

Jerry deed het raam open.

Het is daar zo warm dat ik niet binnen kan komen, zei de Sneeuwmama. Ik heb wat meegenomen om je boom te versieren.

Ze had een zak met dennenappels, dezelfde als haar neus, alleen waren deze helemaal glanzend wit en berijpt.

Waarom zei je niks tegen me toen ik bij Nicky was? vroeg Jerry. Ik wachtte en wachtte en jij was alleen maar een pop van sneeuw.

Dat is een mysterie, zei de Sneeuwmama. Waarom ga je de boom niet optuigen? Ik kijk wel door het raam.

De boom zag er al snel prachtig uit met de dennenappels. Het huis was gezellig en feestelijk.

Wist je, vroeg de Sneeuwmama, dat er in een liter sneeuw meer dan een miljoen sneeuwvlokken zitten?

En is iedere sneeuwvlok anders? vroeg Jerry.

Een sneeuwvlok krijgt zijn vorm wanneer hij door de lucht dwarrelt en iedere sneeuwvlok dwarrelt op zijn eigen manier, zei de Sneeuwmama. Hoe gaat het vandaag met je moeder? Ze was gelukkig vandaag, zei Jerry, en ze heeft lasagne gemaakt. Ik heb afgewassen.

Jullie moeten goed voor elkaar zorgen, zei de Sneeuwmama. Anders zijn jullie allebei triest en hebben jullie het allebei koud, zelfs in de zomer.

Ouders horen voor hun kinderen te zorgen, zei Jerry.

Het leven is zoals het is, zei de Sneeuwmama.

Jerry keek door het raam naar de ijzige sterren. Ze zei tegen de Sneeuwmama: Kun je niet bij ons komen wonen? Als we je nu goed koud houden en een eigen vriezer geven of zoiets?

De groene ogen van de Sneeuwmama vlamden in het donker.

Dan weet iedereen wat wij weten en dat mag nooit gebeuren, want iedereen moet het zelf ontdekken.

Wat? vroeg Jerry.

Dat de liefde een mysterie is en dat de liefde het mysterie is dat dingen laat gebeuren.

Jerry sliep de hele donkere nacht en droomde van zachtheid en rust en een miljoen miljoen sterren.

Toen ze haar moeder de volgende ochtend hoorde binnenkomen, sprong Jerry uit bed, rende naar de keuken en kuste haar moeder, die de boom bewonderde.

Waar heb je die versiering gevonden?

Die heeft de Sneeuwmama gebracht, zei Jerry.

Ik wou dat ik haar persoonlijk kon bedanken. Weet je zeker dat ze geen kaartje heeft achtergelaten?

Jerry besloot dat ze de Sneeuwmama zou vragen kennis te maken met haar moeder. Toen haar moeder zich klaarmaakte om te gaan slapen, kleedde Jerry zich aan en rende daarna door het park naar Nicky's huis.

Toen ze bij het hek bij de oprit kwam, bleef ze staan. Er

stond een andere auto naast de auto van het gezin van Nicky. De auto stond precies op de plek waar de Sneeuwmama had gestaan. Jerry rende de tuin in en keek achter de auto. Op de grond lagen haar bolletjesmuts en de twee oude spitvorken. Jerry liet zich op handen en knieën vallen en begon driftig in de sneeuw te graven. Ze vond de smaragdgroene ogen van de Sneeuwmama. Ze begon te huilen.

Nicky kwam naar buiten. Ze had alleen een trui aan en een legging.

Wat is er, Jerry?

Maar Jerry was sprakeloos, dus zei Nicky: De sneeuwpop is omgevallen toen mijn vrienden hier aankwamen. Ze reden gewoon achteruit met de auto... sorry.

Jerry bleef maar huilen en Nicky wist niet wat ze moest doen: Ze was niet echt, Jerry... We kunnen nog een sneeuwpop maken, als je wil... Wil je dat?

Maar het weer begon om te slaan. Het was al aan het regenen en de sneeuw werd zachter en er vielen grote plakken sneeuw van de daken. Jerry rende terug door het park en zag dat de Sneeuwmensen alweer verdergingen. Sommigen waren hun hoofd kwijt. De Sneeuwkat was nog slechts een hoop sneeuw met één oor en het dichtgevroren meer veranderde van kleur omdat het warmere water op het ijs lag. De Sneeuwvisser had zijn hengel en lijn laten vallen.

Jerry ging naar huis. Toen haar moeder wakker werd, probeerde Jerry alles uit te leggen over de Sneeuwmama, maar haar moeder begreep het niet. Ze begreep echter wel dat Jerry verdrietig was en hield haar tegen zich aan en beloofde haar dat hun leven vanaf nu zou veranderen. Ze zouden te eten hebben en schone kleren en tijd en het zou warm zijn in huis.

Ik zal niet meer drinken. Ik zal niet meer depressief zijn. Ik zal je niet meer alleen laten, zei ze tegen Jerry, en hoewel het makkelijker is deze dingen te zeggen dan te doen, hield Jerry's moeder zich aan haar woord. Ze hadden nooit meer een koude en hongerige Kerstmis.

En het werd eerste kerstdag, want dat wordt het altijd, of je het nu wil of niet, en die dag gaat ook altijd weer voorbij, of je het nu wil of niet, want het leven is zoals het is. En Jerry maakte haar pakjes open onder de boom en een van de cadeautjes, het mooiste van allemaal, was een microscoop en een boek waarin alles over sneeuwvlokken stond.

Het was allemaal in 1885 begonnen in Vermont toen een jongen die Snowflake Bentley heette sneeuwvlokken was gaan fotograferen door zijn microscoop. Hij was de eerste die dit ooit had gedaan en toen hij stierf, had hij 5381 sneeuwvlokken gefotografeerd en iedere foto was anders.

En Jerry ging terug naar de plek waar de Sneeuwmama had gestaan. Maar de plek was leeg.

In de daaropvolgende jaren maakte Jerry iedere winter de Sneeuwmama, meestal in het park bij het meer, en ze gaf haar groene ogen en spitvorken als vingers, maar de Sneeuwmama kwam nooit meer tot leven.

Jerry werd volwassen. Na verloop van tijd kreeg ze zelf kinderen en die waren dol op het verhaal over de Sneeuwmama, hoewel ze haar zelf nooit hadden gezien.

Het was kerstavond.

Jerry's kinderen lagen in bed.

De kerstkousen hingen aan het voeteneind van hun bed en de kat lag te slapen onder de kerstboom.

Jerry deed de lichten uit. Het sneeuwde zachtjes. Om de een of andere reden deed ze de la van haar bureau open en pakte ze de microscoop die ze zoveel jaren geleden van haar moeder had gekregen. Toen trok ze haar laarzen aan en ging naar buiten.

Haar kinderen hadden drie Sneeuwmensen gemaakt en op een rijtje gezet.

Jerry duwde de microscoop tegen de dichtstbijzijnde koude witte vorm en keek naar de uitvergrote sneeuwvlokken in het glas. Hoe kon het leven zo rijk, verrassend en gewoon zijn? Een wonder?

Net als de liefde, zei ze hardop.

En een bekende stem antwoordde: De liefde komt altijd terug.

Daar was de Sneeuwmama. Ze stond in de tuin.

Jij bent het! zei Jerry.

Altijd, zei de Sneeuwmama.

Maar na al die jaren... waar ben je geweest?

Dat is een mysterie...

Ik zal het de kinderen vertellen. Ik heb ze al alles over je verteld!

Vanavond niet, zei de Sneeuwmama. Misschien op een dag, wie weet? Ik wilde je gewoon weer zien. Ik hoopte dat het er nog eens van zou komen.

En er biggelde een soort sneeuwige traan uit Sneeuwmama's oog.

Wacht! zei Jerry. Wacht!

Ze rende naar binnen en ging naar haar bureaula.

Ze had de groene glazen ogen samen met de microscoop bewaard.

Deze zijn van jou, zei ze. Wil je ze weer hebben?

Toen kuste ze de Sneeuwmama en voelde dat er een beetje ijs in haar mond smolt.

Het is allemaal goed gekomen, zei Jerry.

Ik weet het, zei de Sneeuwmama. Soms moeten we alleen een beetje geholpen worden...

Niet weggaan! zei Jerry toen de Sneeuwmama weg begon te draaien.

Ik zal je in het oog houden, zei de Sneeuwmama. Ha ha! En wie weet wat de toekomst ons zal brengen?

En weg gleed ze, even stil als de sterren, tot ze in de verte zo vaag was als een ster die ontzettend ver weg is.

Een miljoen miljoen sterren en geluk in de liefde.

De rode kool
van Ruth Rendell

IK LEERDE RUTH Rendell kennen in 1986, toen zij zesenvijftig was en ik zevenentwintig. We waren vriendinnen tot aan haar dood in 2015, toen zij vijfentachtig was en ik zesenvijftig. Ik leerde haar kennen toen zij even oud was als ik nu ben – en dat verandert mijn kijk op onze vriendschap en haar opmerkelijke vriendelijkheid. Ik had toen pas één boek gepubliceerd, *Sinaasappels zijn niet de enige vruchten.* Zij was een gevierd auteur, bekend in binnen- en buitenland. *The Queen of Crime.*

We leerden elkaar kennen omdat ze iemand zocht om op haar huis te passen wanneer ze zes weken in Australië was voor een promotietournee. Ik was net bezig met mijn tweede boek, *De passie.* Met de haar kenmerkende empathie voor jonge schrijvers zei ze dat ze ook net haar tweede roman aan het schrijven was, als Barbara Vine – het pseudoniem dat ze recent had aangenomen voor thrillers die van een angstaanjagend psychologisch inzicht getuigden.

Ruth en ik mochten elkaar bijzonder graag. In sommige opzichten was het gewoon zo eenvoudig. In de loop der jaren ontstond de traditie om eerste of tweede kerstdag samen door te brengen. Haar zoon woont in Amerika en nadat haar man, Don, was overleden, werd het voor ons allebei steeds belangrijker samen Kerstmis te vieren.

We deden altijd hetzelfde. Ze zei mij wanneer ik moest komen en dan maakten we een lange wandeling door Londen. Zij stippelde de route uit – er was altijd iets wat ze wilde zien.

Haar latere werk zit vol Londen. Ze vond het heerlijk om door Londen te lopen en op eerste kerstdag is het rustig. Na die wandeling gingen we eten. Ruth kookte. Ze kon goed koken. Geen fratsen. Ze was niet echt geïnteresseerd in eten, maar hield ervan het kerstdiner te bereiden. Wat aten we zoal? Fazant, *roast potatoes*, wortelen, een of andere groene groente, gewoonlijk groenten die ik in mijn tuin had verbouwd en die de naaktslakken en duiven hadden overleefd. Als we geluk hadden aten we dus spruitjes en als we pech hadden boerenkool. Veel jus en, daar gaat het hier om, Ruth Rendells ingemaakte rode kool.

Ruth bereidde de ingemaakte kool aan het begin van de herfst. Op die dag belde ze me altijd op. 'O, Jeanette, met Ruth, ik maak de rode kool in en dan loop ik naar het huis.' Ze bedoelde het House of Lords, het Hogerhuis, waarvan ze lid was voor Labour.

Het is niet algemeen bekend dat Ruth een grote fan was van countrymuziek, maar het inmaken van de rode kool werd altijd begeleid door Tammy Wynette of k.d. lang. Ik was nooit bij het inmaakproces aanwezig. Ruth beoefende haar alchemie in afzondering en wat ze ook deed, ze deed het beter dan ik. Ik heb haar recept, maar ben niet zo handig als zij. Inmaken was iets wat de vrouwen van Ruths generatie begrepen. Ruth was in 1930 geboren en leverde als tiener haar bijdrage aan de oorlogsinspanning door groenten in te maken. En haar moeder was Zweedse, en daarom gaan de inmaakvaardigheden van Ruth dus terug tot het begin van de twintigste eeuw. Ze zijn afkomstig uit een traditie die in de winter voor haar voedselvoorraad afhankelijk was van zouten en fermenteren.

En tijdens Ruths jeugd in Londen was er natuurlijk eerst de crisis en vervolgens de oorlog en daarna de rantsoeneringen, en niemand had nog een ijskast. Toen haar echtgenoot Don nog leefde, maakte ze voor hem augurken in. Hij was dol op augurken. Ze vertelde me dat ze in de oorlog ook konijnen had ingemaakt.

'Hoe smaakte dat?'

'Hoe moet ik dat nou weten? Het zag er smerig uit. Ik ging dat echt niet eten, Jeanette!' En dan die lach. Ruth had een mooie lach, en ze lachte om de kluchtigheid van het leven, om de belachelijkheid.

Je zou dus kunnen zeggen dat Ruth een specialist was in het inmaken. Ze was dol op ingemaakte haring. Ik ben dol op ingemaakte komkommer, die ik altijd bij het Wolseley Restaurant op Piccadilly in Londen bestel. Ruth stelde het bijzonder op prijs als ik haar daar mee naartoe nam. Over het algemeen betaalde Ruth de rekening; ze was rijk en genereus, dus was het goed als zij eens ergens mee naartoe werd genomen, en onze regel was dat zij nooit betaalde in The Wolseley. Ik zorgde altijd dat ik er als eerste was om zonder geruzie champagne te kunnen bestellen...

Ik vind champagne en ingemaakte komkommer een uitstekende combinatie. Ruth was echter niet erg onder de indruk van de ingemaakte komkommer in The Wolseley.

'De mijne is lekkerder, weet je...'

En dat was waar.

Ruth had een stel oude weckflessen met een rubberen ring en glazen deksels met een metalen beugel. Wanneer deze tot de rand waren gevuld, werden ze in de provisiekast bewaard, als een vraag die nog niemand kon beantwoorden.

Het was altijd een verwachtingsvol en angstig moment wanneer het tijd was de weckfles te openen. Inmaken is een hachelijke bezigheid. Je hebt misschien iets heerlijks gemaakt – of iets wat stinkt.

Het ging nooit mis – maar je weet het pas als je de weckfles hebt geopend.

Ingemaakte rode kool heeft een prachtige rode kleur, die volmaakt is voor een kerstmaal. Ruth diende haar rode kool op in een lichtgroene kom. De scherpe smaak is een mooi tegenwicht voor een zwaar kerstdiner. Behalve de groenten hoefde ik alleen wijn mee te nemen. Ruth had totaal geen verstand van wijn en als zij moest kiezen was het een fles uit de supermarkt met wijn uit het meer van Chardonnay. Maar ze was dol op champagne en daarom nam ik dat mee. Veuve Clicquot.

Na het eten was het tijd om tv te kijken. Ruth bepaalde wat we keken, maar het moest wel iets zijn dat op dat moment werd uitgezonden. Geen dvd's, geen uitzending gemist. Ruth ging languit op de ene bank liggen met haar geliefde kat Archie. Ik lag op de andere bank en dan klaagden we samen over de tv-programma's. Het was belangrijk dat we daarover konden klagen.

Rond tienen zette Ruth de tv uit en zei ze: 'Ik kan deze troep niet meer verdragen. En jij.' (Het was geen vraag.) Daarna ging ze verder met een volgende non-vraag: 'Zullen we aan onze kerstpudding beginnen.'

De pudding – altijd bereid door een vriendin van haar in het Hogerhuis – was even groot en zwaar als een kanonskogel. Het was een dodelijk wapen, vermomd als nagerecht. Ruth liet hem urenlang koken in een theedoek in een soeppan – op de ouderwetse manier. De ventilatie in haar keuken was niet al te best en daarom hing er gedurende het tweede deel van de avond altijd een hitchcockiaanse nevel die naar afwasmiddel rook. Zelfs de kat liep te kuchen.

Tegen de tijd dat de pudding klaar zou moeten zijn – en

Ruth, die bijzonder precies was, gebruikte nooit een wekker –
begon ze custard te maken. Daarbij stond ze altijd te zingen
– meestal een countrynummer, of soms Händel; ze was een
groot Händelfan. Soms was het een medley van 'Jolene' en
hits uit de *Messiah*. De custard maakte ze zelf van melk en eieren, een inspanning die moest worden aangemoedigd met een nieuwe fles
champagne – maar slechts een halve. Daarna werd de pudding op zijn bord gekiept, door mij
overgoten met cognac en door Ruth aangestoken. Ruth zei al-
tijd dat ze te vol zat om nog meer te eten en verorberde vervol-
gens precies de helft van de pudding. De dag daarna stuurde ze me weer naar huis met de rest van
de weckfles met rode kool.

De laatste Kerstmis die ik met haar doorbracht was in 2014.
Op 7 januari 2015 kreeg Ruth Rendell een beroerte en daarvan is ze nooit hersteld.

Ik mis onze gezamenlijke kerstmissen. En haar rode kool.

Hier is het recept.

Ingrediënten

*1 grote biologische rode kool, niet te oud of te taai, of 2 kleintjes

*Inmaakazijn. Hierover later meer.

*100 gram suiker. Niet in alle recepten wordt suiker gebruikt, maar
wel in dat van Ruth.

*15 gram grof zeezout van een goede kwaliteit. De hoeveelheid zout
is afhankelijk van de hoeveelheid kool die je bereidt. Het zout moet
het water aan de koolbladeren onttrekken.

Over de inmaakazijn: je kan natuurlijk inmaakazijn in de winkel kopen, maar Ruth maakte het zelf en bewaarde wat in de
voorraadkast voor het geval ze even snel ingemaakte rode kool
wilde maken. Inmaakazijn blijft eindeloos goed wanneer je het

in een goede luchtdichte fles bewaart en steeds in een kleinere fles overgiet. Zo maak je het:

Giet ruim 1 liter natuurazijn in een grote pan en voeg 6 verse laurierbladeren, een paar theelepels peperkorrels, een paar karwij- of korianderzaden toe als je die hebt, en ook mosterdzaad, of, in plaats daarvan (ik zei toch dat dit een persoonlijk recept was!) een paar kruidnagels. Doe maar wat. Ruth deed ook echt maar wat, want ze wist wat goed zou smaken. Breng alles aan de kook. Laat het afkoelen op een plek waar niet de hele boel naar azijn gaat stinken. Ik doe er een deksel op en zet het de hele nacht buiten. Laat alle kruiden tot de volgende dag in de azijn zitten en zeef de azijn. Sommige mensen doen eerst alle kruiden in een kruidenbuiltje en gooien het builtje vervolgens weg, maar dat vond Ruth gedoe. 'Wat is er mis met een zeef.' (Nog een nonvraag.)

Bereidingswijze

Verwijder alle oude bladeren aan de buitenkant van de kool. Je gaat dit later opeten.

Snijd de rode kool in stukken die je aan je vork kunt prikken. Doe deze in een grote kom en roer het zout erdoorheen. Dek de kom af en laat een nacht in de ijskast staan.

Breng de inmaakazijn de volgende dag weer aan de kook, laat het goed afkoelen en voeg de suiker toe en roer goed. Als je de suiker toevoegt wanneer het mengsel nog te warm is, krijg je een soort azijnsiroop die afkomstig lijkt uit een rampzalig verlopen scheikundeles. Niet goed.

Spoel het zout van de kool en droog de kool goed af.

Zet de weckflessen op een rij. De weckflessen moeten gesteriliseerd zijn en helemaal droog en schoon. We gaan allemaal een keer dood, maar liever niet aan koolvergiftiging.

Vul elke fles voor een derde met inmaakazijn en vul de

weckflessen dan helemaal met kool. En ik bedoel ook echt helemaal! En vul de flessen vervolgens helemaal tot de rand met de inmaakazijn. Er mag helemaal geen lucht meer in zitten! Doe de weckfles dicht, maak hem schoon en bewaar de verse, ingemaakte rode kool op een donkere plaats op kamertemperatuur tot je hem gaat gebruiken.

Het probleem met dit recept is dat Ruth virtuoos was in inmaken, dus gewoon rode wijn aan haar inmaakazijn toevoegde of wijnazijn gebruikte als ze daar zin in had. Ze deed soms ook stukjes valappel bij de rode kool. Of ui. (Ja, ja, ik weet het. IK WEET HET.) Bij haar ging het gewoon nooit mis. In tegenstelling tot bij mij.

Weten jullie nog wat die goede, oude Sam Beckett zei? 'Falen. Weer falen. Beter falen.'

Vrolijk kerstfeest, Ruth.

DONKERE KERST

*W*e hadden het huis geleend van een vriend die niemand scheen te kennen. Highfallen House stond op een heuvel met uitzicht op zee. Het was een rechthoekig victoriaans landhuis met grote erkers en uitzicht op de dennenbomen en de kust. Zes stenen traptreden leidden de bezoeker naar de dubbele voordeur waar een gotisch schellenkoord een luid klaaglijk geklingel losliet in de diepten van het huis.

Langs de oprijlaan stonden laurierbomen. De stallen waren niet meer in gebruik. De ommuurde tuin was in 1914 afgesloten toen de tuinmannen naar het front waren vertrokken. Er was slechts één tuinman teruggekomen. Ze hadden me gewaarschuwd dat de hoge, bakstenen muur om de tuin niet veilig was. Toen ik er langzaam langsreed in de auto zag ik een verkleurd bord dat aan de afgebladderde deur bungelde: VERBODEN TE BETREDEN.

Ik zou als eerste arriveren. Mijn vrienden kwamen een dag later met de trein en ik zou ze ophalen en dan gingen we Kerstmis vieren.

Ik was met de auto uit Bristol gekomen en ik was moe. Er lag een kerstboom op het dak van mijn 4x4 en de achterbak stond vol met proviand. Er was geen enkele stad in de buurt. Maar de dienstbode had haardhout achtergelaten en ik had een *shepherd's pie* en een fles rioja voor mijn eerste avond.

In de keuken was het best sfeervol toen ik eenmaal vuur had

gemaakt en de radio had aangezet. Ik pakte onze voorraden voor de feestdagen uit. Ik keek op mijn telefoon – geen bereik. Maar ik wist hoe laat de trein morgen aankwam en het was een opluchting dat de wereld verdwenen was. Ik zette het eten in de oven, schonk een glas wijn in en ging naar boven om een slaapkamer te kiezen.

Er waren drie slaapkamers die op de eerste overloop uitkwamen. Iedere slaapkamer was voorzien van een mottig vloerkleed, een metalen ledikant en een mahoniehouten ladekast. Aan het einde van de overloop was een trap naar de zolder.

Ik heb geen romantische voorstellingen van meidenkamers of kinderkamers en er was iets aan die tweede trap wat me deed aarzelen. De overloop was felverlicht zoals op een wintermiddag als opeens de zon doorbreekt. Maar het licht eindigde abrupt aan de voet van de trap alsof het niet verder kon. Ik wilde niet in de buurt van die trap slapen en daarom koos ik de kamer aan de voorkant van het huis.

Toen ik mijn tas naar boven bracht, begon de bel te rinkelen, met tikkende metalige hamertjes die ergens in de ingewanden van het huis klonken. Ik was verbaasd maar niet geschrokken. Ik verwachtte de dienstbode. Ik opende de deur. Er was niemand. Ik liep de trap af en keek om me heen. Ik geef toe dat ik bang was. Het was een heldere en stille avond. Nergens een auto te zien. Geen voetstappen die zich verwijderden. Ik was vastbesloten mijn angst te overwinnen en liep wat rond. Toen ik weer terugliep, zag ik het: het koord van de bel liep langs het huis en zat onder een beschermende dakgoot. Er hingen misschien dertig of veertig vleermuizen ondersteboven aan het schellenkoord. Ongeveer evenveel vlogen er rond in de duisternis. De bel was klaarblijkelijk gegaan door hun bewegingen op het koord. Ik hou van vleermuizen. Vleermuizen zijn slim. Goed. En nu avondeten.

Ik at. Ik dronk. Ik vroeg me af waarom de liefde zo ingewikkeld is en het leven zo kort. Ik ging naar bed. Het was nu iets warmer in de kamer en ik was klaar om te gaan slapen. Het geluid van de zee klonk in de vloed van mijn dromen. Ik ontwaakte uit een doodse slaap in een doodse duisternis en hoorde... wat? Wat hoorde ik? Het klonk als een bal of een knikker die over de kale vloer boven mijn hoofd rolde. Hij rolde hard over hard en raakte vervolgens de muur. Toen rolde hij weer de andere kant op. Dat deed er verder niet toe, ware het niet dat de vloer aan die andere kant opliep. Dingen kunnen losraken en naar beneden rollen, maar ze kunnen niet losraken en omhoog rollen. Behalve wanneer iemand...

Dat was zo'n onwelkome gedachte dat ik die tegelijk met de wet van de zwaartekracht verwierp. Het voorwerp dat boven mijn hoofd rolde, moest wel vanzelf zijn losgeraakt. Het was een tochtig en onbewoond huis. De zolder zat onder een schuin dak waar de wind en de regen konden binnendringen. De wind en de regen of een dier. Denk aan die vleermuizen. Ik trok de dekens op tot mijn wenkbrauwen en deed of ik niet lag te luisteren.

Daar was het weer: hard tegen hard en een knal en een pauze en rollen.

Ik wachtte op de slaap, wachtte op het daglicht.

We hebben geluk, zelfs de slechtsten onder ons, want het wordt altijd weer licht.

Het was een sombere dag, 21 december. De kortste dag van het jaar. Koffie, jas aan, autosleutels. *Moet ik niet op zolder gaan kijken?*

De tweede trap was smal – een bediendetrap. Hij leidde naar een gang van bepleisterde tengels, niet veel breder dan mijn schouders. Ik begon te kuchen. Het was moeilijk daar adem te halen. Door de vochtigheid was het pleisterwerk in dikke, kruimelende hopen op de vloerdelen gevallen. Net als beneden waren er drie deuren. Twee waren er gesloten. De deur naar de kamer boven die van mij stond op een kier. Ik moest mezelf dwingen om verder te gaan. De kamer bevond zich onder een schuin dak, zoals ik al vermoedde. Er lagen onbehandelde planken op de vloer. Er stond geen bed, alleen een wastafel en een wasrek. Toen zag ik tot mijn verbazing in de hoek van de kamer een kerststal staan. Hij was meer dan een halve meter hoog en leek eerder op een poppenhuis dan op kerstversiering. In de open stal stonden de dieren, de herders, de kribbe, Jozef. Boven het dak, aan een stuk ijzerdraad, bevond zich een gedeukte ster. Het was een oude kerststal, die met de hand was gemaakt door een niet al te vakbekwame ambachtsman, en het beschilderde hout was nu afgeschilferd en verbleekt als pigmenten van de tijd.

Ik bedacht dat ik hem naar beneden zou brengen en bij onze kerstboom zou zetten. Hij was waarschijnlijk voor de kinderen gemaakt toen hier nog kinderen woonden. Ik stopte mijn zakken vol met de poppetjes en de dieren, maakte me uit de voeten en liet de deur openstaan. Ik moest snel naar het station. Stephen en Susie zouden me later wel helpen met de rest.

Zodra ik het huis uit was, had ik het gevoel dat mijn longen weer lucht kregen. Het kwam vast door het stof van het pleisterwerk.

De weg naar het station liep langs de kust, was verlaten en stug en kronkelde zich in een reeks blinde bochten en scherpe hoeken. Ik kwam niemand tegen en zag niemand. Meeuwen vlogen in rondjes boven de zee.

Het station zelf was een eenvoudig hok langs een lang, verlaten spoor. Er waren geen informatieborden. Ik keek op mijn telefoon. Geen bereik.

Uiteindelijk verscheen de trein in de verte. Ik was opgewonden. Wanneer ik de trein neem of iemand van de trein ga halen word ik altijd overmand door vreugde vanwege de herinneringen aan bezoeken aan mijn vader toen hij was gestationeerd op zijn luchtmachtbasis.

De trein remde af en stopte. De conducteur stapte even uit. Ik keek naar de deuren – het was geen grote trein, de trein op dit traject – maar geen enkele deur ging open. Ik zwaaide naar de conducteur en hij kwam naar me toe.

'Ik wacht op mijn vrienden.'

Hij schudde zijn hoofd. 'Er zit niemand in de trein. De volgende halte is het eindpunt.'

Ik was verrast. Waren ze een halte eerder uitgestapt? Ik beschreef ze. De conducteur schudde weer zijn hoofd. 'Ik pik de vreemden er altijd zo uit. Dan zouden ze in Carlisle zijn ingestapt en me hebben gevraagd waar ze moesten uitstappen, want dat doen ze altijd.'

'Komt er vandaag nog een trein?'

'Een per dag en dat is het dan en dat is hier meer dan genoeg. Waar verblijf je?'

'Highfallen House. Kent u dat?'

'O, ja. Dat kent iedereen.' Het leek of hij nog iets wilde zeggen, maar hij blies alleen op zijn fluitje. De lege trein vertrok en liet me achter bij het lange spoor, waar ik naar het rode licht keek alsof het een waarschuwing was.

Ik moest zorgen dat ik bereik kreeg met mijn telefoon.

Ik reed langs het station en de steile heuvel op in de hoop dat ik op die hoogte verbinding kon krijgen met de rest van de wereld. Op de top van de heuvel stopte ik, stapte ik uit en zette de kraag van mijn jas op. De eerste sneeuw sloeg in mijn gezicht met de volharding van een insect. Stekend en hatelijk als kleine beten.

Ik keek uit over de baai, die steeds witter werd. Dat moet

Highfallen House zijn. Maar wat is dat? Er lopen twee figuren op het strand. Zijn het Stephen en Susie? Waren ze toch met de auto gekomen? Nadat ik mijn ogen had afgestemd op de bedrieglijke afstand, zag ik dat een van beide figuren veel kleiner was dan de andere. Ze liepen doelbewust naar het huis.

Toen ik terugkwam was het bijna donker.

Ik deed de lichten aan en rakelde het vuur op. Geen teken van het geheimzinnige stel dat ik vanaf de heuvel had gezien. Misschien waren het de dienstbode en haar dochter, die waren komen kijken of alles in orde was. Ik had het telefoonnummer van mevrouw Wormwood, maar kon haar niet bellen als ik geen bereik had.

Het begon steeds harder te sneeuwen. Ontspan. Neem een glas whisky.

Ik leunde tegen het warme houtfornuis met de whisky in mijn hand. De houten figuurtjes die ik had meegenomen van zolder lagen op de keukentafel. Ik moest naar boven om de stal te halen.

Ik wil niet.

Ik rende de eerste trap op en verbruikte zo veel mogelijk energie om mijn onbehagen te onderdrukken. In mijn slaapkamer deed ik het licht aan. Dat voelde beter. De tweede trap verrees in de duisternis aan het einde van de lange overloop. Ik had weer het gevoel dat mijn longen werden samengeknepen. Waarom houd ik me vast aan de leuning als een oude man?

Ik zag dat het licht naar de zolder boven aan de trap zat. Ik vond de ronde, bruine bakelieten schakelaar en duwde het knopje omlaag. Een enkel peertje ging onwillig aan. De kamer lag recht voor me. De deur was dicht. Had ik hem niet opengelaten?

Ik deed de deur open en bleef staan bij de deurpost. De kamer werd vaag verlicht door het licht bij de trap. Wastafel. Kerststal. Wasrek. Aan het wasrek hing een meisjesjurk, die me eerder niet was opgevallen, waarschijnlijk omdat ik haast had gehad. Ik schoof mijn twijfels aan de kant, stapte gedecideerd de kamer in en boog me voorover om de houten kerststal te pakken. Hij was zwaar en ik had hem net goed vast toen het licht op de overloop uitging.

'*Hallo? Wie is daar?*'

Iemand hijgt alsof hij nauwelijks adem kan krijgen. Niet zachtjes. Hij hapt naar adem. Ik moet me niet omdraaien, want hij staat achter me, wie of wat het ook is.

Ik bleef een minuut roerloos staan en probeerde mijn zenuwen in bedwang te houden. Toen schuifelde ik naar de grens van het licht dat van beneden kwam. Bij de deurpost hoorde ik een voetstap achter me, verloor mijn evenwicht en stak een hand uit om mezelf overeind te houden. Mijn hand greep in iets nats. Het wasrek. Waarschijnlijk de jurk.

Mijn hart klopte in mijn keel. *Niet in paniek raken.* Bakeliet. Slechte bedradingen. Vreemd huis. Duisternis. Eenzaamheid, *Maar je bent toch niet alleen?*

Toen ik weer in de keuken was met whisky, Radio 4 en pasta op het vuur, bekeek ik de jurk aandachtiger. Hij was met de hand gebreid. De maat van een klein meisje. De wol stonk en was nat. Ik spoelde hem uit en liet hem uitdruipen boven de gootsteen. Ik nam aan dat er een gat in het dak zat en dat de jurk al een hele tijd regenwater had opgezogen.

Ik at mijn avondeten, probeerde te lezen, zei tegen mezelf dat het niets was, helemaal niets. Het was pas acht uur 's avonds. Ik wilde nog niet naar bed, hoewel de sneeuw buiten een soort deken was.

Ik besloot de kerststal neer te zetten. Ezel, schapen, kamelen, de drie koningen, herders, ster, Jozef. De kribbe was er, maar hij was leeg. Geen kindeken Jezus. Geen Maria. Had ik ze laten vallen in de donkere kamer? Ik had het niet gehoord en deze houten figuurtjes waren toch vijftien centimeter hoog. Jozef had een pij aan, maar om zijn houten benen waren beenwindsels geschilderd. Ik trok zijn pij uit. Daaronder droeg de houten Jozef een geschilderd uniform uit de Eerste Wereldoorlog. Toen ik hem omdraaide, zag ik dat er een diepe wond in zijn rug zat, een soort steekwond.

Mijn telefoon piepte.

Ik liet Jozef vallen, greep de telefoon. Het was een sms van Susie: PROBEREN JE TE BELLEN. VERTREK MORGEN. Ik belde ze. Niets. Ik probeerde een sms'je te sturen. Niets. Maar wat maakte het uit? Opeens voelde ik me opgelucht en was ik weer rustig. Ze kwamen gewoon wat later. Morgen zouden ze er zijn.

Ik ging weer bij de kerststal zitten. Misschien zaten de ontbrekende figuurtjes in de kerststal. Ik stak mijn hand erin. Mijn vingers sloten zich om een metalen voorwerp. Het was een ijzeren sleuteltje met een ring aan de bovenkant. Misschien was het de sleutel van de zolderdeur.

Buiten was sneeuw op sneeuw op sneeuw gevallen. De hemel was nu helder. De maan ijlde boven de zee.

Ik was naar bed gegaan en ontwaakte uit een diepe slaap omdat ik het duidelijk hoorde. Boven me. Voetstappen. In de kamer. Ze bleven staan. Aarzelden. Draaiden zich om. Gingen weer terug.

Ik lag in bed en staarde blind naar het blinde plafond. Waarom doen we onze ogen open terwijl we niets kunnen zien? En wat zou ik kunnen zien? *Ik geloof niet in spoken.*

Ik wilde het licht aandoen, maar wat moest ik als het licht het niet deed? Waarom zou het erger zijn als ik daar in het donker lag zonder ervoor te hebben gekozen dan als dat wel zo was? Maar het zou erger zijn. Ik ging rechtop in bed zitten en deed het gordijn een beetje open. De maan was zo helder, die avond, en daarom moest er toch wel licht zijn? Er was licht. Buiten stonden de roerloze figuren van een moeder en een kind. Ze hielden elkaar bij de hand.

Ik viel pas in slaap toen het al licht was en toen ik wakker werd, was het bijna middag en begon het al donker te worden. Toen ik nog snel koffie ging zetten, zag ik dat de jurk was verdwenen. Ik had hem druipend boven de gootsteen laten hangen en nu was hij verdwenen. *Ga naar buiten.* Ik ging naar het station. De rijp had de bomen met een glinsterend wit laagje omhuld. Het was mooi en dodelijk. De wereld was gevangen in ijs. Op de weg waren geen sporen van auto's te zien. Geen ander geluid dan de golven en het gebulder van de zee. Ik reed langzaam en zag niemand. In het witte, roerloze landschap vroeg ik me af of er nog iemand anders in leven was. Ik wachtte bij het station. Ik wachtte een tijdje en toen nog een tijdje tot ik de trein hoorde fluiten. De trein kwam tot stilstand. De conducteur stapte uit en zag me staan. Hij schudde zijn hoofd. 'Niemand,' zei hij. 'Helemaal niemand.'

Ik had het gevoel dat ik moest huilen. Ik pakte mijn zwijgzame telefoon. PROBEREN JE TE BELLEN. VERTREK MORGEN. De conducteur keek ernaar. 'Misschien moet jij maar vertrekken,' zei hij. 'Tot de zevenentwintigste rijden de treinen niet verder dan Carlisle. Morgen zou de laatste komen, maar die rijdt niet vanwege de weersomstandigheden.'

Ik noteerde een nummer en gaf het aan de conducteur. 'Wilt u mijn vrienden bellen en zeggen dat ik weer naar huis ga?'

Op de langzame terugweg naar Highfallen House was mijn hoofd helemaal vol van mijn vertrek. 's Nachts, in het donker, was het een lange en gevaarlijke reis, maar ik moest er niet aan denken nog een nacht alleen door te brengen. Of niet alleen. Ik hoefde alleen maar de vijfenzestig kilometer naar Inchbarn af te leggen. Daar was een pub en een pension en leven, misschien een beetje afgezonderd, maar wel normaal. Het sms'je bleef door mijn hoofd spelen. Betekende het echt dat ik moest vertrekken? En waarom? Omdat Susie en Stephen niet konden komen? Het weer? Was er iemand ziek? Het bleef gissen. Maar ik moest hoe dan ook vertrekken.

Het huis leek kalm toen ik terugkwam. Ik had het licht aangelaten en ging meteen naar boven om mijn tas te pakken. Ik zag direct dat het licht naar de zolder aan was. Ik bleef staan. Haalde adem. Natuurlijk is het nog aan. Ik heb het niet uitgedaan. Dat bewijst dat het aan de bedradingen ligt. Ik moet het tegen de dienstbode zeggen.

Toen ik mijn tas had gepakt, gooide ik het eten in een doos en zette ik alles weer in de auto. Voorin legde ik de whisky, een deken die ik van het bed had gegrist en een kruik voor het geval dat.

Het was pas vijf uur 's middags. In het ergste geval zou ik om negen uur in Inchbarn zijn.

Ik stapte in de auto en draaide de sleutel om. De radio ging even aan en toen meteen weer uit, en toen de ontsteking klikte en klikte wist ik dat de accu helemaal leeg was. De auto was twee uur geleden bij het station onmiddellijk gestart. Zelfs als ik het licht had aangelaten... Maar ik had het licht niet aangelaten. Ik raakte helemaal in paniek. Ik nam een slok whisky uit de fles. Ik kon niet de hele nacht in de auto slapen. Ik zou doodgaan.

Ik wil niet dood.

Toen ik weer binnen was, vroeg ik me af hoe ik de nacht moest doorkomen. Ik moet niet in slaap vallen. De vorige dag toen ik beneden op onderzoek was uitgegaan had ik oude boe-

ken gezien – een verzameling stoffige avonturenverhalen en
koloniale vertellingen. Ik keek ze door en stuitte op een verbleekt fluwelen fotoalbum. In de koude, verlaten zitkamer begon ik het verleden te ontdekken.

Highfallen House, 1910. Vrouwen met miraculeuze tailles
in lange jurken. Mannen in jachtkostuum. Stalknechten in
vest, tuinjongens met platte pet. Meiden in gesteven schort.
En hier in hun zondagse kleren: een trouwfoto. Joseph en
Mary Lock. 1912. Hij was tuinman. Zij was dienstmeid. Achter in het album zaten losse foto's en krantenknipsels. 1914.
Mannen in uniform. Daar was Joseph.

Ik nam het fotoalbum mee naar de keuken en legde het
naast mijn houten soldaatje. Ik had mijn jas nog aan en mijn
sjaal nog om. Ik installeerde me op de twee stoelen bij het
houtfornuis en dommelde en wachtte en wachtte en dommelde.

Het was rond tweeën toen ik een kind hoorde huilen. Geen
kind dat zijn knie heeft geschaafd of zijn speelgoed niet kan
vinden, maar een kind dat zijn vader of moeder kwijt is. Een
kind dat alleen nog zijn eigen stem heeft als houvast in dit leven. Een kind dat huilt en weet dat er niemand zal komen.

Het geluid kwam niet uit de kamer boven mij – het kwam
van boven de plek die boven me was. Ik wist waar het vandaan
kwam.

Ik legde mijn handen over mijn oren en deed mijn hoofd
tussen mijn knieën. Ik kon dat geluid niet buitensluiten; een
opgesloten kind dat honger heeft, in de kou, dat bang is en
nat.

Twee keer kwam ik overeind en ging ik naar de deur. Twee
keer ging ik weer zitten.

Het huilen stopte. Stilte. Een verschrikkelijke stilte.

Ik tilde mijn hoofd op. Er kwamen voetstappen de trap af.

Niet de ene voet die voor de andere werd gezet, maar een voet die een beetje sleepte, vervolgens de andere voet die ernaast werd gezet, bleef staan, weer een stap zette. Onder aan de trap hielden de voetstappen op. Toen deden ze wat ik in mijn doodsangst had verwacht. Ze kwamen naar de keukendeur. Ik wist niet wat of wie het was, maar het was nog geen vier meter van me verwijderd en stond aan de andere kant van de deur. Ik ging achter de tafel staan en pakte een mes. De deur werd zo hard opengesmeten dat de koperen deurknop in het stucwerk beukte. Wind en sneeuw waaiden de keuken in en de foto's en knipsels wervelden door de kamer. Ik zag dat de voordeur ook wagenwijd openstond, waardoor de hal een soort windtunnel werd. Met het mes in mijn hand liep ik de hal in om de deur dicht te doen. De metalen lantaarn aan het plafond zwaaide wild aan zijn lange ketting. Door een plotselinge windvlaag vloog hij naar voren als een schommel die te hoog ging. Hij knalde tegen het halfronde bovenlicht boven de voordeur. Het bovenlicht brak en viel op mijn schouders aan stukken in een regen van glas. Geflikker. Gegons. Duisternis. De lichten in huis waren uit. Geen wind meer. Geen gehuil. Stilte.

Ik zat onder het glas en liep door de voordeur vanuit de besneeuwde hal de nacht in. Op de oprijlaan ging ik linksaf en toen zag ik ze: moeder en kind.

Het kind droeg de wollen jurk. Ze had geen schoenen aan. Ze stak haar armen jammerend uit naar haar moeder, die als versteend bleef staan.

Ik rende naar voren. Ik nam het kind in mijn armen.

Er was geen kind. Ik was met mijn gezicht in de sneeuw gevallen.

Help. Dat is niet mijn stem.

Ik ben weer opgestaan. De moeder loopt voor me. Ik volg

haar. Ze gaat naar de ommuurde tuin. Ze lijkt dwars door de
deur te lopen en laat mij achter aan de andere kant.

VERBODEN TE BETREDEN

Ik probeerde de roestige ring aan de deur. Hij brak af en nam
een stuk van de deur mee. Ik schopte de deur open. Hij viel uit
zijn scharnieren. Voor me lag de verwaarloosde en verlaten
tuin. Een ommuurde tuin van nog geen halve hectare, die
twintig mensen moest voeden. Maar dat was lang geleden.
Er stonden voetstappen in de sneeuw. Ik volgde ze. Ze leidden naar het boerenhuisje, met een dak dat was gerepareerd
met golfplaten. Er was geen deur, maar binnen leek het droog
en veilig. Er hing een scheurkalender aan de muur. 22 december 1916. Ik stak mijn hand in mijn zak en merkte dat ik de sleutel van
de kerststal nog had. Op dat moment hoorde ik dat er in de
kamer ernaast een stoel over de vloer werd geschraapt. Ik was
niet meer bang. Zoals een lichaam dat eerst rilt en dan gevoelloos wordt van de kou, zo waren mijn gevoelens bevroren. Ik
bewoog me tussen de schaduwen als iemand die droomt.
In de kamer ernaast brandde een vuur in de kleine gietijzeren haard. Aan weerszijden van het vuur zaten de moeder en
het kind. Het kind ging helemaal op in haar spel met de knikker. Haar blote voeten waren blauw, maar ze leek niet meer
last te hebben van de kou dan ik.
Zijn we dan dood?
De vrouw met de sjaal over haar hoofd staarde me aan met
diepe uitdrukkingsloze ogen of keek dwars door me heen. Ik
herkende haar. Het was Mary Lock. Haar blik was op een grote kast gericht. Ik wist dat mijn sleutel op de kast paste en dat
ik hem moest openen.
Er zijn seconden die een heel leven bevatten. Wie je bent.

Wat er van je zal worden. Draai de sleutel om. Er viel een stoffig uniform uit de kast, dat als een pop in elkaar zakte. De eigenaar was niet helemaal uit het uniform verdwenen. Aan de achterkant van het vale, wollen jasje zat een lange snee op de plek waar de longen zouden hebben gezeten. Ik keek naar het mes in mijn hand. 'Doe de deur open! Ben je daar? Doe de deur open!'

Ik werd wakker in verblindend wit. Waar ben ik? Er beweegt iets. Het is de auto. Ik zit in mijn auto. Een zware handschoen veegde sneeuw weg. Ik ging rechtop zitten, vond mijn sleutels, duwde op het knopje om de sloten te openen. Het was ochtend. Bij de auto stonden de conducteur en een vrouw die zich voorstelde als mevrouw Wormwood. 'Je hebt er wel een bende van gemaakt,' zei ze.

We gingen naar de keuken. Ik moest zo rillen dat mevrouw Wormwood kalmeerde en koffie ging zetten. 'Alfie heeft me gehaald,' zei ze, 'nadat hij met je vrienden had gesproken.'

'Er ligt een lijk,' zei ik. 'In de ommuurde tuin.'

'Ligt hij daar?' zei mevrouw Wormwood.

Joseph Lock was in 1914 met Kerstmis naar het front vertrokken. Voordat hij naar Vlaanderen reisde, had hij voor zijn dochtertje de kerststal gemaakt. Toen hij in 1916 terugkwam, had hij een aanval met gifgas overleefd. Ze hoorden hoe hij de trap op klom en naar adem hapte door zijn verrotte longen.

Hij was krankzinnig geworden, zeiden ze. Op de zolder waar hij met zijn vrouw en zijn kind sliep, leunde hij 's nachts wezenloos tegen de muur en rolde hij de knikker van het kind heen en weer, heen en weer, en liep hij op en neer en op en neer en op en neer. Op een avond, vlak voor Kerstmis, wurgde hij zijn vrouw en zijn dochter. Hij liet ze voor dood achter in bed en vertrok. Maar zijn vrouw was niet dood. Ze volgde hem. 's Ochtends vonden ze haar bij de kerststal. Haar jurk was donker van het bloed en er stonden nog blauwe vingerafdrukken op haar keel. Ze zong een slaapliedje en prikte met de punt van het mes in de rug van het houten figuurtje. Joseph werd nooit gevonden.

'Gaat u de politie bellen?' vroeg ik.

'Hoezo?' zei mevrouw Wormwood. 'Laat de doden de doden begraven.'

Alfie ging naar buiten om naar mijn auto te kijken. Die startte meteen en de uitlaatgassen tekenden zich blauw af in de witte lucht. Ik liet ze de boel opruimen en wilde net vertrekken toen ik bedacht dat mijn radio nog in de keuken stond. Ik ging weer naar binnen. Er was niemand in de keuken. Ik hoorde hen op zolder. Ik pakte de radio. De kerststal stond op tafel zoals ik hem had achtergelaten.

Maar niet helemaal zoals ik hem had achtergelaten.

Jozef was er en de dieren waren er en de herders en de gedeukte ster. En in het midden stond het kribje. Naast het kribje stonden de houten figuurtjes van een moeder en een kind.

De New Yorkse
custard van
Kathy Acker

AAN HET BEGIN van de jaren negentig was Kathy Acker weer vanuit Londen naar de Verenigde Staten verhuisd. Harold Robbins had een poging gedaan een proces tegen haar aan te spannen omdat ze een passage uit zijn boek *The Pirate* zou hebben geknipt en in haar scabreuze collage *Young Lust* geplakt.

Robbins, de schrijver van bestsellende softpornovliegveldromans, was niet geïnteresseerd in Ackers levenslange kruistocht tegen machtsstructuren of in de diepe knip-en-plakmethode waarmee ze belangrijke of onbeduidende teksten aan stukken scheurde en nieuwe teksten voortbracht die de relatie tussen lezer en tekst ontwrichtten.

Het kost geen enkele geestelijke inspanning om Harold Robbins te lezen en daarom was Kathy verbaasd dat de man die meer dan vijfenzeventig miljoen exemplaren van zijn pulpen-pornoformule had verkocht wel zoveel geestelijke inspanning verrichtte om een proces aan te spannen tegen een literaire piraat.

Maar Robbins had een hoge dunk van zichzelf als schrijver. Door Kathy's toe-eigening van zijn werk was het op komische wijze duidelijk geworden dat Robbins' proza buiten de context van zijn pageturnende seksfeuilletons – waar de taal slechts als glijmiddel dient om de lezer soepel van de ene seksuele handeling naar de andere te voeren – erbarmelijk was. Dat was het probleem. Kathy Acker had Harold Robbins te kijk gezet – voor zichzelf.

Robbins drong erop aan dat ze haar excuses aanbood – en dat was nou net die dikkelulhouding waaraan Kathy zo'n enorme hekel had.

Kathy was gewoon Kathy en schreef dus een verweer dat nog ontvlambaarder was dan de bom die ze eerder tot ontploffing had gebracht.

Toen voelde de onbevreesde piraat zich opeens kwetsbaar, bekritiseerd en onbegrepen – op kenmerkende ackeriaanse wijze. Ze pakte haar spullen en ging weer naar Manhattan. Maar in Manhattan was het ook niet helemaal goed – voor Kathy was het nooit ergens helemaal goed – en niet lang daarna verhuisde ze naar een huurflat bij mij in de buurt die ik voor haar had gevonden. En toen was het bijna kerst.

Dat appartement was de laatste zucht van de Engelse excentriciteit voordat iedere plek in Londen door hebzucht en winst werd opgeslokt. Het was een gewelfde, weergalmende kelder met een stenen vloer in een leeg, groot herenhuis. Ik dacht dat Kathy de hoge ramen die uitkwamen op een overwoekerde ommuurde tuin wel mooi zou vinden. De eigenaar was overleden. De erfgenamen wachtten op verificatie van het testament en ja, Kathy mocht voor bijna niets in het appartement wonen en ik zat aan het einde van de straat.

Maar er waren ook minpunten. Ik vertelde dit verhaal aan mijn vrouw Susie Orbach, die zowel Joods is als Amerikaans en lang in Manhattan heeft gewoond en even oud is als Kathy. Ze vroeg me: 'Wacht eens even... Heb jij een Jodin van Sutton Place ondergebracht in een appartement zonder ijskast?'

Ik snapte het niet. Ik zei: 'Ze had helemaal geen ijskast nodig, want er was geen verwarming.'

Dit was niet het goede antwoord. Susie sloeg haar handen voor haar gezicht en zei: 'Sutton Place is een van de chicste adressen in Manhattan... Het is net zoiets als Belgravia.'

'Maar Kathy was een piraat.'

'Ze was ook een prinses.'

Dat was waar. En dat verklaart ook waarom Kathy dat jaar

met Kerstmis binnen haar Russische bontmuts droeg. Indertijd begreep ik dat niet, maar nu wel.

Ze zei er natuurlijk nooit iets van, want de seksuele vluchte-
ling en het postpunkicoon Kathy Acker had uitstekende manieren, wat vaak wordt vergeten.

Het was Kerstmis. Ik zei: 'Kathy, we moeten custard maken.'
De geschiedenis van custard gaat helemaal terug tot de
Romeinen, die begrepen dat een mengsel van melk en eieren
voor bijna alles, hartig of zoet, een goed bindmiddel is. Omdat
de Romeinen overal kwamen, kwam custard ook overal. Zo
rond de Middeleeuwen waren *crustards* gevulde taarten, zoals
onze quiches of flans – knapperige taarten waarin de overige
ingrediënten bij elkaar worden gehouden door eieren en melk.
De Fransen zijn ook liefhebbers van custard, maar ze hebben er geen woord voor – voor hen is het crème anglaise, maar
of het nou vulling is in een eclair of een quiche, het is, geloof
me maar, custard.

De dunne, vloeibare custard die nu zo populair is met
Kerstmis werd een grote hit in de negentiende eeuw – tegelijk
met Kerstmis zelf in al zijn glorie. Dat is de schuld of verdien-
ste van een apotheker uit Birmingham, Alfred Bird, wiens
vrouw allergisch was voor eieren. Die arme mevrouw Bird
hield wel van custard maar kon het niet eten, en daarom bereidde Alfred in 1837 een poeder met maïszetmeel in plaats
van eieren. Meneer Bird voegde suiker en gele kleurstof aan
zijn maïszetmeel toe en al snel was Bird's Custard Powder
overal in Engeland en het Britse Rijk in vrolijke blikken ver-
krijgbaar.

De rage voor een blik met poeder dat moest worden aange-
lengd met melk stak de Atlantische Oceaan over toen de gebroeders Horlick uit Engeland vertrokken en in 1873 in Chi-
cago een fabriek begonnen om hun wereldberoemde Horlicks

te produceren. Om de een of andere reden begonnen uitstekend doorvoede mannen en vrouwen vanaf het einde van de negentiende eeuw opeens te vrezen voor een volstrekt fictief probleem dat 'nachtverhongering' heette. Dat probleem zou verholpen kunnen worden met drankjes zoals Horlicks. Kathy Acker hield van Horlicks en ik maakte het vaak voor haar. Kathy, die Horlicks dronk en het grappig vond dat ze zelf geen custard kon bereiden (ze kon niet koken, ze kon zelfs niet roeren) en die door alles geobsedeerd raakte, ontdekte voor mij dat het fantasieproduct nachtcustard door Dylan Thomas was uitgevonden.

In de jaren dertig van de twintigste eeuw lag Dylan te pitten op de bank van een goedbetaalde vriend die in de reclame zat en toevallig een contract met Horlicks had. Dylan bedacht dat hij wel rijk kon worden met nachtcustard en stelde zich zo voor dat het ook als haarcrème of vaginaal glijmiddel kon worden gebruikt.

Daardoor had ik even geen zin meer in custard. Maar Kerstmis is Kerstmis en custard is custard.

Door Acker, met haar intellectuele fascinaties en haar totale gebrek aan culinaire vaardigheden, waren custard en New York City voor mij nu voor altijd onlosmakelijk met elkaar verbonden. Bob Zimmerman had zijn naam tenslotte vanwege zijn held Dylan Thomas in Bob Dylan veranderd (misschien heeft 'Mr. Tambourine Man' alles aan de nachtcustard te danken). En Dylan Thomas is in het Chelsea Hotel in New York overleden.

Iedere keer dat ik custard maak, denk ik zonder te denken – verbeeld ik me zonder beelden – aan een New York City dat nu even verloren is als Atlantis, aan *beat hotels* en dronken dichters en uiteenlopende diamanten stemmen als Andy Warhol en Patti Smith, Bob Dylan, Dylan Thomas en Kathy Acker... die niet zo heel lang daarna is overleden, in 1997, na

een verwoed gevecht tegen kanker. Ze bleef trouw aan het gedicht van Dylan Thomas:

Ga in die goede nacht niet al te licht. [...]
Raas, raas tegen het sterven van het licht.

Onze grote gebaren en kleine handelingen staan niet zo ver
uit elkaar. We herinneren ons onze vrienden vanwege de onbeduidende en domme dingen die we samen hebben gedaan,
en ook vanwege de grootsheid die ze belichaamden.

Hier is de custard.

Ingrediënten

* 6 dl melk
* Scheutje room
* 4 eierdooiers
* 30 gram fijne kristalsuiker of fijne rietsuiker
* 2 theelepels tarwebloem (naar keuze)

Bereidingswijze

Klop de eierdooiers in een kom mooi luchtig. Je kunt het eiwit voor meringues of een eiwitomelet gebruiken.

Voeg tijdens het kloppen de suiker toe.

Verwarm de melk en de room, maar breng het niet aan de kook.

Giet het melkmengsel in de kom met het eiermengsel en klop, klop, klop!

Doe alles weer in de pan en verwarm. Niet aan de kook brengen!

Ja, je kunt cognac of rum toevoegen. Sommige mensen voegen graag vanille toe – dan gaat de vanille bij de melk en de room.

En net als meneer Bird kun je maïszetmeel toevoegen als bindmiddel – gewoon een paar theelepels bij het eiermengsel en NIET bij het melkmengsel, en klop, klop, klop.

Het kloppen gaat het beste met een garde. Ik gebruik een koperen garde en een koperen kom en een koperen steelpan, maar dat is gewoon omdat ik dat mooi vind.

De truc is om te blijven roeren wanneer de custard weer in de pan zit en wordt opgewarmd. Als je het een dichter of een dromerig type laat doen, krijg je uiteindelijk roerei.

Dit soort dunne custard moet onmiddellijk worden opgediend. En gegeten.

KERSTMIS IN NEW YORK

*D*e week voor Kerstmis ga ik altijd cocktails drinken en uit eten met de jongens van mijn werk. Op 12th Street zit een tentje dat The Wallflower heet, met een blikken plafond en bankjes van oranje spul. Er worden Franse gerechten en Amerikaanse cocktails geserveerd.

Op de avond dat we uitgingen kregen we het over Kerstmis zoals het vroeger was, vooral in onze jeugd, toen Kerstmis, tenminste in onze herinnering – onze getuigenverklaring tegen de geschiedenis – nog niet was gecommercialiseerd en er altijd cadeaus onder de boom lagen, hoewel niemand was gaan shoppen. Kinderen gingen sleeën en kwamen thuis om bordspellen te doen bij het haardvuur. Iedereen had een oude hond en een oma die pianospeelde. We droegen allemaal een handgebreide trui.

Iedereen maakte een sneeuwpop met een wortel als neus en een sjaal om zijn nek en zong 'Winter Wonderland'. En op kerstavond deed je vreselijk je best om wakker te blijven en die vent in zijn rode pak met zijn arrenslee te zien – en je zag hem nooit, maar hij kwam toch langs en dronk de whisky die op het aanrecht stond.

'De Kerstman was een alcoholist.'

'Ja, maar de rest van het jaar zit hij in de afkickkliniek.'

'Wil je nog een bourbon? Martini? Twinkle?'

'Kom op, jongens! Ik betaal!'

Ik stond op om naar de wc te gaan. Ik ging weer zitten. Ik zag dubbel.

'Sam? Gaat het wel?'

Het was Lucille, die erbij kwam zitten in haar grijze jurkje met witte kraag. Ze werkt bij de tekenafdeling. Ik werk bij ontwerp. Ik zeg tegen haar dat er niks aan de hand is.

'Je zei helemaal niets toen we het over Kerstmis hadden... Heb je een hekel aan Kerstmis?'

Het geval wil dat ik inderdaad een hekel aan Kerstmis heb. Ik weet niet hoe het tegenwoordig gaat – behalve dan dat je rekeningen krijgt die je niet kunt betalen en ruzie met je familieleden. Ik ben alleenstaand en daarom heb ik het makkelijk. Ik ben alleenstaand. Dat is goed.

'Ik ga naar huis met Kerstmis,' zei Lucille. 'En jij?'

'Ik blijf thuis,' antwoordde ik.

'In je eentje?' vroeg Lucille.

'Ja, ik heb wat tijd voor mezelf nodig, snap je?'

Lucille knikte alsof ze haar hoofd schudde. Toen zei ze: 'Vertel me dan maar een verhaal over hoe kerst vroeger bij jou thuis was. Eentje maar.'

'Het maakt niet uit over welke kerst ik vertel, want het was altijd hetzelfde. We vierden geen kerst.'

'Is je familie Joods?'

'Nee. Vooral irritant.'

Ik zei even niks omdat de anderen net hun versie van 'Fairytale of New York' begonnen te zingen, en dat was nog erger dan The Pogues.

Ik bedoel, hoe zit dat met die kameraadschappelijkheid? Moeten we opeens zogenaamde Franse gevoelens hebben omdat we in een zogenaamd Frans café zitten en met elkaar gaan zoenen alsof het echt is?

Het is niet echt, maar daar zitten ze, mijn collega's, en ze klinken met hun glas en voeren elkaar garnalen.

Lucille leunde naar voren en begon mee te doen en ik nam aan dat dat het einde was van het kerstverhoor. Ik haalde diep adem, ging naar de wc en besloot meteen te vertrekken en naar huis te lopen. Ik pakte mijn jas van het rek en keek naar het groepje. Veel plezier met z'n allen. Buiten liepen mensen te lachen en omhoog te kijken naar de vallende sneeuw. En wat dan nog? Sneeuw is gewoon regen die ze in de kou hebben laten staan.

'Ik vind het heerlijk als het sneeuwt,' zei Lucille, die opeens naast me stond met haar Russische bontmuts en Dokter Zjivago-jas. Lucille is wel oké, maar ze is een beetje raar. Ze neemt bloemen mee naar kantoor. Ze vroeg: 'Zullen we een stukje wandelen?'

Daarom begonnen we door het witte licht en het zachte scherm van kalme sneeuw te lopen. Er was een hoop lawaai op straat, maar dat leek niet zo. De sneeuw bracht de boel tot bedaren en verlaagde de hartslag van de stad. En de avondlucht rook schoon.

'Deze gebroken wereld,' zei ik.

'Wat?' zei ze.

'Hart Crane.'

'O...'

En zo liepen we: langs de cafés en eettenten en de winkeltjes die nog laat open zijn en de man die tassen verkoopt onder een zeil en het hoopje vodden in de portiek met een bordje dat VROLIJK KERSTFEEST MENSEN zei. Het ventilatierooster naast hem stootte stoom uit en het chemische afval van een stomerij. Lucille gaf hem vijf dollar.

'Hoe vierde jij nou vroeger kerst?'

'Niks, nada, noppes, dat heb ik toch gezegd? Geen kerstversiering, geen kerstboom, geen kerstcadeaus, geen kerstmaal met het hele gezin. Mijn vader reed naar Canada met zijn truck – hij werkte altijd met kerst, want dan kreeg hij driedubbel betaald, zei hij, maar wat hij er driedubbel mee betaalde, waar hij het aan uitgaf, geen idee.'

'Bedoel je dat je nog nooit een kerstcadeau hebt gekregen?'

'Nee, ik ben een volwassen man. Ik heb vriendinnen gehad. Ik heb vrienden. Ik heb natuurlijk wel eens een kerstcadeau van ze gekregen. Maar voor mij betekent Kerstmis zelf helemaal niets.'

Een aangelijnd hondje sprong op en hapte naar de sneeuw alsof hij het kon vangen.

'Kerstmis betekent wel iets voor je,' zei Lucille. 'Kerstmis betekent treurigheid.'

O nee, dacht ik bij mezelf, ze is new age, of ze gaat vijf keer per week naar de psych. Alsjeblieft, zeg.

We kwamen bij de winkel op de hoek – de plastic luifel bood bescherming voor een rij kerstbomen in potten. Ik rook koude dennenbomen en schoonmaakmiddel.

'Hier ga ik de andere kant op,' zei ik.

'Je baard is helemaal wit,' zei ze. 'Past wel bij de tijd van het jaar.'

Ik veegde de sneeuw van mijn kin, stak mijn handen in mijn jaszakken en liep langs het huizenblok. Ongeveer halverwege draaide ik me om. Ik weet niet waarom. Lucille was verdwenen. Natuurlijk was ze verdwenen. Meisjes blijven niet wachten op de hoek als het sneeuwt.

Ik ging de trap op naar mijn appartement – het is een tweekamerflat in een gebouw met een portier die dood is en er alleen nog voor de sier zit, en omdat het goedkoper is dan een levende portier, denk ik. Hij zit in zijn hok en heeft de tv aan. Ik woon hier nu twee jaar. Ik heb de achterkant van zijn hoofd gezien, maar ik heb hem nooit zien bewegen.

Ik opende mijn voordeur – drie sloten in een kale plaat mee-dogenloos staal – en deed het licht aan. Mijn appartement is als mijn kleding – het kan me niet schelen hoe ik erbij loop, maar je moet toch iets aantrekken. Ik heb deze flat gemeubileerd gehuurd. Ik heb er nooit iets van mezelf neergezet. Recht voor me, midden in de kamer alsof hij daar thuishoorde. Een kerstboom.

Ik rende de trap af en bonsde op de deur van het hok waar een levende portier hoort te zitten die bereid is de bewoners van het pand te helpen. Geen enkele reactie. Ik zou durven zweren dat hij de televisie harder heeft gezet. Dan zal ik de politie moeten bellen.

Ik wil aangifte doen.
Waarvan wilt u aangifte doen?
Er staat een kerstboom in mijn appartement.
Meneer, heeft u gedronken?
Nee. Ja. Maar niet veel. Ik bedoel dat iemand in mijn flat heeft ingebroken en een kerstboom heeft achtergelaten.
Is er schade? Is er iets verdwenen?
Nee.
Makker, bel je vrienden en bedank ze maar. Zeg maar welterusten. Fijne feestdagen en welterusten.

De verbinding werd verbroken. Ik belde de dode portier. Hij nam niet op.

De volgende dag was de laatste dag voor mijn vakantie. Ik stond vroeg op, zonder problemen, want ik had nauwelijks geslapen. De kerstboom stond er nog. Ik moest eromheen lopen om bij de deur te komen. Toen ik de deur wou dichtdoen en nog even omkeek, meende ik te zien dat de boom glimlachte.

Op kantoor vroeg ik Lucille: 'Kunnen kerstbomen volgens jou glimlachen?' Ze glimlachte, een open, vriendelijke lach die me nog niet eerder was opgevallen. 'Dat is helemaal niets voor jou, Sam. Dat is bijna romantisch.'

'Ik ben er niet helemaal bij met mijn hoofd,' zei ik.

Het was een dag van winterzon die de stad deed fonkelen als diamanten en parels. Elektrisch blauwe hemel als neonverlichting. De etalages van de grote warenhuizen als toverspiegels naar een andere wereld.

Ik begon in de richting van het Rockefeller Center te lopen, ik weet ook niet waarom. Het was belachelijk druk en iedereen had zes tassen en niemand kon een taxi krijgen.

Ieder jaar zet de gemeente een kerstboom van meer dan twintig meter neer en die wordt helemaal volgehangen met vijf kilometer aan kerstlichtjes en bekroond met een kristallen ster van Swarovski.

Ik liep naar voren, ik weet niet waarom. Ik ging onder de kerstboom staan. Door de afmetingen voelde ik me weer een kind.

Sam! Sam! Nu binnenkomen!
Ik wil de boom zien, mama. Ze brengen de boom uit het bos!
Je hebt gehoord wat ik zei. Nu binnenkomen of geen avondeten. Naar binnen in het donkere huis. Naar bed. En niets.

'Sam?' Het was Lucille. 'Wat doe jij hier?'

'Ik, o, ik moest een boodschap doen.'

Lucille glimlachte nog steeds – ze is altijd aan het glimlachen, maar waarom eigenlijk? Ze zei: 'Ik kom altijd naar de boom kijken. Ik word er blij van.'

'O ja? Hoe kun je nou blij worden van een boom?'

'Omdat het gratis is, terwijl er nooit iets gratis is in New

York, en mooi. En moet je nou zien hoe ontspannen de mensen zijn – met hun kinderen – en die oude vrouw daar die over iets moois lijkt te dromen.'
'Die is vast alleen met kerst,' zei ik.
'En jij?' vroeg Lucille.
'Nee, nee. Natuurlijk niet. Luister, nog een fijne dag, Lucille, ik moet...'
'Ik ging net naar Bouchon voor een warme chocolademelk. Heb jij daar ook zin in?'
En zo zaten we daar – en Lucille glimlachte nog steeds en ik nog steeds niet, en zij kletste over de vakantie en opeens zei ik: 'Gisteravond stond er plotseling een kerstboom in mijn appartement. Die was daar zomaar verschenen.'
'Weet je dat zeker?'
'Ik heb de politie gebeld.'
'Je hebt de politie gebeld omdat er een kerstboom in je appartement staat?'
Een man met een fleecedekentje wurmde zich erlangs met twee *gingerbread mocha's*. Hij boog voorover en zei hardop tegen Lucille, zodat ik het kon horen: 'Jij moet eens op zoek naar een leuker vriendje, schat.'
Lucille lachte, maar ik snapte niet wat er nou zo grappig was. Ik riep naar zijn rug: 'Ik ben haar vriendje niet!' De man met het fleecedekentje draaide zich om: 'Dan ben je nog dommer dan die gast die de politie belt omdat iemand hem een kerstboom heeft gegeven!'
'Er heeft iemand bij me ingebroken, eikel!'
Maar de man met het fleecedekentje was alweer weg en ik voelde me ongemakkelijk en alleen. Ik was niet alleen. Lucille was er nog.
'En wat vond je ervan?'
'Lekkere chocolademelk, ja... Bedankt.'
'Van de boom. Wat vond je van de boom?'

Ik liep weer alleen naar huis en ik dacht na over wat ze had gezegd. Wat vond ik ervan dat ik voor het eerst in mijn tweeëndertigjarige bestaan een kerstboom in huis had? Ik ging de hoek om. De Afghanen van het winkeltje stonden buiten. Ik vroeg: 'Hebben jullie gisteravond een boom bij mijn appartement bezorgd?' Ze schudden hun hoofd en boden me wat gepofte kastanjes aan. Ga ik tijdens de vakantie naar huis? Nee? Zij zouden wel naar huis willen. Een van de mannen pakte zijn portemonnee en liet me een verfrommelde foto van het huis van zijn ouders zien – een betonnen gebouw zonder bovenverdieping, tegen een steile berg met besneeuwde top. Hij zei niets – hij hield de foto vast alsof het een lamp of een spiegel was, of een antwoord op een vraag. Toen kwam er een vrouw die sinaasappels wilde.

Ik liep de winkel in, kocht wat gebakken kip met rijst en cashewnoten en abrikozen en liep naar mijn flat. Mijn appartement is op de vierde verdieping en het raam van de woonkamer is aan de voorkant.

Er brandt licht in mijn raam, in de woonkamer. Als een schemerlamp. Ik heb geen schemerlamp. Ik ben een man voor een centraal lichtpunt.

Ik ging snel naar binnen.

De dode portier zat televisie te kijken in zijn hok. Ik stond buiten te zwaaien om zijn aandacht te trekken, met als enige resultaat dat het geluid harder werd gezet. Dat apparaat ontploft nog eens een keer.

Er is geen lift in het gebouw en daarom beklom ik de trap met twee treden tegelijk, waardoor ik saus morste uit de bak met kip. Ik deed de deur open – ik had alle drie de sloten dichtgedraaid. Toen ik binnenkwam, stak ik mijn hand uit naar de lichtknop, maar dat was nergens voor nodig.

In de kerstboom hingen lichtjes.

Ik hoor dat er iemand zwaar ademt op de trap. Ik blijf gespannen dralen bij de deur in de verwachting dat er iets gaat gebeuren. Maar het is mevrouw Noblovsky van de vijfde verdieping die voorbijkomt met een vloot opzichtige tassen. Ik kan haar amper zien. 'Ik zal wel even helpen,' zeg ik omdat ik dat moet zeggen. Hijgend blijft mevrouw Noblovsky bij mijn appartement staan. Ze ziet de kerstboom die sereen schijnt en ze zucht. 'Wat mooi, Sam, de mijne ies fan plastic.' 'Wilt u hem hebben? Als u wilt, mag u hem hebben. Ik kan hem voor u naar boven dragen.' 'Zo'n goede jongen. Zo'n aardige jongen. Nee, dank je. Iek ga morgen naar mijn dochter ien Fie-la-del-fia. Jij fiert hier fast Kerstmies met die mooie kerstboom.'

En dan is ze alweer op weg naar boven en loop ik met tassen achter haar aan te sjouwen en naar verhalen te luisteren over kerst in Sovjet-Rusland en over de speciale wodka van haar grootmoeder waar je helderziend van werd. 'Toen iek drie was, zei grootmoeder tegen mij: "Agata, jij gaat ien Amerika wonen." En hier ben iek.'

Daar valt niets tegen in te brengen. Ze doet de deur open en ik zet de tassen in het halletje. Haar appartement is groter dan het mijne. Ik ben nooit eerder bij haar binnen geweest.

Alles is bruin – chocoladekleurige tapijten, caramelkleurig meubilair, koffiekleurige fluwelen gordijnen. Er is een mahoniehouten schemerlamp met een zeewierbruine lampenkap met franjes en een oude tv in een kastje van fineer op poten. Door het duidelijk hoorbare gebrom van de ijskast lijkt het alsof het appartement iets aan het verteren is. Het is alsof ze in een grote bruine beer woont.

Mevrouw Noblovsky pakt voor mij een fles uit een kastje. 'Wodka,' zegt ze en ze duwt me de fles in handen. 'Helderziend, het recept van mijn baboesjka. Mijn broer ien Brook-

lyn stookt hem fan aardappelen.'
'Zijn aardappelen helderziend?'
'Er ies een geheim iengrediënt. Familiegeheim. Neem maar
mee. Jij bent een goede jongen.'
Ik protesteer, aarzel, aarzel, protesteer. Dan moet ik opeens
ergens aan denken: 'Mevrouw Noblovsky, de portier, bene-
den, denkt u dat hij nog leeft?'
'Ik denk wel,' zegt ze, 'hoezo?'
'Ik woon hier nu al twee jaar en hij heeft nog nooit iets te-
gen me gezegd.'
'Hij heeft me twientig jaar geleden wel eens iets gezegd. Iek
had gaslek. Waarom wiel je hem spreken? Heb jij gaslek?'
'Hij is de portier.'
Ze haalde haar schouders op en zette de tv aan. Ik bedankte
haar voor de wodka en ging naar beneden.

In mijn appartement zag ik meteen weer die boom. De schijnende boom. Degene die dit heeft gedaan heeft wel smaak
wat betreft kerstverlichting, maar daar gaat het niet om. Ik
at van de kip met rijst en cashewnoten en viste de abrikozen
eruit. Ik had de kerstlichtjes uit kunnen doen, maar zat ernaar te staren. Na vier helderziende wodka's van mevrouw
Noblovsky begon ik de boom bijna mooi te vinden. Ik kon
me zelfs indenken dat ik er volgende kerst ook een zou kopen.
Ik viel in slaap op de bank.

'Ik heb iets voor je gekocht, mam… Een kerstcadeau.'
'We vieren geen kerst, Sam.'
'Waarom niet?'
'Dat doen we niet en dat gaan we ook niet doen.'
'Ik heb gespaard van mijn zakgeld.'
Mijn moeder pakte het cadeau uit. Het was een aluminium bo-

terschaaltje. In de vorm van een oesterschelp. 'Volgens mij is het zilver,' zei ik.

'Dank je, Sam.'

'Vind je het mooi?'

Het koude daglicht. Ik werd gewekt door de vuilnisauto. Ik liep naar het raam. Overal donker in het huizenblok. 's Nachts is er nog meer sneeuw gevallen, als een geheim dat we bewaren. De vuilniswagen trok op en de vuile bandensporen waren al snel gevuld met de witte veren van de sneeuwgans in de hemel.

Sneeuwgans? Wat is er met me aan de hand?

Sta op en ga de deur uit om de dingen te kopen die je nodig hebt. Het is kerstavond.

Ik ging naar Russ & Daughter. Kocht gerookte zalm en roomkaas en pastrami. Ze deelden koekjes uit. Ik nam er een paar. Om de hoek zit hun eettentje en ik dacht dat hom op toast en een cocktail om negen uur 's ochtends op de dag voor kerst misschien wel zou smaken.

Ik schoot naar binnen, nam plaats aan de bar en pakte het menu dat tevens als placemat diende.

'Hallo,' zei Lucille.

Ze zat aan een tafeltje koffie te drinken. 'Wil je bij me komen zitten?'

Waarom ook niet? dacht ik. Jezus, ik kom dezelfde vrouw overal tegen en ik heb thuis een kerstboom met lampjes en een fles helderziende wodka.

Dit legde ik aan haar uit. Niet dat deel over haar, maar die andere dingen. Ze knikte begrijpend. 'Zullen we een ijsje nemen?'

'Om halftien 's ochtends?'

'Is dat erger dan een martini om negen uur 's ochtends?'

Ze had wel een punt. We aten ons ijsje; gember voor mij, aardbei voor haar. 'Ga jij morgen naar je vrienden,' vroeg ze, 'of komen ze naar jou toe?'

'Dat moeten we nog beslissen,' zei ik. Ik raakte in paniek. Ik bedoel, ik heb wel vrienden, maar niet met Kerstmis, maar dat vertelde ik haar er niet bij.

Ze knikte. 'Ga je mee winkelen? Een paar laatste cadeautjes?'

Ik schudde mijn hoofd. 'Ik doe niet aan cadeautjes. Dat is bij mij geen traditie.'

'Heb je nooit een lijstje gemaakt voor de Kerstman?'

'Die bestaat helemaal niet,' zei ik.

'Is er nooit iets geweest wat je zo graag wilde hebben dat je de Kerstman een brief hebt gestuurd?'

'Hou je me voor de gek?'

Dat deed ze niet.

'Nou, ik hoopte altijd dat ik zo'n tobogan kreeg, zo'n echte houten slee met een leren leidsel en stalen glijders.'

'Je kan er nu een gaan kopen.'

Ik schudde mijn hoofd. 'Dat was lang geleden.'

'Weet je wat het is met de tijd?' zei Lucille. 'Die is er nog steeds. Je hebt het toen niet gedaan en daarom moet je het nu doen.'

'Te laat.'

'Het is te laat om nog een wonderkind te worden. Maar het is nog niet te laat om een tobogan te bezitten.'

Ik keek haar glimlachend aan terwijl zij mij glimlachend zat aan te kijken. Ik kwam overeind en pakte mijn jas. 'Fijne feestdagen, Lucille. Ik zie je in het nieuwe jaar weer op kantoor.'

Ze knikte en keek naar het menu. Ik aarzelde. Wat ben ik toch een eikel. Maar omdat ik een eikel ben, zei ik niet wat ik wilde zeggen en niet kon zeggen. Ik vertrok.

Het sneeuwde nu nog harder en er reden nog minder auto's. Tijd om naar huis te gaan. Ik heb ergens gelezen dat meer dan de helft van alle inwoners van Manhattan alleenstaand is.

Bij het winkeltje op de hoek stond Farouk nog meer kastanjes te poffen. Hij gaf me er een paar en porde met de blikken schep in de kooltjes. 'We gaan om vier uur dicht. Feestje. Kom je ook?'

'Natuurlijk. Wat kan ik meenemen?'

'Jij neemt helemaal niets mee. Je bent mijn gast.'

Ik bedacht opeens dat Lucille nou al twee keer de rekening had betaald. Voor de koffie en voor het ontbijt. Ik had er vanochtend niet eens aan gedacht zelf voor mijn ontbijt te betalen. Ik moest haar bellen. Ik kan haar niet bellen. Ik heb haar mobiele nummer niet.

Ik ging mijn appartementsgebouw binnen. Opeens hing er een grote zilveren bel met een rode strik bij het hok van de dode portier. Ik klopte hard op het glas, maar ik zag alleen zijn achterhoofd en Angela Lansbury die rondrende in *Murder She Wrote*.

Word ik nu gedood door de geheimzinnige kerstbomenfee? Ik verdien het.

Toen ik de sloten van mijn deur opende, was ik tegelijkertijd bang en opgewonden. Wat zou er nu weer zijn?

Het antwoord: niets. Teleurstelling is de standaardinstelling van mijn leven. Daar stond de boom. Daar was de kerstverlichting, maar er was niets nieuws.

Daarom werkte ik maar wat achterstallige werkmails weg. Ze werden allemaal automatisch beantwoord met een Out of Office-bericht. Er is ook geen arbeidsethos in Amerika. Het was nog niet eens elf uur 's ochtends op de dag voor Kerstmis.

Rond het middaguur was ik gedoucht en geschoren en omgekleed en had ik verder niets meer te doen. Ik besloot een wandeling te gaan maken. Toch iets voor Farouk kopen. Hij hield van baseballpetjes. Ik kwam langs boekhandel McNally's. Er lag een boek van Hart Crane in de etalage. Ik stond ernaar te kijken en toen hoorde ik mezelf hardop zeggen:

Ik kon mij dat ziedend aanhoudend
slechten van de moerassen nooit herinneren
tot de jaren mij voor de zee brachten.

Dat schreef Crane toen hij zesentwintig was. Hij overleed op zijn tweeëndertigste. Mijn gezicht was nat van de regen en de sneeuw. Ik ging de winkel in en kocht het boek.

Het boek van Hart Crane was niet voor Farouk, maar de baseballpet met luipaardprint wel. We zitten op de roestige treden van de brandtrap achter het gebouw. Het is nu te warm binnen – iedere Afghaan in New York City is op het feest. Er is livemuziek en er wordt een hoop gelachen. Farouk heeft waarschijnlijk gezien dat ik door de nooduitgang naar buiten ben geglipt. Hij is me gevolgd met een biertje. Daarom heb ik de pet voor hem tevoorschijn gehaald. 'Past hij? Zet hem eens op.'
Er staat een kapotte ijskast met glazen deuren bij de overloop van de brandtrap. Farouk tuurt naar de geïmproviseerde spiegel, licht zichzelf bij met zijn telefoon en trekt de baseballpet over zijn hoofd, zo laag dat de klep net boven zijn kool-

zwarte ogen zit. 'Ik heb nooit eerder een baseballpet met lui-paardprint gezien.'

'Dat is denk ik voor de winter.'

'Ik voel me net een bergkat in de Hindu Kush. Ben je ooit in Afghanistan geweest?'

'Ikke niet.'

'Mooiste land van de hele wereld. Ik laat je wat foto's zien. Mijn telefoon. Geiten, adelaars, de markt waar mijn vader werkt – in die zakken zit rijst. Hij is zeventig en kan ze nog dragen. Heel sterk. Hij denkt dat ik taxichauffeur ben. Hij wou zelf altijd taxichauffeur worden.'

'Zou je naar huis gaan als dat zou kunnen?'

Farouk schudt zijn hoofd. 'Wat is thuis? Waar is thuis? Thuis is een droom. Thuis is een sprookje. Dit Afghanistan bestaat niet. Niet voor mij. Thuis is de plek waar je thuis bent, mijn vriend. Wat vind je ervan als ik hem achterstevoren draag?'

Hij draait zijn pet om. Dan zegt hij: 'Je vriendin, leuk meis-je, grote glimlach, waar is ze vanavond?'

'Dat is mijn vriendin niet.'

Farouk kijkt bedroefd. 'Dat meisje... Dan moet je beter je best doen.'

Het is later, veel later, en ik ben weer in mijn appartement, staar naar de boom en drink het laatste restje van mevrouw Noblovsky's helderziende wodka. Ik kan in de toekomst kijken en alles is precies hetzelfde als nu. Wat is dat nou voor toe-komst?

Ik gooi het raam open. Haal diep adem. Er klinkt nog steeds muziek van het feest. Ik zou eens moeten gaan slapen. Eén nacht in mijn kleren op de bank slapen is wel genoeg.

Maar eerst moet ik iets doen.

Op de kledingkast staat een doos waar een doos in zit. Er

zitten ook andere spullen in die doos, maar het gaat mij om de doos in de doos, een kartonnen doos die is dichtgebonden met keukentouw.

Ik heb hem van mijn moeder gekregen toen ik op mezelf ging wonen en ging studeren. Ik glimlachte, gaf haar een kus en bewaarde hem voor in de trein.

Ik opende de doos zoals ik hem nu ook open. Wat had ze me gegeven als aandenken aan thuis? In de doos zat het aluminium boterschaaltje in de vorm van een schelp.

Ze kon niet nemen. Ze kon niet geven.

Ik had het uit het treinraampje moeten smijten. Maar ik heb het gehouden als een vergif dat ik al had doorgeslikt. Waarom?

Mijn handen trilden. Ik ging naar het raam, leunde naar achteren en smeet het schaaltje uit het raam, over de airco's en de satellietschotels, naar de nachtelijke sterren. Het verdween in het niets. Ik hoorde het niet neerkomen.

Toen ging ik slapen.

Het werd ochtend. Dat gaat vanzelf.

In boxershort en T-shirt liep ik gapend de woonkamer in. Daar was de boom. Daar waren de lichtjes. Onder de boom lag een lange kartonnen doos met een zilveren lintje.

Ik ging weer naar de slaapkamer, herhaalde de hele procedure van gapen en uitstrekken en keerde behoedzaam terug naar de woonkamer. Het cadeau – het moest wel een cadeau zijn, want het lag onder de kerstboom – lag er nog.

Het was nu net zo onvoorspelbaar geworden wat ik in mijn woonkamer zou aantreffen als wanneer ik een wild dier in huis had gehad. Wat moest ik nou doen? Ik zette koffie, checkte mijn telefoon, geen berichten. Ik was niet dronken... Ja, het lag er echt nog steeds.

Oké. Diep ademhalen. Rustig blijven. Aankleden. Spijker-broek. Overhemd. Trui. Nu met de doos naar de hal en dan de trap af en naar buiten en openmaken. Wat het ook is, het moet verdwijnen. Ik pakte een mes uit de keuken om het karton open te snij-den. De doos was zwaar en onhandig. In de lobby zag ik dat de luxaflex in het hok van de dode portier dichtzat. Open. Dicht. En wat dan nog? Dood is dood.

Oké, nu ben ik buiten. Het is een mooie ochtend. Door de vrieskou van vannacht is de sneeuw veranderd in een wit ta-pijt, dat net zo lang is als het huizenblok. De maan staat nog aan de hemel, maar de zon is al op. De lucht is zo scherp als een mes. Mijn mes is niet zo scherp als de lucht, maar ik snijd door het karton, ruk het weg van het voorwerp dat erin is ver-pakt.

Een voorwerp is niet hetzelfde als geluk. Maar dit wel.

In de doos zit een glimmende houten slee met een rood le-ren leidsel en blauwe metalen glijders. Maar deze slee heeft scharnieren bij de voetsteunen, zodat je ermee kunt sturen. Ik vergeet alles om me heen, ga erin zitten en probeer te sturen. Het is fantastisch.

Ik merk niet dat er een auto stopt – tot de glimmende wiel-doppen van de retro Volkswagen Kever de zon in mijn ogen weerkaatsen.

'Zullen we naar Riverside Park gaan om hem uit te probe-ren?'

Het is Lucille, met een bolletjesmuts. Het dak van de cabrio is naar beneden.

'Heb jij me deze slee gegeven, Lucille?'

Waar zijn we niet allemaal geweest? Pilgrim Hill in Central Park. Hippo in Riverside Park. Owl's Head Park. En ik sleede door de tijd, of misschien was er geen tijd omdat het maar één keer per jaar Kerstmis is.

De zon ging al onder voordat we er genoeg van hadden. Ik vroeg: 'Wil je met me mee om gerookte zalm en roomkaas te komen eten? Het is niet echt een kerstdiner, maar... Ik heb bruin brood en interessante wodka... hoewel, nee, ik heb gisteren alles opgedronken.'

'We gaan naar mijn huis,' zei Lucille. 'Het is klein en ik woon er samen met andere mensen, maar die zijn naar huis voor de vakantie. En ik heb genoeg te eten. Maar we gaan eerst even langs jouw appartement. Ik moet nog iets afgeven.'

'Heb je niet al genoeg gegeven? De boom, de lichtjes... die waren toch van jou?'

Lucille knikte. Zulke zachte ogen. Ik houd van haar glimlach.

'Maar hoe ben je binnengekomen?'

Toen we weer in het appartementsgebouw waren, liet ik Lucille achter in de lobby en rende ik met twee treden tegelijk de trap op. Ik trok droge kleren aan en pakte de gerookte zalm in. Ik aarzelde, gooide toen ook een schoon T-shirt, een onderbroek en mijn elektrische tandenborstel in de tas. En nog iets. Toen ik het kocht, wist ik al dat het voor Lucille was.

'Dank je,' zei ik tegen de boom toen ik naar buiten liep.

In de lobby stond Lucille naast een oudere man met dezelfde vrolijke glimlach als zij. Hij kwam me vagelijk bekend voor. Toen ze me zag, zei ze tegen hem: 'Dit is Sam.'

'Ik weet wel dat dit Sam is,' zei de vagelijk bekende man. 'Hij wil altijd iets en daarom negeer ik hem.'

Toen gaf hij Lucille een kus op haar hoofd en ging naar het portiershok. Ik herkende zijn achterhoofd. 'Tot morgen, lieverd.' De deur van het hok ging dicht achter de niet zo dode portier.

'Dat is mijn opa,' zei Lucille.

We stapten in haar Volkswagen. We gingen naar haar huis, dat zo klein was als een envelop. We aten. We praatten. Ik zoende haar bijna, maar toen gaf ik haar het boek van Hart Crane en zoende ze mij. Zij nam het initiatief, denk ik. Ik zei: 'Ik ben je nog wat verschuldigd voor koffie en ontbijt.'

Ze zei: 'Je hebt nog het hele volgende jaar.'

Mijn gerookte
zalm en champagne
voor kerstavond

WE BEPALEN ZELF *wat onze tradities worden.* Op kerstavond vriest het. De lucht is helder. De sterren zijn als klokken. De dag is kort en het haardvuur brandt. Er is vrede op aarde en ons hart klopt vol verwachting. Zo is het tenminste in mijn verbeelding. Het doet er niet toe hoe het echt is. Gewoonlijk regent het, is het een grote verkeerschaos in de stad, is er nog helemaal niets klaar voor het kerstdiner, zijn de cadeautjes nog niet ingepakt en heb je voor je tante alweer badzout gekocht.

Enkele jaren geleden realiseerde ik me hoe ik de kerst wilde beginnen. Ik ben dol op een dienst op BBC Radio 4, *A Festival of Nine Lessons and Carols*, en daar luisterde ik altijd naar. Op de dag voor Kerstmis wordt die om drie uur 's middags (op het vasteland dus vier uur) live uitgezonden vanuit de kapel van King's College in Cambridge – en dat is al zo sinds 1928.

De dienst duurt anderhalf uur. Het voelt alsof je teruggaat in de tijd door de Bijbellezingen uit het Oude en Nieuwe Testament waarin de komst van de Messias wordt geprofeteerd en vervuld. Tussen deze lezingen door zingen het koor en de gemeente oude en nieuwe kerstliederen en klinkt er muziek van hedendaagse componisten die speciaal voor deze gelegenheid is geschreven. De dienst begint met een solo jongenssopraan die een kaars draagt. Hij komt de kapel binnen terwijl hij 'Once in Royal David's City' zingt.

De dienst wordt tegenwoordig ook uitgezonden op tv, maar waarom zou je ernaar willen kijken? De schoonheid zit in de muziek, de stemmen, de lezingen en de gebeden. En in een gevoel van continuïteit – daar is religie goed in. En in een gevoel van verbondenheid met iets wat noodzakelijker is dan winkelen en feesten. Dit is een spirituele ervaring, of je nou in God gelooft of niet. Ik luister altijd naar deze dienst, waar ter wereld ik ook ben. Ik schuif alles opzij en dan volgt anderhalf uur van geestelijke ontspanning en spirituele concentratie. Hoewel ik ze al uit mijn hoofd ken, luister ik naar de lezingen, en ik zing mee. Als ik thuis ben, steek ik de haard en kaarsen aan. Ik zorg ervoor dat de keuken is opgeruimd en bereid zoals elk jaar hetzelfde voedsel, want dit is een ritueel. Doordat een ritueel altijd hetzelfde verloopt, kun je je concentreren en je geest leegmaken. Dat is de reden waarom Joden, zelfs Joden die verder niets aan hun geloof doen, op vrijdagavond de sabbatskaarsen aansteken. Een ritueel is een manier om de tijd te veranderen. En daarmee bedoel ik een manier om even een halt toe te roepen aan de constante inmenging van het drukke leven.

Dit is mijn ritueel voor kerstavond.

Bak een goed donker brood – roggebrood of zuurdesem. Je kunt natuurlijk ook een brood kopen, maar het gaat erom dat je tijd voor jezelf maakt en het bakken is een deel van het plezier.

Koop de beste boter die je je kunt veroorloven.

Koop de beste gerookte zalm die je je kunt veroorloven.

Citroen.

En je hebt roze champagne nodig. Ik drink op kerstavond het liefst Veuve Clicquot of Billecart-Salmon, omdat deze wijnen rijk en uitbundig zijn, maar niet te zwaar. 's Middags is Bollinger voor mij iets te krachtig.

Oké, als je bovenstaande producten niet kunt betalen, zijn er alternatieven. Ik heb er zelf gebruik van gemaakt.

Neem wel het beste brood, maar probeer eens taramasalata, bij voorkeur zelfgemaakte, of koop een paar blikjes goede sardines. Door de olie heb je in elk geval geen boter nodig. Of maak de dag ervoor kippenleverpaté – goedkoop en lekker als je die zelf maakt.

Snijd het donkere brood in kleine blokjes en smeer je beleg er lekker dik op. Het is Kerstmis! Gerookte zalm en roséchampagne zien er zo mooi uit bij de bruinzwarte kleur van het brood.

Maak lekker veel en leg het op een groot bord.

Als je niet dol bent op champagne, zoek je een andere wijn die je lekker vindt en neem je die.

Kijk, je kunt dit ook doen met een pot thee en een geroosterde boterham.

En ook met een lekkere pot koffie en een schaaltje chocoladekoekjes – bak ze zelf.

Maar ik stel voor dat je een deel van deze kleine maaltijd zelf maakt omdat het ten dele gaat om de verwachtingen die door een ritueel worden gewekt – we bereiden ons er praktisch en psychologisch op voor en dat is een van de redenen waarom het goed voor ons is.

Het gaat erom dat je tijd voor jezelf maakt, dat je op jouw manier aan Kerstmis begint.

Je kunt dit natuurlijk ook doen met familie en vrienden als ze in de buurt zijn. En ja, ook terwijl je cadeaus aan het inpakken bent, maar dan zou het niet zo'n krachtige uitwerking hebben.

Rituelen draaien niet om multitasken.

Een ritueel is tijd die uit de tijd is bevrijd. Als je het goed doet, heeft het diepgaande psychologische effecten.

We hebben het te druk en worden veel te vaak afgeleid. Iedereen weet dat de tijd steeds sneller gaat, zoals een opgevoerde auto die we proberen bij te houden. Kerstmis is de drukste tijd van het jaar – en dat is krankzinnig. Het is reuze fijn om van hot naar her te rennen en familie en vrienden te zien, maar waarom zou je niet gedurende anderhalf uur even tijd voor jezelf maken?

Daar is, om te beginnen, een bewuste inspanning voor nodig – alles wat de moeite waard is begint met een bewuste inspanning. Maar je zou tot de ontdekking kunnen komen dat dit ritueel, of jouw versie daarvan, een onverwacht waardevol onderdeel van Kerstmis wordt.

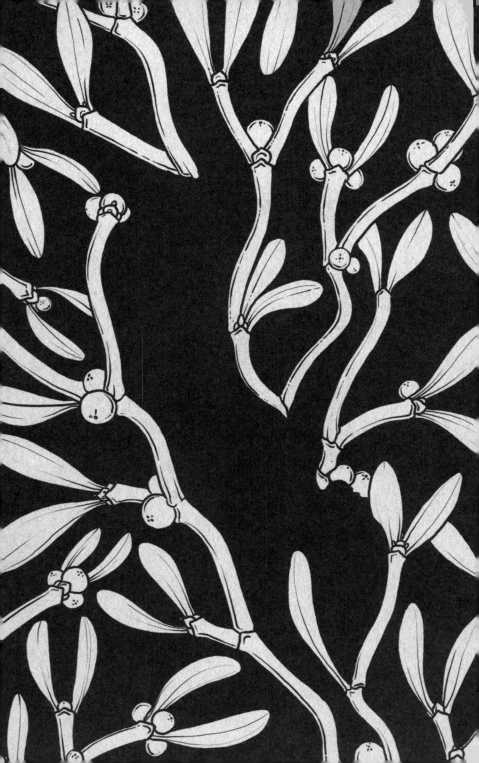

DE MARETAKKENBRUID

*J*n dit deel van Engeland is het de gewoonte op kerstavond verstoppertje te spelen. Volgens sommige mensen komt het gebruik uit Italië, waar lootjes worden getrokken om te bepalen wie de duivel is en wie de paus. Wanneer dit is vastgesteld, rennen alle andere leden van het gezelschap weg en verstoppen ze zich zo goed als ze kunnen. Daarna gaan de duivel en de paus in het hele huis op zoek naar zondaren. Sommigen zijn verdoemd en anderen worden gered. Dan moeten ze allemaal een boete betalen aan de duivel en de paus. Dat is meestal een kus.

Mijn echtgenoot verklaart dat we vanavond jager en hinde zullen spelen. De dames gaan zich verstoppen. De heren gaan op jacht.

Mijn echtgenoot neemt me liefdevol op zijn knie en geeft me een zoen. Ik ben de prooi die hij gevangen heeft, maar hij heeft me nog niet bezeten. Dat komt nog wel.

Het is mijn huwelijksnacht. In deze streken is het de gewoonte op kerstavond te trouwen. Het is een heilige tijd, maar het gloeit van de vreemde lichten. De dag van Christus is nog niet aangebroken; het is de dag van onverwachte bezoeken en maskerades.

Ik kom niet uit deze streken. Ik kom uit een woest land,

maar ik ben van adel. Mijn aanstaande echtgenoot is vierendertig en twee keer zo oud als ik. Hij zegt me dat een wezen zonder vleugels niet meer op een vogel kan lijken dan ik. Hij bedoelt het goed. Ik ben frêle en laat geen sporen na als ik val. Mijn voeten laten geen voetstappen achter. Mijn echtgenoot houdt van mijn taille, die zo slank is als een touw. Hij zegt dat mijn handen en voeten zo teer zijn als een web. Hij noemt me zijn gesponnen ding. De eerste keer dat we elkaar zagen, maakte hij voorzichtig mijn haar los en kuste hij me. 'Je zult wel leren om van me te houden,' zei hij.

Ik ben de jongste dochter van mijn vader. Ik heb een kleine bruidsschat en had verwacht naar het klooster te worden gestuurd. Maar mijn aanstaande echtgenoot is rijk en geeft niet om de juwelen van zijn vrouw. Hij wil liever dat ik naast hem straal, dan dof glinster achter kerkmuren.

Het is hier het gebruik dat de echtgenoot de trouwjurk verzorgt – wit, maar met een piepklein rood vlekje op de plek waar hij het maagdenvlies zal scheuren. De meid kwam en kleedde me om voor de bruiloft. Ze wenste me veel geluk en gezondheid.

'Is hij een goede man, mijn echtgenoot?' vroeg ik toen ze de jurk strak aantrok.

'Het is een man,' zei ze. 'Verder moet je het zelf beslissen.'

Ik was aangekleed en keek in de zilveren spiegel. De meid had een flesje met bloed. 'Voor de vlek,' zei ze.

Ze bracht het bloed aan bij mijn hart.

Mijn aanstaande echtgenoot en ik zijn vanaf mijn vaders huis te paard gekomen. De wegen zijn te slecht voor een koets. Het land is bedekt met wit en ligt onder de sneeuw te slapen. De breidel van mijn paard was bedekt met rijp.

'Zuiverheid,' zei mijn echtgenoot. 'Deze witte wereld is voor jouw trouwdag.'

Mijn adem was dik van de vorst. Ik stelde me voor dat ik de vormen die uit mijn mond vlogen kon lezen. Het was alsof ik tegen mezelf praatte in een ijle taal die niemand anders begreep. Mijn adem vormde woorden – LIEFDE. PAS OP. MOED. ONGEZIEN. Met dit spel amuseerde ik me gedurende de hele ijspegel van onze reis. Toen we door het woud van Bowland reden, ging mijn aanstaande echtgenoot in zijn stijgbeugels staan en sneed hij een maretak uit een eikenboom. Hij vlocht er een kroontje van en hing hem aan zijn zadelboog. Hij was voor mij, zei hij, voor als we gingen trouwen. Ik was zijn maretakkenbruid. Ik keek hem aan van opzij. Hij was zo zelfverzekerd en zo gelukkig. Ik ben verlegen en schroomvallig. Ik hou van zijn zelfverzekerdheid en ongedwongenheid.

'Ze is zo zenuwachtig als een haas,' had mijn vader gezegd. 'Zo zenuwachtig als een haas die dekking zoekt.' Mijn echtgenoot zei dat hij me wel zou dekken. Al zijn mannen lachten, en mijn vader ook. Ik bloosde. Maar hij is niet onvriendelijk.

Tijdens onze rit stelde ik me voor dat mijn jeugdige ik een tijdje met me meereed. Bij het eerste kruispunt keerde ze haar pony en zwaaide ze ten afscheid. Al die mijlen had ik alleen maar gedacht aan thuis en aan wat ik achterliet. Ik liet ook een deel van mezelf achter.

Ook andere ikken verdwenen op die sombere weg. Mijn vrije, zorgeloze, onbezonnen ik, de ik die ik ben als ik alleen op de hei ben of als ik alleen in het donker bij een kaars lig te lezen, kon niet meekomen, hoewel ze het wel heeft geprobeerd.

Hoe meer mijn aanstaande echtgenoot op gemoedelijke toon over mijn plichten als zijn dame sprak, hoe meer ik het gevoel kreeg dat ik verstrikt raakte in een lange dag van bezoek en bevelen. Het was niet gepast als de vrouw des huizes een mantel over haar schouders gooide en naar buiten rende in de regen.

Maar zo was het om volwassen te worden en dat hoefde ik niet te vrezen. Er stond vast een nieuwe ik op me te wachten.

Bazuinen. Vlaggen. Rennende voeten. Flakkerende lichten. *My lady*, dit is uw huis. Ja. Hier. Het slot. Oud en ommuurd. Zijn familie heeft het eeuwen geleden gebouwd. Het is alsof we in zijn familie wonen. En daar bij de ophaalbrug, daar is ze, daar staat ze op me te wachten. De ik die ik zal worden, ouder, ernstiger, donkerder. Ze knikte naar me toen ik over de ophaalbrug reed. Ze glimlachte niet.

Bazuinen. Vlaggen. Gebogen hoofden. Flakkerende lichten. Muziek.

We zijn getrouwd.

Mijn nieuwe echtgenoot hield mijn hand vast en fluisterde dat hij me zou weten te vinden, waar ik me ook verstopte. Hij zei dat hij me kon ruiken. Hij begroef zijn gezicht in mijn nek toen ik op zijn schoot zat. Hij zei dat hij mijn zachtmoedige jager was. Hij zei dat ik in het huis kon gaan en kon staan waar ik wilde. Er kon me hier niets overkomen.

Terwijl hij me zo zat te besnuffelen, werd er hard op de deur gebonsd. Het is hier het gebruik om vreemden die op kerstavond onverwacht en onaangekondigd verschijnen met veel pracht en praal te ontvangen.

Maar dit is mijn trouwdag.

De poort werd geopend. Hoefgekletter weergalmde in de uitgestrekte stenen zaal alsof het er vol onzichtbare paarden en onzichtbare ruiters was.

Een gesluierde dame in het groen reed de zaal in op een zwarte merrie. Ze liet het paard stilhouden. Ze steeg niet af. Mijn echtgenoot ging naar haar toe, bood haar zijn hand en hielp haar afstijgen. Hij kuste haar hand en heette haar welkom. Ik kon haar gezicht niet zien, maar haar lippen waren rood en haar haar was zwart.

'Mijn vrouw,' zei hij toen hij me voorstelde aan de dame, en toch kwam het me voor dat een vreemde bij die woorden, die in de lucht hingen als mijn vorstwoordenboek, niet zou hebben geweten wie van ons beiden zijn vrouw was.

De dame neeg haar hoofd.

Er klonk muziek. Hij danste met haar, had alleen oog voor haar, terwijl ik toekeek in het wit en wachtte. Even later kwam hij terug. Hij boog voor me en zei: 'Dat is hier een gebruik. De onuitgenodigde gast.'

'Ken je haar dan niet?' vroeg ik.

'Of ik haar ken?' zei hij en glimlachte. 'Het is kerstavond.'

De dame danste nu met een ander. De zaal was helder verlicht en de dansen waren snel en gelukkig. Ik dronk wijn. Ik at. Alle gasten wilden me eer bewijzen. Ik was ook gelukkig. De uren gingen voorbij.

En toen…

Mijn echtgenoot haalde zijn dolk uit zijn riem en sloeg hard met het handvat op de tafel. De muziek stopte.

'En nu begint de jacht!' zei hij, en er werd gelachen.

Uit zijn zak haalde hij een wit masker, dat hij aan mij gaf. De dames begonnen hun masker op te doen, en ook de heren. Mijn echtgenoot had een luipaardkop, die hij naar beneden had getrokken als een vizier. Hij begon te tellen.

Nu was het tijd voor de dames, tijd voor mij, om giechelend en kwebbelend weg te rennen door de gangen die even lang waren als een droom.

Ik kende de weg niet. De zware kaarsen in de raamstijlen waren roerloos en stil als bedienden, maar verlichtten de stenen doorgangen nauwelijks. Ik rende weg met een meisje van mijn leeftijd, dat iedere bocht en trap leek te kennen. Terwijl ze voor me uit rende, zag ik een stel deuren die naar een hoge kamer leidden. Ze rende door. Ik aarzelde en ging naar binnen.

In het hout van het bed was een stel zwanen uitgesneden. Op de kussens lagen bloemblaadjes van winterrozen die voor de huwelijksnacht op kerstavond in de broeikas werden gekweekt. De kaarsen in de kamer waren niet aangestoken. Het tafereel werd slechts verlicht door het brandende haardvuur. Zonder het te weten wist ik dat dit de bruidskamer was. Hier zou hij me naartoe brengen zodra hij me had gevonden. Hier zouden we ons leven samen beginnen.

Op de gouden sprei lagen twee nachthemden, als slapende ridders, beide wit, maar op de zijne waren luipaarden geborduurd en op de mijne hinden.

Ik moest glimlachen toen ik onze symbolen daar zo vreedzaam en slapend zag, en vroeg me af hoeveel jaar we daar zij aan zij zouden liggen, tot de tijd ons voor zich kwam opeisen. Op het kussen lag het kroontje van maretakken – geheimzinnig, giftig, zo wit als de dood, zo groen als de hoop.

In een opwelling maakte ik mijn halskettinkje los – het afscheidscadeau van mijn vader. Ik kuste het en legde het op het hemd van mijn echtgenoot. Daarmee gaf ik mezelf aan hem. Hij hoefde niet op me te jagen.

Ik liep over van geluk en rende de kamer uit, zo licht als een schaduw. Ik had een heel eind gelopen. Ik bleef even staan en keek om me heen, maar toen hoorde ik iets verderop voetstappen, die weerkaatsten op de stenen trap. Verstop je! Snel! Ik wist zeker dat hij het was.

Onder het raam aan het einde van de gang stond een grote oude dekenkist. Het lukte me nauwelijks om de deksel op te tillen en ik moest al mijn krachten aanspreken. Stemmen nu, rond en rond op de wenteltrap. Ik tilde de deksel op en sprong in de kist. Hij was leeg en dieper dan ik had verwacht. Daar kon ik redelijk comfortabel blijven wachten. Ja. Zijn stem. Zijn voetstappen. Hij zou al snel de deksel optillen en me naar onze kamer dragen. Ik moest proberen niet te lachen van geluk en verwachting. Misschien had hij het meisje opgedragen me deze kant op te sturen.

En toen hoorde ik de stem van een vrouw. Ik hoorde haar lachen en vragen: 'Hier?' Hij antwoordde: 'Nee, daar niet.' Ze zei: 'Waar dan? Of ben je misschien van gedachten veranderd?'

Nu was het zijn beurt om te lachen. Toen stilte. Of iets wat op stilte leek, als kussen en aanrakingen stilte zijn. Ik duwde de deksel van de dekenkist zo ver open dat ik net naar buiten kon gluren.

De dame in het groen stond tegen de muur. De onuitgenodigde gast. Ter ere van de kersttijd.

Haar jurk was tot haar middel losgemaakt en mijn echtgenoot had zijn handen op haar borsten gelegd. Haar handen lagen op zijn rug en gleden gretig omlaag, trokken zijn overhemd uit zijn kniebroek. Hij ging een stap naar achteren, trok zijn jas en zijn hemd uit, lette niet op de kou. Hij was knap. Sterk. Slank. Zonder haar blik van hem af te nemen ontknoopte ze de flap van zijn kniebroek tot de plek waar hij ontsprong en toen zat ze op haar knieën.

Ik wilde niet meer kijken. Ik had dit al eerder gezien. In het daglicht en in mijn dromen. Ik had de stalknechten met de dienstmeisjes gezien. Nu keek ik naar mijn eigen echtgenoot. Ik voelde verlangen, opwinding en angst en proefde de verdachte smaak van braaksel in mijn keel. Ik stond op het punt de deksel van de kist open te smijten en tevoorschijn te komen. Maar mijn echtgenoot hielp de dame weer overeind, draaide haar om en duwde haar met haar gezicht naar voren over de kist. Ik hoorde de klik van de deksel, het geruis van rokken en toen het geluid van hun genot. De zware kist weerstond de aanval. Ik stak mijn hand op, vlak onder haar buik, met slechts twee centimeter hout tussen ons in. Met mijn hand streelde ik de onderkant van de deksel op de plek waar hij haar was binnengedrongen. Ik ademde met hen mee en wachtte. Dit was mijn huwelijksnacht.

Het duurde niet lang voordat ik ze hoorde vertrekken. Hun gelach en gedempte stemmen. Toen hun voetstappen die de wenteltrap afdaalden.

Ik had trillende, klamme handen en voelde me krachteloos en daarom draaide ik me op handen en voeten en duwde ik tegen de deksel met mijn rug. Er gebeurde niets. Ik zat gevangen. Het angstzweet brak me uit. Mijn hart ging als een razende tekeer. Ik hapte naar lucht en slaagde erin op mijn rug te gaan liggen om de deksel met beide voeten aan te vallen.

De kist gaf mee, maar bezweek niet. De klik die ik had gehoord toen hij haar omlaag duwde, was van het slot, dat roestig was omdat het al jaren niet was gebruikt en nu klem zat.

Ik schreeuwde. Hij zou me wel horen. Er kwam vast iemand. Iemand. Haal adem. Luister. Haal adem. Geen lucht. Ik hoorde slechts leegte. Waarom zou hij naar zijn bruidskamer komen zonder zijn bruid?

Ben ik flauwgevallen? Ik leek thuis te zijn en zat aan de oever van de rivier op de zonsopgang te wachten. Was ik daar al de hele nacht? Tot mijn schrik drong het opeens tot me door dat ik de zon nooit meer zou zien opkomen. Mijn lichaam was als een mist die optrok.

LIEFDE. PAS OP. MOED. ONGEZIEN. De woorden vulden de kleinere en kleinere ruimte van de kist. De kleinere en kleinere ruimte van mijn borstkas. Met mijn laatste adem... Met mijn laatste adem...

Stierf ik niet.

Ik zag dat ik op de vloer naast de kist lag en dat de meid over me heen gebogen stond.

'Ik heb je gezien,' zei ze. 'Ik heb hen gezien.'

'Ik ga het hem vertellen,' zei ik tegen haar, maar ze schudde haar hoofd. 'Die dame is zijn nicht. De bisschop heeft hem verboden met haar te trouwen. Hij moet een erfgenaam verwekken. Als je dat voor hem hebt gedaan, zal hij je uit de weg ruimen en met haar trouwen.'

'Me uit de weg ruimen?'

'Hij zal je vergiftigen met de bes van de maretak. Het kind dat hij vannacht bij je verwekt, zal volgend jaar met kerst worden gespeend. Dan zit jouw taak erop. En dan komt zij naar hem toe, zoals ze vanavond naar hem toe is gekomen.'

'Wie weten dit allemaal?' vroeg ik.

'Dat weet iedereen,' zei ze.

'Wil je me helpen ontsnappen?'

Dat wilde ze. Ze vond kleren voor me in zijn kledingkast. Ze waren te groot, maar in die kleren was mijn lichaam veilig.

Ik trok mijn bruidsjurk uit en gooide hem in de kist. Ik nam wat goud en zilver mee uit de kamer en gaf de meid de munten die ik van thuis had meegenomen. Ik liet het kettinkje liggen waar het lag, op zijn nachthemd, om hem aan mij te herinneren.

De meid bracht me naar een smalle trap, die naar een deur leidde.

De ernstige en donkere vrouw die ik had gezien toen ik naar binnen ging, stond nog steeds roerloos te wachten bij de ophaalbrug. De vrouw draaide zich naar me om. Ik staarde haar uitdagend aan en schudde mijn hoofd. De toekomst staat niet vast, tenzij we dat toestaan.

Ik liep weg van het verlichte kasteel en trok de duisternis van Kerstmis in. Ik liep door de nacht alsof de nacht een land was waar ik doorheen kon trekken, en op eerste kerstdag kwam ik bij zonsopgang enkele kilometers verderop bij een klooster. Ik luidde de bel en luidde de bel, zo woest als het begin van de wereld.

De nonnen kwamen naar de poort gerend en lieten me binnen.

In de kersttijd, zeiden ze, doet zich altijd een mirakel of een mysterie voor dat niet kan worden verklaard.

Ze vroegen niet om een verklaring, en die gaf ik ook niet.

En zo bleef ik in het klooster van het Eerste Mirakel. Ik ben hier de brouwer. Het is mijn werk om water in wijn te veranderen.

Twee jaar later, op de kortste dag van het jaar, tijdens de winterzonnewende, kwam er een rentmeester van het kasteel om een paar vaten van mijn mede te kopen. De heer van het slot ging weer trouwen.

'Hij heeft niet veel geluk,' zei de rentmeester. 'Vorig jaar is hij met een meisje getrouwd. Ze waren zo gelukkig. Ze heeft een kind gekregen, een jongen, en toen is ze in de slotgracht gevallen. Haar spook waart nog regelmatig rond op de ijskoude kantelen die uitkijken over de slotgracht waar ze onder het ijs is geglipt en heeft gevoeld hoe het ijs zich sloot boven haar hoofd.'

Ik had niet gehoord dat hij weer was getrouwd. Of zo snel.
Ik gaf de rentmeester nog meer wijn.

'Ik dacht dat de heer al getrouwd was,' zei ik. 'Ze noemden haar de maretakkenbruid.'

'Ach ja,' zei de rentmeester, 'ik zei toch dat hij niet veel geluk had. Die dame is verdwenen op hun huwelijksnacht, twee jaar geleden met Kerstmis. Niemand weet wat er met haar is gebeurd.'

Toen boog hij zich vertrouwelijk naar me over en fluisterde dat er nog een verhaal was. Haar trouwjurk was in een oude dekenkist gevonden. Haar lichaam was helemaal vergaan. Toen de dienstmeisjes de jurk optilden, was er geen spoor meer van het lichaam te bekennen, alleen maar stof.

'Het is een vreemd verhaal,' zei ik tegen de rentmeester. 'En de heer van het slot heeft niet veel geluk in de liefde, zoals u al zei. En met wie gaat hij nu trouwen? Een jong meisje uit een goede familie?'

Het gezicht van de rentmeester werd rood, en niet van de bisschopswijn.

'De heer van het slot heeft nu een zoon en een erfgenaam, maar geen vrouw, en daarom heeft de bisschop hem toestemming gegeven met zijn nicht te trouwen...'

'Donker haar, rode mond en een groene jurk,' zei ik, bijna in mezelf. De rentmeester keek verbaasd.

'Ja,' zei hij, 'er wordt beweerd dat ze elkaar al beminden.'

'Roddels,' zei ik. 'Dat kan niet anders.'

'Nee, dat kan niet anders.'

Ik liet de vaten op zijn wagen laden, maar voordat hij vertrok, gaf ik hem nog een vat, een vaatje voor de bruid en de bruidegom, en een liefdesbeker. Ik vlocht er een kroontje omheen van een maretak, als een trouwring.

'Een geschenk van het klooster,' zei ik.

Ik zei er niet bij dat ik een aftreksel van maretakbessen aan het brouwsel had toegevoegd. Het is niet te proeven. Het leidt alleen tot de slaap waaruit niemand ontwaakt.

Susies gravlax
voor kerstavond

IN HET RECEPT voor papa's sherrytrifle vertel ik hoe mijn vader zijn laatste Kerstmis bij mij doorbracht en vervolgens voor Nieuwjaar overleed.

Ik zegde al mijn werkafspraken voor januari af, onder andere een interview met de psychoanalytica Susie Orbach over haar nieuwe boek *Bodies*. Ik las haar werk al jaren en had grote waardering voor haar klassiekers *Mooi dik is niet lelijk* en *De onmogelijkheid van seks*. Maar we hadden elkaar nooit ontmoet.

Achteraf bezien denk ik dat het maar goed was ook dat we elkaar die troosteloze januari van 2009 niet hebben leren kennen. Ik kwam net uit een lange crisis. Ik heb hierover geschreven in *Waarom gelukkig zijn als je normaal kunt zijn?* Ik was beter, niet meer geestesziek. Ik had niet meer het gevoel dat je een hand dwars door me heen kon steken, alsof ik een spook was in mijn eigen leven, en begon weer een vaste vorm aan te nemen. Maar ik was nog niet klaar voor de buitenwereld. En toen overleed papa. Ik kreeg daardoor weliswaar geen terugslag, maar het was wel ingrijpend.

Susie kwam, zoals ik later zou ontdekken, uit een pijnlijke scheiding. Ze had vierendertig jaar een relatie gehad met een fantastische man, of met een man die ooit fantastisch was geweest, zoals de waarheid ons vermoedelijk gebiedt te zeggen. Hij was nu met iemand anders en Susie had datgene gedaan wat psychologisch heilzaam was; na de scheiding had ze twee jaar lang getreurd en gerouwd, zonder verbitterd te raken.

Toen we elkaar uiteindelijk in april 2009 ontmoetten, waren we dus allebei net opnieuw begonnen. We hadden alleen nooit verwacht dat we samen opnieuw zouden beginnen. Liefdesrelaties zijn ontdekkingen van nieuwe werelden. De werelden die wij in elkaar ontdekten, waren ver verwijderd van de gebieden die wij goed kenden. Susie was, niet in de laatste plaats, altijd gelukkig heteroseksueel geweest. En ik had geen belangstelling meer voor zendingswerk met heteroseksuele vrouwen.

Gelukkig is de liefde flexibel. En onze seksuele geaardheid was niet eens het grootste verschil. Ik ben van nature nogal eenzelvig. Ik woon in een bos. Ik heb non-lineaire tijd nodig om te denken en te schrijven. Ik kan wekenlang niemand spreken. Ik ben het gelukkigst als ik in mijn tuin ben. Ik hou van slapen. Strandvakanties zijn helemaal niets voor mij. En Kerstmis vind ik de mooiste tijd van het jaar.

Susie is sociaal, extravert, luidruchtig en druk, en ze heeft een leven in New York (haar moeder kwam uit New York, haar dochter woont er en Susie heeft er jarenlang met haar Amerikaanse echtgenoot gewoond), ze vindt het heerlijk om in het vliegtuig te zitten en onderweg te zijn, is dol op een stretcher in Miami, slaapt nooit, kan niet tuinieren (dat is funest voor haar nagels), is ultrastads en Joods.

Vooral dat laatste maakt met Kerstmis wel een verschil.

Tijdens de eerste Kerstmis die we samen doorbrachten, verscheen ik met een enorme zelfgemaakte kerstkrans van hulsttakken en klimop uit het bos achter mijn huisje. 'Voor je voordeur,' zei ik.

'Ben je helemaal gek geworden?' zei zij.

Maar in de loop der jaren hebben we manieren gevonden om kerst te laten slagen. Oké, meestal houdt het in dat Susie voor een paar dagen met vrienden naar Miami vliegt en dat ik thuis bij het haardvuur boeken lig te lezen, maar op kerstavond is er altijd een groot feest bij haar thuis, en daar vieren we het op haar manier.

Als je naar het recept voor mijn kerstavond kijkt, zul je merken dat ik mijn eigen ritueel heb om de feestdagen in te luiden. Ik vind het prettig om het zo te doen – en later is er nog genoeg tijd om feest te vieren.

Het is een hele uitdaging om van iemand te houden die heel erg verschillend is – zowel qua cultuur als qua temperament. Susie en ik hebben ondertussen geleerd dat je uitdaging en ruzie niet met elkaar moet verwarren. We hebben wel ruzie – natuurlijk hebben we ruzie, maar ruzies over wie we zijn proberen we te vermijden.

Ken je dat – je wordt verliefd op iemand om wie hij is en vervolgens zit je de rest van je leven te zaniken omdat hij is wie hij is?

We zijn verschillend. En we willen dat het werkt of we willen het niet. Het is geen strijd om te bepalen of we dingen op mijn manier of op jouw manier doen – het is een gedeelde ervaring.

Hoe dan ook, wat doe ik als het tijdens het kerstfeest drukker en later wordt? Ik maak een ommetje en ik ga naar bed. En dan ben ik gelukkig.

En probeer nu eens dit heerlijke gerecht uit Susies keuken.

Ingrediënten

* Ongeveer 1,5 kilo rauwe zalm van de beste kwaliteit, dungesneden en graatvrij
* Grote kop zeezout of koosjer zout
* 1 theelepel of minder fijne suiker
* 1 klein glas aardappelwodka van de beste kwaliteit
* Mierikswortel

Je hebt ook een lange, platte schaal nodig voor de vis, veel aluminiumfolie en bakstenen of zware gewichten.

Susie zegt: ik noem dit wel gravlax, maar het is niet helemaal volgens de regels – weinig suiker en geen dille. Ik gebruik geen rode bieten, want die geven misschien wel een mooie kleur, maar maken de smaak er niet beter op en zorgen voor te veel vocht. Ik ben ook geen liefhebber van dille, hoewel ik soms wel geraspte mierikswortel tussen de beide zalmfilets doe. Je mag het helemaal zelf weten.

Bereidingswijze

Veeg de beide filets af met een stuk keukenpapier. Verwijder eventuele graten. Leg het aluminiumfolie op de schaal. Niet afscheuren, want je moet de vis in de folie verpakken.

Leg de filets met de huid naar beneden op een grote plank of op het schone aanrecht en giet de wodka eroverheen. Meng de zout en de suiker en verdeel dit GELIJKMATIG met de hand over de beide filets.

Neem een filet en leg hem met de huid naar beneden op de schaal met aluminiumfolie. Leg de tweede filet op de eerste, met de huid naar boven, zodat het zalmvlees tegen het zalmvlees ligt.

Verpak de filets strak in de aluminiumfolie. Bedek ze vervolgens met nog een vel aluminiumfolie.

Leg de gewichten of bakstenen op de vis zodat er overal een gelijkmatige druk is.

Zet het in de ijskast en laat het daar 12 uur staan. Haal het elke 12 uur uit de ijskast, laat de vis uitlekken en draai hem om. Leg de gewichten er weer op. Er zal redelijk veel vocht uit komen.

Doe dit vier keer. Voor het beste resultaat moet de zalm 48 uur blijven staan.

Dep de zalm nu droog met een stuk dik, goed absorberend keukenpapier. Of gebruik een droge theedoek. Neem een vlijmscherp mes en snijd de vis schuin in zo dun mogelijke plakken. Rasp er wat mierikswortel overheen en garneer met dille, als je dat wilt. Als je een saus wilt, kun je mayonaise met een beetje wodka maken. Serveer het gerecht met ijskoude aardappelwodka uit de vriezer.

En de mayonaise...

Er is niets geheimzinnigs aan mayonaise. Amerikanen vinden het moeilijk om mayonaise te maken omdat ze eieren in de ijskast bewaren. Eieren voor mayonaise moeten op kamertemperatuur zijn. Dat is het geheim, als er al een geheim is. Scheid de dooiers van 3 biologische eieren. We hebben het eiwit niet nodig.

Klop de dooiers in een verwarmde kom tot ze dik zijn en voeg tijdens het kloppen goede, niet te fruitige olijfolie toe – misschien ook een beetje citroensap, zeker ook een scheutje wodka als dit voor de gravlax is, en een snufje zout. Je kunt, als je wilt, ook dijonmosterd toevoegen. De meeste mensen doen er ook wat azijn bij – voor de mayonaise voor de gravlax doe ik dat niet.

Als dit je eerste keer is, moet je, zoals altijd wanneer je iets voor het eerst maakt, blijven proeven tot je het lekker vindt.

Je eigen mayonaise met zelfgemaakte frites en ribeye is een maaltijd voor de dag na het feest. Zelfs JW bereidt het op mijn manier. Probeer het eens als je voor oudejaarsavond gravlax maakt en op nieuwjaarsdag iets nodig hebt tegen de kater.

O'BRIENS EERSTE KERSTMIS

*I*edereen kon de lichtkrant zien. Deze was angstaanjagender dan de lichtkrant waarop de staatsschuld werd weergegeven. Deze lichtkrant zei: NOG 27 DAGEN OM TE SHOPPEN VOOR KERSTMIS. Er had net zo goed NOG 27 DAGEN VOOR HET ARMAGEDDON kunnen staan. Het was dezelfde opwinding – de haast om zo veel mogelijk dingen te kopen die je niet wilde hebben en niet kon betalen. Dingen waaraan je geen enkele behoefte had en daarom weggaf als cadeau – dat vreemde woord, dat 'tastbare teleurstelling' betekent.

En eten. Waarom is het in deze tijd van het jaar opeens nodig om pretzels met een laagje chocola te kopen? Waarom zou iemand kant-en-klare kalkoenvulling willen hebben? Of mixdrankjes van goedkope whisky en gesteriliseerde room? Of wafeldunne mintchocolaatjes?

O'Brien dacht na over de wafeldunne mintchocolaatjes. Welk woord was het belangrijkst? Wafel? Dun? Mint? Chocolaatjes? Waren dit chocolaatjes voor anorexiapatiënten? Wafeldunne mintchocolaatjes. Ging het allemaal om de vulling? O'Brien had de vullingen van alle gevulde chocoladeproducten persoonlijk geproefd. En ze had de gevulde flessen met bodylotion allemaal persoonlijk getest. Ze hadden allemaal dezelfde kleur en structuur en geur. Ergens in een naamloze stad die niemand ooit bezocht en die met geen enkel navigatiesysteem te vinden was, stond een fabriek die dat plakkerige spul produceerde. Vaten vol, die het hele jaar door werden gemaakt en bij een lage temperatuur werden opgeslagen en verkocht aan woekeraars, die alleen handelden in Kerstmis. Het warenhuis waar O'Brien werkte liet zich erop voorstaan dat de producten nooit op waren. Je kon shoppen wat je wilde, maar de volgende dag lagen de wonderbaarlijke schappen weer helemaal vol. Alleen te veel was genoeg.

O'Brien hield niet van Kerstmis. Als ze naar haar familie in Cork ging, vroeg een horde tantes altijd naar haar trouwplannen. Haar vader vroeg naar haar carrièrevooruitzichten. Haar moeder vroeg naar haar haar. Ze had altijd al sluik en bruin haar gehad. Ze liet het op haar rug en ook haar pony recht knippen. 'Waarom doe je niet een beetje je best om er iets van te maken?' vroeg haar moeder. 'Je bent geen schoonheid, maar moet je er nu echt uitzien als een ezel bij de paardenrennen?'

O'Brien droeg bruine kleren. Ze had bruin haar. En mijn ziel is ook bruin, dacht ze. Ze had een boek gelezen dat *Hoe word ik een sprankelende vrouw* heette, maar ze was niet verder gekomen dan de eerste zin: 'Ik sprankel in het sprankelende leven.' Ze werd al depressief als ze het zei.

Al haar vrienden hadden het beter gedaan dan zij. Wat dat ook mocht betekenen. Ze had nooit iets gedaan wat in de zeef van het respect van de wereld was blijven hangen.

'Vertel eens wat je ook alweer doet voor de kost...'

O'Brien had er genoeg van het zwarte schaap van de kudde te zijn, maar de trots die ze had was op zichzelf al sterk genoeg. Ze was ervan overtuigd dat ze meer kon dan niets – en niets, zo kwam het haar voor, was wat er overbleef zodra je al het inpakpapier van het leven van mensen verwijderde. Het lukte ze wel om zichzelf aardig te verpakken – maar wat zat er in de doos?

Maar als ze niet naar Cork ging, zat ze alleen thuis in Londen. Ze was echter niet alleen, want uit principe ging haar hospita ook nooit ergens naartoe. Ze was lid van de scientologykerk en zat te wachten tot ze uit haar negatieve engram werd bevrijd. O'Brien snapte wel dat ze daardoor niet met vakantie kon.

'En ik ben Hongaars,' zei haar hospita. Ze legde nooit uit waarom dat van belang was, maar het was haar standaardinstelling. Als een van de huurders iets van haar wilde – nieuwe vloerbedekking of een dag uitstel van betaling – zei ze nooit ja of nee, maar haalde ze haar schouders op en schudde bedroefd haar hoofd. 'Ik ben Hongaars.'

O'Brien werkte op de huisdierenafdeling van het warenhuis en kreeg vijfendertig procent korting op alle levende producten. Het leek logisch een huisdier te nemen zodat ze gezelschap had, maar haar hospita wilde er niets van weten. 'Haren hebben allemaal verdwaalde moleculen bij zich,' zei ze. 'En wat heeft er meer haren dan een dier?'

O'Brien wist niet of er iets was wat meer haren had dan een dier. Daarom stelde ze een klein aquarium met tropische vissen voor. Haar hospita haalde haar schouders op en schudde haar hoofd. 'Ik ben Hongaars,' zei ze.

O'Brien had dus weer een eenzame kerst voor de boeg.

In haar lunchpauze ging ze online en bekeek ze contactadvertenties. Er waren zoveel sites waaruit ze kon kiezen en met Kerstmis leken het er nog meer te worden, zoals er van alles meer leek te zijn. Waarom waren er zoveel normale, slanke, slimme, bemiddelde, sexy mannen en vrouwen zonder duidelijke perversies en met een goed gevoel voor humor alleen met Kerstmis? Net als zij.

O'Brien had online daten al eens geprobeerd. Haar profiel was gematcht met een kleine, nerveuze jongeman die pianostemmer was. In een van de vakjes had O'Brien aangevinkt dat ze graag pianospeelde en in een ander vakje dat ze niet van grote, luidruchtige mannen hield. Daarom hadden ze een rustige man met een stemvork op haar afgestuurd. Hij had niet veel gezegd tijdens het eten – O'Brien had het vakje aangevinkt om aan te geven dat ze graag een avondje rustig thuis was, en daarmee bedoelde ze dus niet een rustige avond uit waarop haar gezelschap nauwelijks een woord zei. Aan het einde van de avond had haar partner voorgesteld meteen te trouwen met een huwelijksdispensatie. O'Brien sloeg het aanzoek af met als reden dat een stormachtige romance na zo weinig praktijkervaring te vermoeiend zou zijn. Dat was net zoiets als een uur aerobics terwijl het haar niet eens lukte vijf minuten te fietsen op een hometrainer. Ze vroeg hem waarom hij zo'n haast had.

'Ik heb een hartkwaal,' zei hij.

Het was dus toch net zoiets als aerobics.

Later was ze lid geworden van een fotoclub, vanuit de redenering dat de donkere kamer door de digitale fotografie nu waarschijnlijk wel tot het verleden behoorde en dat ze dus niet vanachter het verduisteringsgordijn zou worden beetgepakt door harige handen met hun gorillapoten uit de feestwinkel. Het bleek dat de club een dekmantel voor een groep mannelijke travestieten was. Ze vond iedereen aardig en kreeg een paar handtasjes, maar ze bleef single.

Haar tantes in Cork gaven haar een tip: 'Je moet niet zo met je hoofd in de sterren lopen.'

Maar dat deed ze wel. O'Brien was al dol op sterren sinds ze als klein meisje opgroeide in een huisje op het platteland. Nadat ze in bed was gestopt, hing ze iedere avond uit haar raam en probeerde ze de talloze lichtpuntjes te tellen.

Nu was ze een jonge vrouw in een stad die werd verlicht door natriumlampen en moest ze zich de sterren maar verbeelden omdat ze ze zelden zag. Maar ze bleef met haar hoofd in de sterren lopen en naar de sterrenbeelden kijken. Naar het Zevengesternte, in romantische afzondering, en naar Orion de jager met zijn hond van sterren aan zijn voeten. Als de hemel helder was, liep ze in december soms naar Hampstead Heath om in het donker te kijken. Om in de nacht te kijken en zichzelf gelukkig te zien in een ander leven. Haar baas kwam langslopen. Hij floot 'Climb Every Mountain'. Zijn hobby was fluiten. Hij had veel vrienden, want in de hele wereld zijn er mensen die van fluiten houden en sinds het internet kunnen die allemaal naar elkaar fluiten.

Hij gaf O'Brien een chocolade-elf en zei dat ze een beetje vrolijker moest kijken. Het is Kerstmis!

'Vind je droom,' zei hij tegen O'Brien.

'Wanneer is dat begonnen?' zei O'Brien. 'Sinds wanneer moeten we onze droom vinden?' Haar baas keek haar niet-begrijpend aan en liep toen weg met zijn zakje chocolade-elven om bij de fretten te gaan kijken.

O'Brien vroeg zich af of de droomindustrie bij Martin Luther King was begonnen. Maar hij had een droom en zijn droom mocht best onder de aandacht worden gebracht. Toen dacht ze aan dromen die boodschappen waren, de sjamanistische dromen. Toen vroeg ze zich af of dromen onderdrukte verlangens waren, de freudiaanse dromen. Toen dacht ze aan Joseph Campbell en zijn dromen als symbolen van het innerlijke leven. Ze vond dromen zo vermoeiend dat ze zich afvroeg hoe mensen 's nachts durfden te gaan slapen.

De winkel ging sluiten. O'Brien liep naar beneden en toen naar haar locker om haar spullen te pakken. Ze ging naar het damestoilet en keek in de spiegel. Bruin, dacht ze. Mijn leven is te bruin. Ze voelde zich alleen maar bedrukt door die gedachte en liep naar de lift. Daarvoor moest ze door een gang lopen met sterren en een groot bord met de tekst VOLG JE STER.

Vroeger navigeerde iedereen met de sterren. Het kon niet anders. Deed het ertoe of je naar de hemel keek en niet naar een scherm? Deed het ertoe voor je gevoel van eigenwaarde? 'Wat zei je?'

Ze stond bij de grot van de Kerstman. In een warenhuis leidde de ster natuurlijk naar een promotiestand. Ook voor de Kerstman zat de werkdag erop. Hij trok zijn baard van zijn gezicht en zette zijn muts af. Hij was jong en donker en gladgeschoren. 'Je zei iets over naar de hemel kijken en niet naar een scherm.'

'Ik was in mezelf aan het praten,' zei O'Brien. 'Ik vergeet vaak dat alleen gekken in een grote stad in zichzelf praten.'

'Ik kom ook niet uit de grote stad,' zei de Kerstman.

'Waar kom je vandaan?'

'Van de Noordpool.'

'Ook toevallig dat je dan de Kerstman speelt.' Toen het tot O'Brien doordrong dat ze de grap zoals gewoonlijk niet had begrepen, bloosde ze en ging ze er snel vandoor. Ze haatte zichzelf.

Toen ze die avond thuiskwam, hing de hospita net een kerstkrans aan de deur.

'Dit doe ik niet voor mezelf, snap je?' zei de hospita. 'Dit doe ik voor de huurders. Ik ben Hongaars.'

O'Brien ging naar binnen. De hal hing vol zelfgemaakte papieren slingers. De hospita liep achter haar aan en vroeg of ze wilde helpen. Al snel stond O'Brien slingers vast te houden, terwijl de hospita de krakende treden van de keukentrap op en af liep met haar mond vol punaises als vampiertanden.

'Ga je niet naar huis met Kerstmis?' zei de hospita. Het was een vraag, maar het klonk als een bevel.

'Nee, ik heb besloten na te denken over mijn leven en het te veranderen. Mijn leven is zinloos. Wat heeft het voor nut?'

'Het leven heeft geen nut,' zei de hospita. 'Je kunt beter

trouwen of een avondcursus volgen.'
Dit vond O'Brien iets te veel op een cirkelredenering lijken.
Ze had het allebei al eens geprobeerd. 'Je verleden is je trauma,' zei de hospita. 'Als je lid wordt van de scientologykerk kun je je van je engrammen ontdoen en een thetan worden.'
'Bent u een thetan?'
'Ik ben Hongaars,' zei de hospita. En toen vroeg de hospita, misschien omdat O'Brien verdrietig keek, of misschien omdat het Kerstmis was, of misschien omdat ze Hongaars was: 'Wil je een blikje sardientjes voor je avondeten? Niet in olijfolie, maar in tomatensaus.'

In haar kamer stelde O'Brien in haar hoofd een lijst op van de dingen die mensen als hun toekomst zagen: trouwen en kinderen krijgen – dat hadden de tantes in Cork goed gezien. Een goede baan, geld, nog meer geld, reizen, geluk. De kersttijd draaide aan de lens en bracht deze zaken scherp in beeld. Als je sommige of de meeste dingen had, kon je heel tevreden zijn over jezelf tijdens de feestperiode van twaalf dagen die je doorbracht met het gezin. Als het je aan sommige of de meeste van deze zaken ontbrak, voelde je het gemis des te sterker. Je voelde je een buitenstaander. En als je nou geen geld had voor cadeaus? Vreemd dat een feestdag waarop een geboorte onder barre omstandigheden werd gevierd uiteindelijk draaide om smijten met geld.
O'Brien wist niet veel van theologie, maar wist wel dat de boel ergens hopeloos in de war was geraakt.
'Misschien ben ik gewoon niet normaal,' zei ze hardop.
'We moeten allemaal proberen normaal te zijn,' zei haar hospita, die zonder te kloppen in de deuropening was verschenen. 'Het is helemaal niet verkeerd om normaal te zijn. Hier zijn de sardientjes.'

Het is niet verkeerd, dacht O'Brien, maar wat is goed voor me?

Die nacht lag ze wakker en luisterde ze naar muziek en praat-programma's op de radio, met het geluid zacht. Er was een verhaal over een prinses die was uitgenodigd voor een bal. Haar vader gaf haar wel honderd baljurken om uit te kiezen, maar er was er niet één die paste en haar vader weigerde ze te laten vermaken. Geen baljurk. Geen bal. Maar de prinses klom uit het raam en rende helemaal naar het bal, met haar haar los en slechts gekleed in een zijden nachthemd. En toch was ze mooier dan alle anderen.

O'Brien moest in slaap zijn gevallen, anders kon ze niet wakker worden met het gevoel dat ze niet alleen in haar kamer was. Ze had gelijk. Aan het voeteneind van haar bed zat een elfachtig vrouwtje in een organza tutu.

O'Brien raakte niet in paniek. De andere huurster op de overloop werkte in de erotische sector. Alle vriendinnen van Vicky droegen exotische uitdossingen en sommigen kwamen na hun werk nog laat op bezoek.

'Vicky's kamer is bij de trap,' zei O'Brien slaperig.

'Ik ben de Kerstfee. Ik ben hier omdat je een wens mag doen.'

O'Brien vermoedde dat haar bezoek dronken was. Ze zwaaide haar benen uit bed en ging rechtop zitten. 'Kom maar mee. Ik laat je wel zien waar het is.'

'Ik heb dit adres opgekregen,' zei de fee. 'Jij bent O'Brien. Ik ben hier om je wens te vervullen. Je kan liefde krijgen of avontuur of wat je maar wil. We doen alleen niet aan geld.'

O'Brien dacht even na. Dit was waarschijnlijk een grap van iemand die ze kende, ook al kende ze niemand. Ze besloot het spel mee te spelen. 'Oké, wat heb je in de aanbieding?'

De fee pakte een iPad. Welke fee heeft er nou een iPad?

De fee las haar gedachten en zei: 'Elementaire wezens draaien op elektriciteit. De mensen beginnen eindelijk vooruitgang te boeken. Bij ons worden iPads uit zichzelf opgeladen. Op den duur moet dat bij jullie ook wel kunnen.' O'Brien keek naar het scherm. Ze zag de kop BESCHIKBARE MANNEN.

'Kies maar een plaatje,' zei de fee.

'Ik vind het niet echt plaatjes,' zei O'Brien.

De fee leek geërgerd en veegde over het scherm. 'Hier heb je alle beschikbare vrouwen. Het maakt mij niet uit, hoor.'

'Hoor je dit niet te zingen?' vroeg O'Brien.

'Hoezo?' vroeg de fee. 'Vind je het vervelend om te praten?'

'Nee, maar je bent toch een soort zingend telegram of een zingende webpagina of...'

'Ik ben een fee,' zei de fee. 'Je tante O'Connor heeft me per ongeluk geroepen – en ze heeft me naar jou gestuurd omdat ze niet wist wat ze met me moest. Ik mag niet vertrekken als ik ben geroepen en mijn taak niet heb volbracht. Is dat een bevredigende verklaring?'

Dat was het niet. O'Brien keek naar de klok. Halfvijf 's ochtends.

'We hebben niet veel tijd meer,' zei de fee. 'Hoe luidt je wens?'

'Oké,' zei O'Brien, die weer wilde gaan slapen. 'Ik wil blond zijn.'

'Dat is een behoorlijk oppervlakkige wens,' zei de fee, 'maar het is jouw wens. Omdat het Kerstmis is, doe ik er als bonus een was- en knipbeurt en restyling bij. Als je wakker wordt, zal je wens zijn uitgekomen.'

'Waar ga je nu naartoe?' vroeg O'Brien.

'Mijn dienst zit erop. Ik heb een afspraakje met een plaatje.'

O'Brien had diep geslapen. Ze sliep door haar wekker heen en werd zo laat wakker dat ze zich alleen snel kon douchen en haar kleren kon aanschieten – ze pasten tenminste altijd bij elkaar, want ze waren allemaal bruin.

In de lift op weg naar de huisdierenafdeling trof ze Lorraine van de lingerieafdeling, die ook in de kelder zat.

'Wauw!' zei Lorraine. 'Ik herkende je niet! Je haar is geweldig! Dat moet een fortuin hebben gekost!'

Lorraine sprak altijd met uitroeptekens, want ze verkocht beha's en slipjes waarin vrouwen er geweldig uitzagen!

Op weg naar haar locker kwam O'Brien Kathleen van textiel en interieur tegen. 'Het staat je goed. Nu moet je wel iets meer aan je make-up gaan doen.'

Iets meer? O'Brien deed helemaal niet aan haar make-up en daarom deed ze al meer als ze een lippenstift uitzocht. Dat lukte nog wel.

Ze ging naar het damestoilet en keek in de spiegel.

Ze was blond. Ze was zo blond als een Viking. Ze was graanblond met honingkleurige highlights. Ze had dik haar met een modieuze lok. Misschien was het een pruik. Ze trok eraan. Het was geen pruik.

Mensen werden in één nacht grijs – maar konden ze ook blond worden? En in de winter? Maïs. Polenta. Cake. Citroenen. Ze had helemaal geen geel voedsel gegeten. Ze was waarschijnlijk ziek. Ze had waarschijnlijk geelzucht. Dat is geel. Maar ze voelde zich niet ziek. Ze voelde zich merkwaardig en onverklaarbaar gelukkig.

Toen ze uit het damestoilet kwam, trof ze de Kerstman, die uit de heren-wc's kwam. Hij was gekleed in een rode broek met bretels en had zijn jas met bontrand in zijn handen.

'Zou je mijn voorbindbuik kunnen vastmaken?' vroeg hij.

Verlegen deed O'Brien het gevulde kussen om zijn platte buik en maakte ze de riempjes aan de achterkant vast. Ze kon zijn warmte voelen. 'Jij kan wel een fatsoenlijke maaltijd gebruiken,' zei ze.

'Is dit een uitnodiging?' zei hij, maar hij stond met zijn gezicht van haar af en kon haar niet zien blozen. Toen ze klaar was, draaide hij zich om en keek hij haar vanuit de hoogte aan. Hij was minstens dertig centimeter groter. 'Wat zit je haar leuk!' zei hij. 'Dat heb je toch gisteren gedaan?'

'Zo'n beetje,' zei O'Brien. Toen vroeg ze: 'Geloof jij in feeen?' En daar had ze onmiddellijk spijt van.

'Natuurlijk! Ik ben de Kerstman!' Hij had een leuke, vriendelijke glimlach en een doortastende blik in zijn blauwe ogen. 'Luister, ik moet nog meer dan twintig opblaasbare kabouters opblazen voor het kinderkerstfeest in de grot. De grot is van polystyreen, wat op zich al slecht is voor de longen, dus ik ga ze daar niet opblazen. Zullen we het samen doen? We kunnen ze bij de huisdieren opblazen. Dan trakteer ik je daarna op een lunch.'

'Hoe weet je dat ik bij de huisdieren werk?' vroeg O'Brien, maar de Kerstman, die Tony heette, glimlachte alleen.

In het vegetarische café om de hoek, waar ieder linzengerecht vergezeld ging van zijn eigen hulsttak, vroeg Tony aan O'Brien of ze met hem meeging naar een toneelvoorstelling. 'Ik ben acteur. Een acteur die tijdelijk geen werk heeft, maar vrienden van me doen mee aan een show. We krijgen vrijkaarten.'

'Kunnen we het later maken dan twaalf uur?' vroeg O'Brien. Tony keek haar verbaasd aan. 'Natuurlijk. We kunnen daarna nog wat gaan drinken. Maar hoezo?'

'Ik wil alleen even mijn haar controleren – omdat het door een fee is gedaan – ik bedoel, misschien wordt het na twaalven wel weer bruin.'

Tony lachte. 'Ik hou wel van vrouwen die zelf ook af en toe

een grap maken. Je hebt gevoel voor humor.'

O'Brien was verbijsterd. Waren niet alle mannen in contactadvertenties daarnaar op zoek? Naar een vrouw met gevoel voor humor?

Ze gingen naar de toneelvoorstelling, en O'Brien mocht de vrienden van Tony en de vrienden van Tony mochten haar en om vijf voor twaalf stonden ze op de hoek van de straat waar Tony woonde en daarna sloeg de klok twaalf keer.

'Denk je dat ik je nog kan zoenen voordat die fee verschijnt?' vroeg Tony.

De volgende dag had O'Brien een vrije dag. Daarom ging ze net als iedereen shoppen. Ze kocht nieuwe kleren, die allemaal niet bruin waren, lekker eten en, ter ere van deze gelegenheid, een stel kerstlichtjes.

Toen bood de man van de stal op de hoek haar een afgeprijsde kerstboom aan. Ze tilde hem op haar schouder en nam hem mee naar huis. Haar hospita zag haar aankomen.

'Jij krijgt overal dennennaalden op de vloerbedekking, zie ik,' zei ze.

'Dat hoort bij de tijd van het jaar,' zei O'Brien. 'Bedankt voor de sardientjes. Wilt u een paar mandarijntjes?'

De hospita schudde haar hoofd. 'En er is iets met je haar.'

'Ja,' zei O'Brien, 'maar dat is een geheim.'

'Ik hoop dat het niet vanwege een man is.'

'Nee, het is vanwege een vrouw... of zoiets,' zei O'Brien.

'Ik ben ruimdenkend,' zei de hospita. 'Ik ben Hongaars.' Ze verdween in haar woonkamer.

O'Brien droeg een rood T-shirt en een rood rokje en stond linguine met bietjes te bereiden toen Tony arriveerde met een fles rode wijn. Hij sloeg zijn armen om haar heen. 'Je hebt je haar dus maar gehouden?'

'Daar lijkt het op,' zei O'Brien.

'Is die fee er alleen voor Ieren of denk je dat ik van haar ook een wens mag doen?'

'Wat zou je wensen?'

'Dat ik de kerst met jou mag doorbrengen.'

'Die wens kan ik zelf wel afhandelen,' zei O'Brien.

Ze trokken de fles wijn open en dronken op elkaar en op Kerstmannen, kabouters en feeën en plaatjes, waar je ze ook tegenkwam.

O'Brien hing de kerstlichtjes voor haar raampje en buiten hing de nacht vol sterren.

Papa's
sherrytrifle

MIJN VADER IS in 1919 geboren, een baby om de overwinning te vieren, maar wiens verjaardag ze al snel vergaten te vieren. Hij is in Liverpool bij de haven geboren. Hij ging van school toen hij twaalf was en met de mannen mee aan het werk, als er tenminste werk was. Dit was de Grote Depressie – niet alleen in Groot-Brittannië, maar ook in de Verenigde Staten, en Liverpool was een belangrijke havenstad. Ongeveer een derde van de mannelijke beroepsbevolking van Liverpool was werkloos. In die dagen was het allemaal daglonerswerk en nulurencontracten. Je ging 's ochtends naar de haven en hoopte dat ze jou kozen voor een dag betaald werk – en misschien zeiden dat je de volgende dag mocht terugkomen.

Papa had dus niet veel in zijn jeugd, zelfs geen sokken – en daardoor was hij een van die ongewone mannen die de rest van zijn leven ontzettend blij was wanneer hij met Kerstmis sokken kreeg. Doodgewone wollen sokken, want dat was veel beter dan kranten in je schoenen stoppen.

Met Kerstmis was er ook een andere traktatie: *sherrytrifle*. Dat was te danken aan de blikken fruitcocktail van Del Monte – het heette 'cocktail' omdat er in de begintijd van Del Monte alcohol in deze gemengde vruchten zat.

Papa's werk in de haven bestond uit het laden en lossen van schepen (net als Eddie, de dokwerker in *A View From The Bridge* van Arthur Miller) en de beste ladingen waren voedsel, en de beste soorten voedsel waren dingen die je stiekem in je zak kon steken en kon bewaren, en dat waren blikken.

Zodoende kon zijn moeder ieder jaar met Kerstmis voor het

hele gezin sherrytrifle maken. Toen papa in 1947 trouwde, was voedsel nog op de bon, maar op de een of andere manier at hij ieder jaar toch zijn sherrytrifle. In die tijd werkte mijn moeder nog voor de winkels van de Co-op, dus misschien kwamen de blikken daarvandaan. Mijn ouders hadden een obsessie voor voedsel in blik. In de jaren zestig had mevrouw Winterson nog altijd een oorlogs-voorraadkast, die vol stond met etenswaren die garant stonden voor een voedselvergiftiging als we ze ooit zouden eten. Maar de blikken werden nooit opengetrokken; het was een verzeke-ringspolis tegen de communisten of het Armageddon, wie of wat er dan ook als eerste was.

Maar we aten wel voedsel uit blik – dat was goedkoper dan vers – en fruit uit blik bleef ook onze zondagse traktatie totdat ik een baantje voor de zaterdag kreeg bij de groente- en fruit-kraam op de markt – en er ging altijd ingeblikt fruit in de sherrytrifle.

In mijn jeugd in de jaren zestig betekende sherrytrifle Kerstmis. En de trifle werd door papa gemaakt.

Ingrediënten

* Oudbakken cake
* Amandelkoekjes. Naar wens, maar wel lekker
* Gelatinepudding: maak ongeveer een halve liter van een pakje
* Fruit: groot blik Del Monte-fruitcocktail
* Custard: 1 pakje custard (mijn vader gebruikte een blik custard van Bird's)
* Slagroom (je kunt ook een blik gecondenseerde melk gebruiken)
* Creamsherry (mijn vader gebruikte Harvey's Bristol Cream)
* Muisjes of vruchtenhagel

Over de oudbakken cake: trendy koks willen dat je hiervoor speciaal een cake bakt – en ik snap ook wel dat niet iedereen de lange vingers die je in de winkel kan kopen wil gebruiken. Het punt is dat vroeger voor veel gerechten kliekjes werden gebruikt. Dat geldt ook voor dit recept. Een oude droge cake is precies wat je nodig hebt voor een trifle, omdat een verse cake klef en soppig wordt zodra je er sherry bij doet. Droge cake absorbeert de sherry en blijft vastberaden en tevreden op de bodem van de kom liggen. Zo, nu snap je het.

Bereidingswijze

Pak je beste kristallen kom van een stoffige plank in het keukenkastje. Of koop een mooie kom in de kringloopwinkel. Was hem af.

Leg één laag dikke plakken cake op de bodem van de kom en een beetje aan de zijkanten, net als bij *bread-and-butter pudding* – nog zo'n heerlijke pudding die van restjes wordt gemaakt.

Verkruimel wat amandelkoekjes voor een amandelsmaak – je kunt chique amarettikoekjes gebruiken.

Giet de sherry over de cake – ga iets naar achteren, want de dampen van een pasgeopende fles creamsherry zijn behoorlijk koppig. Laat de sherry 5 minuten intrekken. Drink de rest van de fles pas leeg als je wanhopig bent.

Doe de fruitcocktail in de kom. Het is helemaal aan jou of je er 1 of 2 blikken in doet.

Giet de vloeibare gelatine over het fruit en de cake en zet in de ijskast zodat de gelatine hard kan worden. Wij hadden thuis vroeger geen ijskast nodig omdat het binnen zo koud was (zie 'De mince pies van mevrouw Winterson').

Wanneer de gelatine stevig is geworden, strijk je er een dikke laag custard over.

Spuit daarna, voor een waarlijk triomfantelijke sherrytrifle, toefjes slagroom op de custard. (Je kan de slagroom er natuurlijk ook met een lepel op scheppen, maar tijdens de oorlog en daarna was de slagroomspuit een wezenlijk bestanddeel van Engeland.) Dit is het moment waarop je de slagroom zou kunnen vervangen door een paar blikken gecondenseerde melk, maar dat raad ik niet aan.

Versier met muisjes of hagelslag.

Zet de trifle weer in de ijskast en dien op het juiste moment op.

Moderne mensen gebruiken verse frambozen of frambozen uit de diepvries, maken de custard zelf en laten de gelatine meestal weg. Ze bestrooien de trifle met amandelsnippers, en dan heb je echt een wonderschoon nagerecht.

Maar misschien kom je op een dag tot de ontdekking dat je nog een oude cake, custard, een blik fruitcocktail, gelatine, zoete sherry en slagroom hebt – of misschien zelfs een blik gecondenseerde melk als je aan het kamperen bent. Die dingen gebeuren. En dan weet je nu wat je moet doen.

In 2008 overleed mijn vader – maar niet voordat hij zijn laatste Kerstmis op aarde met mij had doorgebracht.

Als je mijn memoires *Waarom gelukkig zijn als je normaal kunt zijn?* hebt gelezen, weet je iets over die laatste kerst.

Papa was negenentachtig en te zwak om boven te slapen – ik had hem op kussens voor de haard gelegd en was ervan overtuigd dat hij op eerste kerstdag 's nachts zou overlijden. Hij at niet meer, alleen nog... ja, hij wilde een sherrytrifle, maar niet zo'n chique. Ik heb voor hem een trifle gemaakt en we hebben naar *Toy Story* op tv gekeken.

Drie dagen later, toen hij weer in het noorden was, is hij overleden.

Wanneer ik aan die tijd denk, ben ik ervan overtuigd, zonder sentimenteel te willen zijn, dat we ons moeten proberen te verzoenen met ons verleden – of het nu ouders, partners of vrienden zijn – als ons dat lukt. Het wordt niet volmaakt. Het wordt een compromis. En het betekent niet dat het hele gezin weer gelukkig is of dat de banden weer zijn hersteld, want vaak is de schade te groot en is er nog te veel verdriet. Maar het zou acceptatie kunnen betekenen en tot vergeving kunnen leiden – dat grote woord.

Ik heb in de loop der jaren op pijnlijke wijze geleerd dat ik niet zozeer mijn beoordelingsfouten betreur, maar mijn hardvochtigheid.

Ik ben dus blij dat ik die laatste Kerstmis met mijn vader heb gevierd – niet omdat ons verleden daardoor is herschreven, maar omdat het einde van ons verhaal daardoor is herschreven. Ondanks alle pijn en de incidentele verschrikkingen, is het verhaal niet tragisch geëindigd: het eindigde met vergeving.

DE OP EEN NA BESTE SLAAPKAMER

*Z*ijn er dingen die onverklaarbaar zijn?
En hoe moeten we die dingen dan verklaren, als die er zijn?

Mijn beste vriendin, Amy, is deze zomer verhuisd naar een huis zonder verwarming op drie uur rijden van de stad.

Zij en haar echtgenoot, Ross, willen kinderen. Ross is tien jaar ouder dan Amy. Hij had een eigen huis en een goeddraaiend IT-bedrijf toen ze met elkaar trouwden, en hij had er altijd al van gedroomd om zijn kinderen groot te brengen op het platteland – waar hij zelf is grootgebracht.

Amy is vroedvrouw en het plaatselijke ziekenhuis wilde haar graag in dienst nemen. Ross kan bijna al zijn werk thuis doen zolang hij maar een satellietverbinding heeft, en terwijl Amy het huis opknapte, is hij bijna de hele zomer bezig geweest met het installeren van de mast.

Rond kerst waren ze klaar om gasten te ontvangen en een feest te geven en daarom zette ik mijn bagage in de auto en vertrok. Mijn relatie was net stukgelopen. Amy hoopt dat het iets wordt tussen mij en haar jongere broer, Tom. Ik heb Tom wel eens ontmoet en volgens mij is hij homo.

Ik was de laatste die arriveerde. Richtinggevoel is niet direct mijn sterkste kant en mijn auto is te oud en te goedkoop voor een gps. Ik kon niet ver genoeg voor me uit kijken op de boch-

tige, gladde wegen om een beetje door te rijden en bij iedere
kruising moest ik vaart minderen om de geprinte routebe-
schrijving op de passagiersstoel te raadplegen.

Toen ik eindelijk was aangekomen, trok Amy net het avondeten uit de oven en daarom was het Ross die me de bovenverdieping liet zien zodat ik mijn tassen kon neerzetten en me
kon opfrissen.

'We hadden deze kamer voor jou gereserveerd. We noemen
hem de op een na beste slaapkamer. Wij slapen in de grote
slaapkamer, iets verderop in de gang. De jongens slapen boven, bij ons uit de buurt.'

Het was een grote, vierkante kamer met een erker aan de
achterkant van het huis. Het was er warm en goed verlicht. Er
lag een pluizig kleed op de houten vloer en voor het raam
stond een bureau. Het bed was een hemelbed.

'Het bed hoorde bij het huis,' zei Ross. 'Het staat hier al
sinds 1840, zo is me verteld. We hebben natuurlijk wel een
nieuw matras gekocht.'

Beneden klonk een gong. 'Die hoorde ook bij het huis,' zei
Ross. 'Die vindt ze prachtig.'

Hij liet me alleen en ik waste mijn gezicht, kamde mijn haar
en trok een dunner shirt aan. Het was hier bijna warm. Niet
echt wat ik had verwacht van een huis op het platteland. Ik
keek de kamer rond en glimlachte. Er werd voor me gezorgd.
Na de rit begon ik me eindelijk te ontspannen.

Beneden werd ik omhelsd door Tom en Sean. Ze wilden alles
van me weten. Tom werkt voor de tv en Sean is Amy's broer
die geneeskunde studeert. Hun hele familie heeft een medisch
beroep. Amy heeft geen artsopleiding gedaan – niet omdat ze
niet slim genoeg is, maar omdat ze zo van het leven houdt. Ze
is pottenbakker, houdt van koken, wil kinderen en heeft door
haar ouders gezien hoeveel er van je wordt gevraagd als je een
goede arts wil zijn.

Ik hou van Amy. Zij was net begonnen met biologie toen ik in mijn laatste jaar geschiedenis zat. We konden het meteen met elkaar vinden. Ik vind het moeilijk dat Amy uit de stad is vertrokken. Ik vond het moeilijk toen ze met Ross trouwde. Maar ik kan het best met hem vinden. Ross doet soms wel geergerd, want hij is nogal bezitterig, maar over het algemeen kunnen we redelijk met elkaar opschieten.

In de keuken ging Amy op haar tenen staan om me te omhelzen. Ik ben bijna dertig centimeter langer dan zij. Het was heerlijk om haar weer te zien. Het is alsof ze een deel van me is. Tijdens het eten praatte iedereen door elkaar en maakten we plannen voor Kerstmis – de films die we wilden kijken, de spelletjes die we wilden spelen. Over een dag of twee kwamen er wat mensen uit het dorp op bezoek – ze wilden hun buren leren kennen.

Om elf uur begon ik te gapen. Ik moest maar eens vroeg naar bed. 'Ik heb een kruik in je bed gelegd,' zei Amy.

'Net als vroeger,' zei ik, en ik dacht aan de tijd dat we samen in een appartement woonden, voordat Amy bij Ross introk. Toen ik de kamer verliet, wenste iedereen me welterusten. Behalve Ross.

Ik was al bijna in slaap gevallen toen ik de anderen naar boven hoorde komen. Buiten was het volkomen stil. Geen verkeer. Geen mensen. Ik viel diep in slaap.

Hoe laat was het toen ik wakker werd? Ik had mijn horloge en mijn telefoon op het bureau gelegd. Ik wist alleen dat het helemaal stil was in huis. Ik lag op mijn rug en draaide me om.
Er lag iemand naast me.
Ik stak mijn hand uit. Ja. Er lag nog iemand in bed.
Het lichaam verroerde zich niet. Die man of vrouw droeg

een dikke, flanellen pyjama of een dik nachthemd. En die man of vrouw was koud. Ik hoorde hem of haar ademhalen. Langzaam, zacht, traag ademhalen. Het lichtknopje zat bij de muur. Ik had hem makkelijk kunnen vinden toen ik in bed was gestapt en het licht had uitgedaan. Nu gleed mijn hand over de muur, maar ik kon het lichtknopje niet vinden.

Mijn hart bonsde, maar ik had het gevoel dat ik de situatie onder controle had. Die man of vrouw lag te slapen.

Ik stapte voorzichtig uit bed. Ik begon onmiddellijk te rillen. Het was ijskoud in de kamer. Ik liep naar het raam, opende de gordijnen en keek de tuin in. Ik had de tuin nog niet gezien, maar daar was de mast van Ross en daar lag een hoop opgegraven aarde. Er was wat licht van de halve maan.

Ook al wilde ik het niet, ik draaide me om en keek naar het bed. Ja, er lag een vorm, op zijn rug, dacht ik, hoewel de dekens waren opgetrokken en het hoofd in de schaduw lag. Hij had een lang en smal postuur. Geen vrouw.

Was het Sean? Tom? Was een van de jongens opgebleven, dronken geworden en in de verkeerde kamer beland?

Dit was toch wel mijn kamer? Ja, ik zag mijn tassen. Ik had dus niet geslaapwandeld. Maar mijn bezoeker misschien wel?

Maar de verschrikkelijke kou joeg me weg bij het raam, naar mijn kamerjas, die ik over een stoel had gegooid, en toen was ik de kamer uit en liep ik de trap af.

Het was doodstil in huis. In de gangen was helemaal niets te horen, behalve licht gesnurk. Ik ging naar de keuken en deed het licht aan. Normaal. Alles was normaal. Het gebrom van de ijskast. Het lichtje van de vaatwasser dat aangaf dat hij klaar was. De tafel was afgeruimd. Volgens de grote tikkende klok aan de muur was het vier uur 's ochtends.

Ik deed de ijskast open en warmde melk op. At een paar chocoladekoekjes. De dingen die je 's nachts in de winter doet, als je niet kan slapen of bang bent. En toen ging ik op de versleten bank onder iemands jas liggen en viel ik in slaap.

Dit droomde ik.

Ik sta in een oude apotheek. De planken staan vol glazen potten met kruiden, poeders, korrels, drankjes. Er staat een koperen weegschaal en er staan allemaal gewichten op de toonbank. Een oude man weegt een of andere substantie op de weegschaal. Hij doet het in een papieren zak, vouwt de uiteinden dicht en geeft hem aan de vrouw die voor hem staat. Ze is jong en goedgekleed, draagt een kapje en heeft een bezorgd gezicht.
'Is dat alles?'
'Meer kun je niet betalen.'
'In hemelsnaam.'
De oude man kijkt haar aan, grijnst. 'Wat heb je verder te bieden?'
De jonge vrouw huivert, pakt het zakje en verlaat de winkel.

Ik werd gewekt door Amy, die zachtjes aan mijn schouders schudde. Ze stond over me heen gebogen en had een mok koffie in haar hand.
'Sally? Wat is er gebeurd?'
Ik ging rechtop zitten, verstijfd en slaperig. 'Er is vannacht iemand bij me in bed gestapt.'
Amy ging op de rand van de bank zitten. 'Wat?'
'Hij droeg gewoon zijn flanellen pyjama en zei me niet eens gedag. Het was nogal vreemd. Ik denk dat een van de jongens de verkeerde kamer is binnengelopen. Zaten ze nog laat te drinken?'

'We gaan naar boven,' zei Amy.

Samen liepen we weer de trap op. Iemand liet een bad vollopen.

Ik opende de deur naar mijn kamer.

'God, wat is het hier koud!' zei Amy. 'Ik zal Ross naar de radiator laten kijken. We hebben een nieuwe ketel laten installeren.'

We keken naar het bed. Het was leeg.

Aan mijn kant was duidelijk geslapen. De dekens lagen teruggeslagen op de plek waar ik de vorige nacht uit bed was gestapt. De gordijnen waren half geopend, zoals ik ze had achtergelaten. Mijn spullen stonden in de kamer. De andere kant van het bed was onbeslapen. De dekens waren gladgestreken. Het kussen was opgeklopt.

Amy liep om de drie kanten van het bed die niet tegen de muur stonden.

'Ik vind het vervelend dat ik dit moet zeggen, schat, maar volgens mij heb je gedroomd. Heb je over Tom gedroomd?'

'Nee!' zei ik. 'Wat gênant.'

We lachten. Ze gaf me een knuffel. 'Kom mee, slaapwandelaar. Een broodje met bacon?'

'Laat me eerst even douchen. Ik ben over een kwartier beneden.'

Ik ging naar de badkamer. Alles was zoals ik het had achtergelaten. Niets wees erop dat er iemand anders was geweest.

Tijdens het ontbijt vertelde Amy de anderen over mijn nachtelijke avontuur. Ik werd uitgelachen, maar dat kon me niet schelen. Het was een hele opluchting dat het weer licht was en dat ik bij vrienden was. We zouden een winterse wandeling gaan maken en takken snijden om het huis te versieren.

Ik had het platteland de vorige avond alleen maar in het

licht van mijn koplampen gezien. Nu, in de verblindende winterzon, begreep ik waarom mensen van dit soort dingen hielden. Het is schoon, de lucht ruikt naar dennennaalden en verbrand hout. Het bos zelf ligt vlak naast het huis. Amy heeft manden en touw en wil dat we hulst en alles wat we verder kunnen vinden verzamelen.

De jongens zijn bij Amy. Ze willen in de bomen klimmen en maretakken plukken. Amy begint klimop los te maken uit oude bomen.

'Als jij nou eens dennenappels gaat zoeken, Sally? Er liggen er een heleboel aan de rand van het bos.'

Ik loop dieper het bos in en begin dennenappels te rapen. Het is leuk werk en ik ga er helemaal in op. Ik kan de anderen iets verderop horen, maar ik kan ze niet zien. Al snel ga ik nog verder in het bos zoeken. Het is zo mooi. Aan de takken van de bomen hangt rijp van de afgelopen nacht. Het is een winterwonderland en ik heb het gevoel dat ik in een kerstkaart rondloop.

Ik moet verder zijn gelopen, want voor me, tussen de bomen, staat opeens een gebouwtje, een soort stenen hut. Ik loop er uit nieuwsgierigheid naartoe, en mijn laarzen laten duidelijke, schone voetstappen achter in de sneeuw. Ik kan makkelijk mijn weg terugvinden.

De hut was een klein huisje, dat allang was verlaten. De schoorsteen was ingestort en lag nu als een hoop bakstenen bij het verrotte raamkozijn. De dakpannen waren nog heel en er was een houten voordeur, die helemaal beschimmeld was van de ouderdom en het vocht. Ik keek naar binnen door het smerige raam. In een muur was een gietijzeren kookstel ingebouwd. Er hing nog keukengerei aan de haken.

Ik liep om het huis. Nog een raam. Dit keer van een slaapkamer. Het ijzeren ledikant stond midden in de kamer, en aan de muur hing een beschimmelde afbeelding van iemand die voor een kruis knielde. Het bijschrift luidde: VERGEEF ONS ONZE ZONDEN.

Ik huiverde. In de negentiende eeuw waren mensen dol op schaduw, en dit huisje stond in de schaduw van twee enorme sparren. Er was waarschijnlijk nooit veel licht geweest, zelfs niet in de zomer.

Het was mooi geweest. Tijd om mijn mandje te pakken en de anderen te gaan zoeken.

Ik volgde mijn eigen voetstappen. Ze waren makkelijk te volgen, maar het leek verder dan ik me herinnerde. Maar ik heb geen richtinggevoel. Toch had ik de indruk dat ik me steeds verder van het huis verwijderde.

De heldere dag begon te betrekken. De frisse, scherpe lucht was zachter en vochtiger geworden. Er vielen natte klodders ijs van de takken. Ik was tot op het bot verkleumd.

Voor me zag ik een verroest ijzeren hek, waarvan één kant als een kapotte galg aan zijn scharnieren hing.

Ik liep verder. Het hek door. De grond was overgroeid met prikkende, kale doornstruiken en verschrompelde bruine varens. Aan weerszijden van het stenen pad stond een rij taxusbomen, die allang waren omringd door berken en platanen die niemand had geplant.

Het was een begraafplaats.

Ik rende snel weg. Hoe was ik hier gekomen? Tijdens het rennen zag ik maar één stel voetstappen dat naar de begraafplaats leidde. Ik bleef staan om op adem te komen en na te denken. Ik had mijn eigen voetstappen gevolgd en een tweede reeks sporen achtergelaten. Waar waren ze?

Wiens spoor had ik gevolgd?

Ik maakte me snel uit de voeten, sprong over gevallen boomstammen en hoopte dat ik een geluid zou horen om me te kunnen oriënteren. Uiteindelijk hoorde ik een auto. Het geluid leidde me naar een hek langs de weg. Ik klom over het hek, voelde me opgelucht en opgelaten. Waar was ik bang voor? De anderen zouden me snel hebben gevonden. Het was alleen maar een verlaten begraafplaats.

Toen dacht ik aan de voetstappen.

Voorbij de bocht zag ik een stenen brug en ik zei hardop: 'Godzijdank!' Over deze weg was ik gekomen. De zijweg voor het huis was ongeveer een kilometer verderop.

Tijdens de lunch – lasagne – probeerde ik de anderen uit te leggen wat er was gebeurd. De jongens vonden het grappig – is het soms iets mannelijks om grappen te maken over onverklaarbare zaken?

Ross was iets meelevender. Hij had het bos verkend. Hij kende het vervallen huisje.

'Dit was ooit een echt landgoed,' zei hij. 'Met een hele lap grond en personeel. Dat huisje was van de tuinman. Maar het is al onbewoond sinds de jaren dertig. Toen werd het landgoed opgedeeld. Vanwege de successierechten, denk ik. Er is geen gas of licht. Je moet water halen bij een put.'

'Het is niet van ons,' zei Amy. 'Het bos is van natuurbeheer.'

'Er is daar een verlaten begraafplaats,' zei ik.

Sean floot zachtjes. 'Dat wil ik wel eens zien. Dat vind ik heerlijk, van die oude, griezelige plekken.'

'Ik vond het er niet echt heerlijk,' zei ik.

'Heb je naar de grafstenen gekeken? Liefhebbende vrouw van Albert, en dat soort dingen?'

'Ik zei toch dat ik ben weggerend,' zei ik. 'Ik ben weggerend!'

'Je hebt jezelf wel de stuipen op het lijf gejaagd, hè?' zei Amy.

Ze sloeg een arm om me heen. 'We gaan vanmiddag naar het dorp. Inkopen doen voor Kerstmis. En dan blijven we allemaal bij elkaar.'

'Zit er ook een kroeg?' zei Tom.

'Natuurlijk is er een kroeg,' zei Ross. 'Waarom denk je dat we hier zijn komen wonen?'

Bij hen is alles zo makkelijk; hun warmte, dat ze zo blij zijn in hun nieuwe huis en met elkaar. En ik wil hier graag zijn met Kerstmis, me niet gedragen als een victoriaanse hysterica met opvliegers.

Maar terwijl Tom de tafel afruimt en ik de vaat in de vaatwasser zet en Sean en Ross nog meer hout voor vanavond halen en Amy de auto uit de garage rijdt, denk ik maar aan één ding: ik heb mezelf niet de stuipen op het lijf gejaagd. Iets of iemand heeft mij de stuipen op het lijf gejaagd.

'Ik zal je het dorp laten zien,' zei Amy toen we voor de kroeg parkeerden. 'Het is echt zo'n ouderwets straatje, met winkeltjes. Er is een slager, een bakker.'

'Een kaarsenmaker,' zei Tom.

'Nee, maar moet je eens kijken naar die oude apotheek. Heb je ooit zoiets gezien? Sally? Gaat het wel?'

Ik had een gilletje geslaakt.

Ik staarde naar het ronde etalageraam met de belettering die in het glas was gegraveerd. Door het raam zag ik de plank met de glazen potten.

'Ze hebben daar toch zo'n grote, koperen weegschaal?'

'Ja,' zei Amy.

'Snap je het dan niet? Hier heb ik over gedroomd. Dat heb ik je verteld. De apotheek.'

'Je hebt gewoon op internet het dorp opgezocht,' zei Ross, 'en je hebt dat gedroomd omdat we in dit grote, vreemde, af-

gelegen huis wonen. Je ziet spoken.'
'Ik heb het dorp niet opgezocht, Ross.'

Ik ging naar binnen. De bel rinkelde toen ik de deur opende en ik dacht dat ik de kleine, grijnzende apotheker met de bakkebaarden zou zien. Maar ik zag een mollige vrouw in een witte jas. Ze stond hoestbonbons uit een pot af te wegen. Amy kwam achter me naar binnen. 'Ik heb ze naar de kroeg gestuurd,' zei ze. 'Wij gaan wel boodschappen doen. Sally, wat is er?'

'Er is helemaal niks,' zei Ross tegen Amy toen ze hem een uur later ging halen en ze samen aan de bar zaten terwijl Sean en Tom een potje tafelvoetbal speelden. 'Ik zou willen dat ze een beetje kalmeerde. Ik wil niet de hele Kerstmis over spoken en geesten horen.'

'Wilde je eigenlijk wel dat ze op bezoek kwam?' vroeg Amy.

'Het is jouw vriendin. Je mag uitnodigen wie je wil.'

'Ja, het is mijn vriendin, en ik wou dat je dat eens accepteerde.'

'Ik doe mijn best. Maar ze vraagt altijd om aandacht.'

Ik kwam van de wc. Ik zag dat ze zaten te ruziën. Ik wist dat het over mij ging. Ross had het nooit zo zien zitten dat Amy en ik het zo goed met elkaar konden vinden. We zaten vroeger altijd onafgebroken in haar grote bed met elkaar te praten of hingen het hele weekend in onze badjas op de bank naar films te kijken. Hij wilde dolgraag dat Amy bij hem introk – om met haar te zijn, natuurlijk. En om van me af te zijn, dat natuurlijk ook.

Ik doe onredelijk.

Toen we terugkwamen, sleepte Ross ons mee naar de achterzijde van het huis om naar zijn satellietmast te kijken. Ze hadden een gigantisch gat gegraven om hem in de grond te plaatsen. Hij was zes meter hoog, met een schotel met een doorsnee van twee meter.

'Wat is dit?' vroeg Tom. 'Je fallussymbool?'

'Er is hier absoluut geen ontvangst,' zei Ross. 'Ik krijg het van een of andere spoetnik in de hemel.'

'Misschien heb je wel meer dan je wilde,' zei Tom. 'Je zou hier je eigen tv-zender mee kunnen beginnen.'

Naast de enorme berg opgegraven aarde bevond zich een stenen trap die nergens heen leidde.

'Die kwam tevoorschijn,' zei Ross. 'Daar zat waarschijnlijk een kelder. Misschien een ijskelder.'

'*Help me.*'

'Wat? Je zei: "Help me."'

'Nee, hoor.'

Ross staarde me aan. 'Jawel, Sally. Ik weet niet wat je mankeert, maar hou er nou maar mee op. Oké?'

Hij liep weg. Tom stond er ongemakkelijk bij te kijken. 'Let maar niet op hem. Hij is gewoon een stuk chagrijn.' Hij sloeg zijn arm om me heen. 'Warme chocolademelk?'

De rest van de dag verliep zonder problemen. Ross' slechte humeur werd gecompenseerd door het enthousiasme van Tom en Sean en Amy, die had besloten hem te negeren. Rond bedtijd bood ze aan mee te gaan naar boven en de slaapkamer te inspecteren.

We deden de deur open. In het bed, onder de dekens, lag iemand, duidelijk zichtbaar.

Amy deinsde achteruit. Ik verstijfde. De roerloze man of vrouw of iemand anders? Of iets anders?

Amy pakte mijn hand en we liepen meteen de trap af naar de keuken, waar Tom en Sean hun lachen niet meer konden inhouden.

Tom stak zijn handen op. 'Oké, oké, we hebben een paar kussens in het bed gelegd. Sorry.'
Amy gooide een kussentje naar zijn hoofd. Ross keek op. 'Heb je nou voor vandaag genoeg aandacht gekregen, Sally?' Ik vroeg Tom: 'Heb je dat gisteren ook gedaan?' Hij schudde zijn hoofd. 'Natuurlijk niet.'

Ik stapte mijn bed in. Amy gaf me een nachtzoen en deed de deur achter zich dicht. Er was niets aan de hand in de kamer. Helemaal niets. En ik viel in slaap.

Ik droomde dat ik in mijn slaapkamer was en bij het raam stond. Er lag iemand in bed en de jonge vrouw die ik bij de apotheek had gezien stond over het bed gebogen met een glaasje.
'Ga eens rechtop zitten, Joshua. Je moet dit opdrinken.'
De man probeerde overeind te komen. Ik zag zijn uitgemergelde arm. Zijn gezicht was lijkbleek.
'Je moet aansterken. We moeten hier weg zien te komen.'
De man zei niets. Hij slikte de tinctuur moeizaam door.

Ik werd wakker. Draaide me om, doodsbang. Er lag niemand in bed. Ik lag op mijn rug, met een bonzend hart. Wat gebeurde er allemaal?

De volgende dag stelde Sean voor dat ik hem de begraafplaats zou laten zien. Dat wilde ik niet, maar ik had het gevoel dat ik belachelijk en hysterisch deed en dacht dat het goed voor me zou zijn – net zoiets als een spin vasthouden als je spinnen haat.
We vertrokken, en nadat we ongeveer een uur doelloos hadden rondgedwaald, zagen we de poort. Sean gedroeg zich alsof er niks aan de hand was en dat was geruststellend. Hij liep meteen naar binnen, veel verder dan ik de dag ervoor was ge-

weest, en veegde mos en rijp van de verweerde grafstenen om de opschriften te kunnen lezen.

'Ik ga vaak naar begraafplaatsen,' zei hij. 'Dat is mijn manier om de dood onder ogen te zien.'

Ik had een dichtgeknepen keel en mijn longen verzetten zich tegen de koude lucht. Haal diep adem. Haal diep adem. Sean liep nu een heel eind voor me uit. Het was een heldere ochtend. Er was hier niets anders dan mijn ziekelijke verbeelding. En toen zag ik voetstappen op de grond. Niet de onze. De voetstappen leidden naar een grafmonument. Een of ander familiegraf. Het was vroeger waarschijnlijk een mooi monument geweest. Nu was het vervallen, verweerd en door varens gekoloniseerd. Op de latei stond: WILLIAMSON. RUST IN VREDE.

De gebruikelijke opsomming van namen: Augustus, liefhebbende echtgenoot van Evangeline, toegewijde echtgenote. Arthur, op het slagveld gesneuveld. En toen viel mijn oog op: Joshua, op tweeëntwintigjarige leeftijd overleden in 1851, en ook zijn zuster Ruth, op vijfentwintigjarige leeftijd overleden in 1852.

Sean kwam naar me toe. Hij was geïntrigeerd. Ik werd gerustgesteld door zijn aanwezigheid en liep een stukje door, naar een rij kleine grafstenen, waarschijnlijk kindergraven. Toen ik er neerknielde, zag ik een platte steen liggen. Iemand had er een tekst in gekerfd – met de hand, met een beitel – HIJ IS HIER NIET.

Ik deinsde achteruit. 'Sean.'

Hij kwam naar me toe en keek. 'Ze bedoelen gewoon dat ze bij de Heer of in de hemel zijn. Wat is er?'

'Er staat nog een stel voetstappen in de sneeuw.'

Sean liep weer terug. 'Nee, Sally, alleen de jouwe en de mijne.'

Hij had gelijk.

Hallucinaties en geestesziekten.

Wat is er met me aan de hand?

'Weet je wat er aan de hand is met Sally?' zei Ross boos, recht in Amy's gezicht. 'Ze wilde jou voor zichzelf houden.'

'We zijn nooit verliefd op elkaar geweest,' zei Amy. 'En wat dan nog als dat wel zo was? Wat dan nog? Vind je dat moeilijk, intimiteit tussen twee vrouwen?'

'Het is een klassiek geval,' zei Ross. 'Ze heeft haar ware gevoelens onderdrukt. Ze is gefrustreerd. Ze is beledigd. Ze heeft altijd al een hekel aan me gehad.'

'Ze vindt je aardig,' zei Amy eenvoudigweg. 'Zij kan er ook niets aan doen dat ze langer is dan jij.'

Ross zette zijn glas met een klap op tafel. 'Ze wil onze kerst verpesten omdat we haar leven hebben verpest.'

'We hebben haar leven helemaal niet verpest!'

Ze hadden me niet zien binnenkomen door de keukendeur. Ze hoorden niet dat ik ze kon horen.

Ik had het schaamrood op mijn kaken. Ik moest naar huis. Het was waarschijnlijk beter als ik kerst in mijn flatje ging vieren met een blik soep.

Om niet door de keuken te hoeven liep ik om het huis naar de achterdeur. Daar was de mast van Ross en de nachtmerrie-achtige stenen trap die nergens heen leidde.

Ik bleef staan bij de trap en keek naar beneden, nog steeds verdoofd door wat ik had gehoord. Had Ross gelijk? Was ik jaloers? Ik ben gelukkig omdat zij gelukkig is. Daarvan ben ik overtuigd. Maar diep vanbinnen? Had ik Amy voor mezelf gewild? Ken ik mezelf dan helemaal niet?

Help me

Ik draaide me om. Er was niemand. Wie zei dat? Een vrouwenstem. Ik had die stem eerder gehoord. In mijn hoofd zag ik de voetstappen – eerst van het vervallen huisje naar de begraafplaats en vervolgens op de begraafplaats zelf, de voetstappen die me naar het grafmonument van de Williamsons hadden geleid.

Help me

Het waren de voetstappen van een vrouw. Daarom dacht ik dat het de mijne waren.

Ik daalde af van de trap die nergens heen leidde. Maar hij leidde wel ergens heen. Ik had het ijzingwekkende gevoel dat er een of ander angstaanjagend geheim verborgen zat achter de dichtgemetselde ruimte, die volgens Ross een ijskelder of een vervallen kelder was. Een of ander geheim dat al lange tijd verborgen was gebleven en dat altijd verborgen had moeten blijven, tot Ross zijn mast daar had geplaatst.

En ik kon me voorstellen wat ze zouden zeggen als ik zou vragen of ze de doorgang wilden vrijmaken.

Nee. Laat het gaan. Pak je spullen. Ga weg. Kom nooit meer terug.

Ik ging het huis binnen. Onder aan de trap kwam ik Amy tegen. Ze leek blij me te zien. 'Ik heb mince pies gemaakt. Kom mee. We gaan theedrinken.'

'Is Ross er ook?'

Ze fronste. 'Ik wil het niet van twee kanten over me heen krijgen. Het is Kerstmis, verdomme.'

'Ik wilde net mijn spullen gaan pakken,' zei ik. 'Ik kan maar beter gaan. Ik heb jullie gehoord. Ik stond bij de deur.'

Amy zuchtte diep. 'Het spijt me. Ik weet dat het niet aan jou ligt. Behalve dan dat je je, nou ja, een beetje vreemd gedraagt. Ik heb hem gezegd dat je gewoon moe bent en dat dit een groot oud afgelegen huis is. Je ziet hier al snel dingen die er niet zijn. Zelfs Sean is geschrokken op die begraafplaats.'

'Echt waar?'

'Ik wil de kerst niet doorbrengen met drie idiote mannen, ook al hou ik op mijn manier van alle drie.'

'Volgens mij moet ik echt weggaan.'

'Slaap er nog maar eens een nachtje over. Als je echt wilt gaan, kun je beter 's ochtends vertrekken. Je verdwaalt in het donker. En vanavond komen er nog mensen op bezoek.'

Ze sloeg een arm om me heen. Ik knikte.

Ross had waarschijnlijk besloten zijn best te doen, want tijdens het avondeten was het gezellig en David en Rachel uit het dorp waren opgewekt en makkelijk. Toen we naar het haardvuur in de woonkamer liepen, vroeg ik of ze de geschiedenis van het huis kenden.

'Ze wil weten of het een spookhuis is!' zei Sean.

Iedereen lachte. 'We moeten je teleurstellen,' zei Rachel. 'Er is hier geen onthoofd paard of demonische dominee. De Williamsons hebben het huis rond 1800 laten bouwen en er ongeveer vijftig jaar gewoond, tot het geslacht was uitgestorven.'

'Joshua Williamson,' zei ik.

'Ze heeft de grafstenen bestudeerd,' zei Sean.

'Ja, dat klopt,' zei David. 'Het landgoed is overgegaan naar een andere tak van de familie, en in de jaren zestig was er niet veel grond meer over. Sinds die tijd worden alleen dit huis en de ruime tuin steeds verkocht. Ik ken de geschiedenis van mijn dorp, dus als er meer te vertellen viel, zou ik het je wel vertellen.'

'Je ziet het, Sally,' zei Amy, die haar benen op de bank over de mijne sloeg. 'Nu kun je vannacht lekker slapen.'

En dat deed ik ook. Tot ongeveer drie uur 's nachts. Ik werd klappertandend wakker. Mijn lichaam was helemaal stijf van de kou. Ik wreef met mijn duim over mijn wijsvinger en voelde helemaal niets. Ik moest mijn bed uit. Met mijn laatste krachten kwam ik overeind en zette mijn voeten op de vloer. Ik was gevoelloos. De slaapkamer was gehuld in ijs. Aan het plafond hingen ijspegels, die als onheilspellende speren op me waren gericht. De vloer glom van de kou. Rillend en klappertandend en met stijve benen liep ik naar het raam. De gordijnen waren bevroren als gevangen watervallen. Ik keek naar buiten.

Beneden, bij de mast, op de verlaten stenen trap, werd iemand naar binnen geduwd door een opening die in de schaduw lag. Ik wist dat dit de lange man was die ik in mijn bed had gezien. Twee mannen waren met hem aan het worstelen. Boven aan de trap zat de jonge vrouw die ik in mijn eerste droom had gezien. Ze zat op haar knieën te smeken.

Ze keek op naar mijn raam. Ze had me gezien.

Help me.

Maar het wordt steeds donkerder. Het is te laat.

Amy werd wakker, maar wist niet waarom. Ross lag naast haar te slapen. Het was doodstil in huis. Ze bleef even liggen en staarde naar het plafond. Ze was bang, al wist ze niet waarom. Ze stapte uit bed, vond haar badjas en liep naar de overloop. Ze ging naar Sally's kamer en deed de deur open.

De kou was net een uitslaand vuur.

SEAN! SEAN!

Sean en Tom droegen Sally de kamer uit en brachten haar naar het haardvuur. 'Ik kan haar pols nauwelijks voelen – ze is aan het doodvriezen – we moeten haar warm zien te krijgen – Amy! Wrijf over haar voeten! Tom, haar handen! Ross, bel een ambulance. Sally! Kun je ons horen? Sally? Sally?'

Het duurde meer dan een uur voordat er een ambulance kwam en tegen die tijd was ik weer bij bewustzijn. Ik had weer een iets snellere hartslag. Ik had weer wat kleur op mijn gezicht. Amy liet me warm water drinken. Tom hield me stijf tegen zich aan gedrukt en door de levende warmte van zijn lijf keerde ik weer terug uit het rijk van de doden – daar leek het tenminste op.

'Wat is er gebeurd?' zei Amy. 'Ik begrijp het niet.'

'Hij is hier niet,' zei ik.

'De begraafplaats,' zei Sean.

'We moeten de deur onder aan de trap openmaken,' zei ik.

De volgende morgen gingen Ross, Sean en Tom de dichtgemetselde boog met hamers en beitels te lijf. De kalkmortel en de zachte stenen waren oud en vochtig en gaven makkelijk mee. Een paar uur later was er een gat dat groot genoeg was om naar binnen te stappen. Ross pakte zijn zaklamp en ging naar binnen. Tom en Sean gingen achter hem aan. Amy en ik zaten samen boven aan de trap.

Ik hoorde Sean zeggen: 'Het zijn twee vrouwen.'

Het was een ijskelder. Een ijskelder die tot kamer was verbouwd – als je een grafkamer tenminste een kamer kunt noemen.

Er stond een ruw houten bed. Een tafel en een stoel. Een kandelaar. Twee kaarsen die nog niet waren gebruikt. Een lege kan, een aantekeningenboekje. En twee lijken, die snel aan het vergaan waren in de lucht.

Het aantekeningenboekje vertelde het verhaal.

Joshua Williamson was een vrouw. Ze was opgevoed als man en als erfgenaam van het landgoed van de Williamsons. Ze was ongewoon lang voor een vrouw – vooral in de jaren veertig van de negentiende eeuw – en behalve de directe familie kende niemand de waarheid. Haar vader was voor de derde keer getrouwd, vastbesloten een erfgenaam te verwekken en te voorkomen dat zijn landgoed overging op zijn neef. Wat er met Joshua zou zijn gebeurd als het hem was gelukt, is onduidelijk. Maar Joshua werd al eerder ingehaald door zijn noodlot.

Joshua werd verliefd op de dochter van de tuinman en meldde dat hij van plan was met haar te trouwen. 'Ik heb geleefd als een man. Moet ik dan niet liefhebben als een man?'

Om dit te voorkomen begon zijn vader hem met kwik te vergiftigen. Niet om hem te doden, zo schijnt het, maar om hem te verzwakken, ziek te maken en zijn wil te breken. Maar de doses kwik bleken toch fataal en in de laatste stadia van zijn ontbinding had Joshua besloten de waarheid te vertellen. Zijn zuster, Ruth, was de notaris gaan halen.

Ze werd ingehaald en weer naar het huis gebracht.

Joshua, zo werd rondverteld, was aan tuberculose overleden. Zijn vader, die ten koste van alles wilde voorkomen dat het lichaam werd onderzocht, zette hem in de ijskelder en metselde hem levend in. Zijn minnares, de dochter van de tuinman, werd ook opgepakt en samen met hem ingemetseld. Toen werd er aarde op de plek gestort en werd de grond gelijkgemaakt. Het graf was meer dan honderdvijftig jaar met rust gelaten.

In die tijd waren er maar twee mensen die de waarheid kenden – Williamson zelf en Ruth. Ruth overleed een jaar later.

Tom bracht me met de auto naar de stad. 'Ik snap niet hoe ze in dat huis kunnen blijven wonen. En jij?'

Ik gaf geen antwoord. Als je geen antwoord geeft, zal de spreker nog iets zeggen. 'Ik zou er een documentaire over kunnen maken en het hele verhaal kunnen uitzoeken. Wat vind jij?'

Ik gaf geen antwoord.

'Dit was allemaal nooit gebeurd als Ross die stomme mast daar niet had neergezet.'

'Het komt door mij,' zei ik.

'Iedereen had in die slaapkamer kunnen liggen.'

'Het komt door mij.'

'Geef jezelf nou niet de schuld, Sally. Zou je op eerste kerstdag met me naar de chinees willen?'

Tom gaf me een klopje op mijn hand. Ik pakte zijn hand vast.

'Mijn oma was een Williamson,' zei ik.

De Chinese dumplings
van Shakespeare
and Company

KERSTMIS GAAT OVER gemeenschappelijkheid, samenwerking, feestvieren. Als je het goed aanpakt, kan Kerstmis een tegengif zijn tegen de ik-eerst-mentaliteit die door het kapitalisme is omgedoopt tot neokapitalisme. Het winkelcentrum is niet ons ware thuis en de openbare ruimte ook niet, maar nu bibliotheken, parken, speeltuinen, musea en sportvoorzieningen verdwijnen, is de onechte vriendelijkheid van het winkelcentrum, behalve de straat, de enige openbare ruimte die er nog is.

Ik denk dat we de kerstgeest allemaal kunnen terugvinden – minder winkelen, meer geven, minder kopen, meer tijd voor vrienden, en ook voor samen koken en eten, en met anderen delen.

Boven de ingang van Shakespeare and Company hangt een bordje: WEES NIET ONGASTVRIJ VOOR VREEMDELINGEN, WANT HET KUNNEN ENGELEN IN VERMOMMING ZIJN.

Shakespeare and Company is een boekhandel die al sinds 1919 in Parijs is gevestigd. De boekhandel is opgericht door de legendarische Sylvia Beach uit Pennsylvania en werd een tweede thuis voor al die beroemde vooroorlogse Amerikanen: Gertrude Stein, Ernest Hemingway, Ezra Pound, F. Scott Fitzgerald. Beach gaf ook de eerste editie van James Joyces *Ulysses* uit.

De winkel was tijdens de Tweede Wereldoorlog gesloten en werd uiteindelijk, tegenover de Notre-Dame, onder de oorspronkelijke naam opnieuw geopend door George Whitman, een voormalige GI die net zoveel van boeken als van Parijs hield.

George sloot nooit op eerste kerstdag; de winkel was net als anders van twaalf uur 's middags tot twaalf uur 's avonds geopend, en George kookte voor iedereen die wilde eten – en onder hen bevonden zich Anaïs Nin, Henry Miller, een aantal Beat Poets –, Ginsberg las 'Howl' er naakt voor en Gregory Corso hield vooral van de feestelijke kost die in een bepaald jaar werd aangeboden: ijs, donuts en whisky.

En ze bleven terugkomen – in 1982 bracht Georges dochter Sylvia haar tweede Kerstmis op deze aarde door in gezelschap van Allen Ginsberg, Lawrence Ferlinghetti en Gregory Corso, die een diner van koekjes van bakpoeder en kaassoufflé nuttigden.

George beschouwde boeken als toevluchtsoord voor de geest. Zijn boekhandel was een toevluchtsoord voor lichaam en geest. Er is een bibliotheek waar iedereen terechtkan die niet in de kou of in de zon wil gaan zitten lezen. In Georges tijd sliepen er ook vierentwintig arme schrijvers en lezers in de winkel.

George is nu dood. Hij is vierennegentig geworden en overleden in zijn piepkleine appartementje boven de winkel. Zijn dochter Sylvia, die is geboren toen George achtenzestig was, bestiert de groeiende boekopolis nu samen met haar partner David. De boekwinkel is eindelijk een bedrijf geworden (George weigerde een computer of een telefoon en zelfs een kassa in huis te halen), maar de geest is niet veranderd. De winkel is niet meer geopend op eerste kerstdag, maar Sylvia en David koken een maaltijd voor het personeel en de vrijwilligers en iedere verdwaalde schrijver die met zijn meesterwerken worstelt.

Sylvia schreef me:

Eén jaar was er voor Kerstmis bij de slager alleen nog maar een speenvarken te krijgen. Ik bereidde hem voor vijfentwintig personen. Zijn tanden vielen eruit en hij zag er angstaanjagend uit. Toen ik hem opdiende, hield men eerst gechoqueerd de adem in vanwege de presentatie en vervolgens begon men te giechelen omdat de helft van de tafel Joods was en geen varkensvlees at!!! Een regelrechte ramp.

Een ander jaar had Hong, de Chinese conciërge die papa soms kwam helpen, voor Kerstmis dumplings gemaakt – ze noemde ze *dumpings* –, dat was toen ze hier nog maar net was en nog nauwelijks een woord Frans of Engels sprak. De Ierse schrijver Ulick O'Connor was er ook en toen hij een dumpling in zijn mond wilde steken, vroeg hij of er uien in zaten. Hong schudde haar hoofd. Hij stak de dumpling in zijn mond en zei: 'Mooi, want als er wel ui in zit, ga ik de pijp uit.'

Ik googlede een ui, liet hem aan Hong zien en zij veranderde opeens van gedachten en zei: 'Ja, ja, er zit wel ui in.' Een nachtmerrie.

Maar er was niets aan de hand. Papa zei dat hij waarschijnlijk niet allergisch was voor Chinese uien.

Kort na Kerstmis 2007 kwam ik in een toestand van diepe rouw bij de boekwinkel – die zomer had mijn partner me plotseling verlaten –, het voelde als een sterfgeval. Die rouw had iets diepers en angstaanjagenders losgemaakt, maar dat probeerde ik voor iedereen verborgen te houden en te verwerken door te schrijven – het verhaal 'De leeuw, de eenhoorn en ik' is dat jaar in december ontstaan. Ik heb het op een nacht in één keer geschreven toen ik te ongelukkig was om te slapen. De held van het verhaal is een ezeltje dat een gouden neus krijgt. Die ezel ben ik.

Sylvia en David gaven me hun boekwinkel waar ik kon rondhangen, hun hond Colette om me gezelschap te houden, een radiator om naast te zitten en alle maaltijden die ik maar kon eten. Later, toen de dingen steeds erger werden en ik een luchtweginfectie had, kochten ze ook een pyjama voor me en verzorgden ze me.

Ik was al veel vaker bij Shakespeare and Company geweest. Ik had George leren kennen toen hij negentig was. Hij leek niet blij toen hij me zag. Hij gooide zelfs een boek naar mijn hoofd.

George: 'Wat moet dat mens in mijn appartement? Wie is die vrouw?'

Sylvia: 'Ze is schrijfster, papa. Jeanette Winterson.'

George leek nu blij om me te zien en legde het volgende boek dat hij naar mijn hoofd wilde smijten weer neer.

George: 'Heb je haar de schrijverskamer laten zien? Nee? Jezus, moet ik ook alles zelf doen? Ze kan hier blijven zo lang ze wil... Ik zal je de schrijverskamer laten zien. Heb je Henry Miller gelezen? Hij...'

George hield van schrijvers. Van alle schrijvers. Zijn huis was ons huis.

Waar we welkom werden geheten. Werden erkend. Te eten kregen. Ons veilig voelden. Konden lezen. Woorden die anderen zullen lezen op een bladzijde konden schrijven.

Mijn geest maakte een vrije val. Gek worden is een risico. Een reis die je beter niet kunt maken als je het kunt voorkomen. Soms moet die reis worden gemaakt. Maar er zullen helpers langs de route staan, net zoals bij alle andere wanhopige reizen.

Met Kerstmis hef ik dus een boek en een glas op de ster die mij naar Shakespeare and Company heeft geleid en naar het toevluchtsoord dat ik daar heb gevonden, en op de creatieve goedheid van een manier van leven waarin geld niet als het belangrijkste wordt beschouwd.

Als je het hele verhaal over verleden, heden en toekomst van Shakespeare and Company wilt lezen: ze hebben er net een boek over uitgebracht, *Shakespeare and Company. A History of the Rag & Bone Shop of the Heart.* (Ik heb het voorwoord geschreven.)

En hier is het recept voor Hongs dumpings.

Ingrediënten

* 450 gram bloem
* 450 gram varkensvlees
* 450 gram Chinese kool
* Enkele bosuitjes
* Verse gemberwortel – niet te veel
* 1 eetlepel witte wijn
* Zout en peper
* Water
* 1 ei, als je van een dikker soort deeg houdt. Niet noodzakelijk

Bereidingswijze

Hong zegt: maak het deeg op de gewone manier door bloem en water te kneden. Minder water als je een ei toevoegt. Het deeg moet niet te zacht zijn en ook niet te hard. Als het te zacht is, voeg je meer bloem toe. Als het te hard en te droog is, voeg je meer water toe. Als je het deeg met de hand maakt, kost het je ongeveer 15 minuten, afhankelijk van de hoeveelheid die je maakt.

Deel het deeg in tweeën of in drieën (afhankelijk van de hoeveelheid die je maakt) en rol iedere portie dun uit, maar niet te dun, anders scheurt het deeg wanneer je het vult. Gebruik een kopje om rondjes als vollemaantjes te maken. Al deze vollemaantjes worden de pakketjes voor de dumpling wanneer je ze gevuld hebt.

Voor de vulling dien je alle ingrediënten apart fijn te snijden, ongeveer zo groot als een vingernagel. Dit is belangrijk. Meng vervolgens alle ingrediënten voor de vulling in een grote kom. Voeg zout en peper naar smaak toe. En misschien hou je van meer bosui of gember. Je mag het helemaal zelf weten. Je komt erachter door te experimenteren.

Vul de deegpakketjes nu elk met ongeveer een eetlepel vulling. Je moet even ontdekken hoeveel vulling je nodig hebt om lekker dikke dumplings te krijgen, maar ze moeten ook weer niet zo dik zijn dat ze tijdens het koken uit elkaar vallen.

Vandaag vouw je de vollemaantjes tot halvemaantjes voor de gevulde dumplings. Dat is eenvoudig. Als je het leuk vindt om dumplings te maken, kun je later experimenteren met verschillende vormen en kunstige pakketjes.

Mijn oma maakt mooi gevormde en gevouwen dumplings terwijl ze tv-kijkt. Haar handen weten wat ze moeten doen en ze kijkt er niet één keer naar.

Als het deeg gevuld is, vouw je ze dicht tot makkelijke halvemaantjes en maak je de randen rondom dicht met je duim en je wijsvinger, die je in een kom water hebt gedoopt. De randen moeten goed dicht zitten. Geen gaten, anders komt de vulling eruit en wordt de pan water een soort soep van varkensvlees en stukken kool.

Terwijl je de dumplings aan het maken bent, breng je een grote pan water aan de kook, net als voor pasta.

Doe de dumplings in de pan en roer zodat ze niet aan elkaar blijven plakken.

Voeg nu nog een grote kop koud water aan de pan toe – genoeg om het kokende water niet meer te laten koken – en breng het water weer aan de kook.

Doe dit nog een keer.

Je kookt de dumplings 3 keer.

Na 6 of 7 minuten haal je één dumpling uit de pan en snijd

je hem open om te zien of de vulling gaar is. Als je met bevroren ingrediënten werkt, duurt het iets langer. Doe de dumplings meteen in het kokende water. Laat ze niet eerst ontdooien.

Je kunt ook andere soorten vlees gebruiken. Het hoeft niet per se varkensvlees te zijn. Of neem garnalen. Je kunt ook wortel aan de kool toevoegen. De kooktijden kunnen variëren afhankelijk van de vulling. In mijn jeugd waren de mensen in China arm. Dumplings werden gemaakt van de ingrediënten die te krijgen waren. We hadden varkens, zoals veel Chinezen. Zodra je gevoel voor dumplings begint te krijgen, kun je alle ingrediënten die je in je keuken of vers op de markt of in de tuin kunt vinden als vulling gebruiken.

Mijn vriendin jw heeft dumplings van konijn, wortel en prei gemaakt en die waren erg lekker. Ze heeft veel konijnen in de tuin. Dat komt volgens mij doordat ze wortels verbouwt. Maar het is bekend dat konijnen geen leden van de uienfamilie eten en daarom verbouwt ze haar wortels achter een bewapende garde van preien. Toch moet je een konijn soms een lesje leren en deze dumplings waren het resultaat.

Doop de dumplings in iedere saus die je maar wil – een eenvoudige, goede sojasaus met een beetje gember of bosui is heerlijk.

KNALBONBON

*K*erstavond in de knalbonbonfabriek.
Dozen met opschriften als 'Trompetten', 'Trommels', 'Sterren', 'Roodborstjes', 'Sneeuwpoppen' stonden opgestapeld naast de lange tafels waar de knalbonbons werden vervaardigd. Naast de snijmachines lagen stapels goudkleurig karton. Watervallen van rode serpentines stroomden uit de muren.

De knetterende, knallende, vlammende, vuurspuwende strips van de bonbons lagen veilig in kokers op de schappen. Drie reusachtige tonnen, van de Ali Baba-variant, met 'Hoedjes', 'Grappen' en 'Ballonnen' stonden onder de trechters waarmee ze automatisch werden gevuld wanneer er meer en meer knalbonbons werden verpakt en verzonden.

Er werd het hele jaar gewerkt in de knalbonbonfabriek, maar in de kersttijd moest iedereen harder werken om de bestellingen op tijd klaar te hebben: goedkope bonbons, budgetbonbons, gezinsverpakkingen, luxe dozen, sets voor kinderen, sets voor volwassenen en een paar dozen waarop 18+ stond omdat er minuscule slipjes in zaten. De fabriek had niet veel meer over. De knalbonbons waren allang naar de winkels verzonden en vanuit de winkels op tafel beland, want iedereen trof voorbereidingen voor eerste kerstdag.

Maar er moest nog één knalbonbon worden gemaakt. De allerlaatste, bijzondere, reusachtige knalbonbon voor het goede doel, zo lang als een krokodil en zo dik als een pudding en zo volgepropt als een worst.

Maar voorlopig is de fabriek nog verlaten, want het is vroeg in de morgen en de bus komt net aan bij de poort en Bill en Fred en Amy en Belle komen binnen voor een speciale dienst en ze zijn vrolijk vanwege de kerst en ze gaan nog wat drinken als ze klaar zijn met werken.

De fabriek is verlaten. Of toch niet?

De hond ligt nog te slapen in een droom van warm crêpepapier, waar hij de vorige avond, toen hij het koud had en nat was, tussen is gekropen, omdat iemand een raampje open heeft laten staan en hij maar een klein hondje is.

Hij was naar binnen gekropen, onder de rode beveiligingslamp die op het gouden karton onder de wachtende engelen scheen. Hij had zich op zijn rug gerold om droog te worden en een marsepeinen ezel gegeten – slecht voor zijn tanden, maar wat doe je eraan – en was toen in slaap gevallen.

En nu komen ze binnen, tl-lichten en radio aan, en voordat de hond woef kan zeggen, verschijnt er recht voor zijn bruine ogen een gouden tunnel en propt een stel handen als kolenschoppen hem samen met al het crêpepapier rechtop in de knalbonbon, die wordt afgesloten met een plastic deksel.

Hij kan nog aan de andere kant naar buiten kijken. Hij begraaft zijn neus dieper en de haren in zijn oren trillen wanneer er een lawine van chocolaatjes op zijn kop dondert en daarna een leger teddyberen, een arsenaal proppenschieters, een spervuur aan ballonnen, een hagelbui kralen, een sliert jojo's, een salvo fluitjes, een gemaskerd bal fopneuzen, een plaag opwindmuizen en een horde boosaardige, in het zwart geklede vingerpoppetjes.

Iemand zegt: 'Stop de explosieven er maar in... Deze moet flink knallen!'

Een lont van buskruitachtig spul wordt langs de neus (nies)

en de staart (krab) van de hond geduwd en komt er weer uit door een gat in het deksel. De hond denkt aan de circusdieren die met een kanon worden afgeschoten of met een parachute in vijandelijk gebied worden gedropt. Hij denkt aan Laika, het Russische hondje dat de ruimte in is geknald en nooit meer is teruggekomen, en hij denkt aan alle sterrenhonden, Grote en Kleine Hond, die in de donkere velden daarboven jagen, glinsterende wachters van hun ruigere soortgenoten hier beneden. Misschien gaat hij wel naar ze toe, in de hemel, en wordt hij een nieuwe ster, Canis Fugit, Vliegende Hond.
Maar hij wil helemaal geen vliegende hond zijn!
Hij wil met zijn vier poten op de grond blijven staan.
Te laat!
Ze knopen de lintjes aan beide uiteinden van de reusachtige knalbonbon dicht. Hij voelt dat hij wordt opgetild en naar buiten wordt gedragen als een hondachtige Cleopatra in een opgerold tapijt, en daar ligt hij op een vergulde schuit, nee, in de laadruimte van een bestelbus, die op weg is naar een groot hotel met een portier in een groene jas en een witte kerstboom achter de deur, in de lobby met de kroonluchter.

De hond en zijn knalbonbon worden tot ieders verwondering en applaus naar binnen gedragen door speciaal geselecteerde elven die het minimumloon krijgen.

Dit is het kinderfeest voor het goede doel – rijke ouders hebben een lot gekocht zodat hun kinderen andere, behoeftige kinderen kunnen helpen zonder ze te hoeven ontmoeten.

De hond hoort dat er mededelingen worden gedaan – speciale prijzen, en de allermooiste prijs voor degene die de knalbonbon wint.

De hond vraagt zich bezorgd af wat er zal gebeuren wanneer ze ontdekken dat hij in de knalbonbon zit. Hij is niet bepaald een lot uit de loterij. Hij is een straathond. Hij weet dat niemand hem zal willen. Hij woont in het park en drinkt uit de fontein. Hij is meegekomen met de kermis toen hij nog een puppy was en rende om de attracties rond in zijn bastaardkleuren, tot de kermis op een dag opbrak en de woonwagens een voor een vertrokken en hij maar even een slaapje ging doen omdat hij niet snapte wat er allemaal gebeurde. Toen hij weer wakker werd, was iedereen verdwenen.

Hij volgde de diesel- en hotdoggeuren en rende nog een tijdje snuffelend achter hen aan, maar zijn poten waren langzamer dan hun wielen en hoewel hij bleef rennen en rennen tot de kussentjes onder zijn poten bloedden, moest hij het opgeven toen het avond werd. Hij strompelde angstig door het donker en het lawaai en vond de weg naar het park weer terug. Hij was blij met het geruis in de bomen en de zachte bladeren.

Soms voeren mensen hem brood en soms ook niet. Soms proberen ze hem te vangen. Hij herkent het geluid van het busje en rent naar de plek waar hij onder het hek door kan glippen en wacht tot ze zijn vertrokken. Soms slaapt er in het park een mens die hem wat aandacht geeft, maar de mensen trekken weer verder. Mensen zijn niet te vertrouwen, weet hij.

De vorige avond had hij het erg koud. Hij was naar eten aan het schuimen. De man van de kebab was weer terug naar Turkije voor Kerstmis. De hond hield van kebab. Hij snuffelde een beetje rond de vuilnisbakken, maar de straten waren gereinigd voor de kerst.

Toen hij over straat trippelde langs de muren zag hij een raam openstaan en een brandend rood lampje. Het leek warm daarbinnen. De regen was overgegaan in natte sneeuw.

Maar nu...

Wat zal er gebeuren wanneer ze hem in de knalbonbon vinden?

Hij hoort een hoop kabaal. Hij zal zich maar koest houden.

De balzaal van het hotel zit vol kinderen die met loterijbriefjes zwaaien. Het is tijd voor de prijzen – poppen, spelletjes, speelgoedgitaren, radiografisch bestuurbare auto's. Er is een man in een glinsterend jasje en met een microfoon. Hij staat op het podium en wil dat de kinderen 'Jingle Bells' zingen. Dan is het tijd. De hoofdprijs. De knalbonbon. De elven duwen hem het podium op.

En wat wordt het winnende nummer? Ja! Het is 999. Twee kinderen rennen naar voren – een dikke jongen in een rood Elvis-pak en een slank meisje in een jasje van nepbont. Maar is er iets fout gegaan? Er zijn twee winnende loten. De kinderen kijken elkaar boos aan en gaan allebei aan een andere kant van de knalbonbon in de gevechtshouding staan. De zaal stroomt vol dierlijke energie wanneer de kinderen in de zaal partij kiezen:

TREKKEN, TREKKEN, TREKKEN!

De dikke jongen grijpt het ene uiteinde vast met zijn dikke handen en het slanke meisje zet haar hakken in het tapijt en blijft gewoon beethouden, zoals ze haar moeder ook heeft zien doen bij de uitverkoop.

Maar dan verschijnt er een bleek, rustig jongetje, dat de ceremoniemeester zijn lot overhandigt. Hij heeft ook 999.

De ceremoniemeester krabt aan zijn pruik. 'Nou, ik weet ook niet wat er in deze knallende, reusachtige, reusachtig opwindende knalbonbon zit, maar jullie zullen moeten delen.'

De kinderen in de balzaal beginnen te joelen.

'Delen is voor sukkels,' zegt het slanke meisje.

'Het is Kerstmis!' zegt de ceremoniemeester, alsof een simpele constatering van de feiten tot een wonder zal leiden.

Het rustige, bleke jongetje houdt zich op de vlakte terwijl de jongen in het rode pak nog roder wordt dan zijn pak en aan de knalbonbon blijft trekken en trekken. Het meisje gooit haar hele lichaamsgewicht nu op de knalbonbon om te voorkomen dat haar nieuwe vijand – de dikke jongen – de prijs wint. Het bleke, rustige jongetje staat gewoon in het midden met zijn briefje en vraagt zich af waarom hij een poot door de scheur ziet steken.

PANG! Hij knalt alsof iemand het atoom heeft gespleten en er hangt een paddenstoelenwolk van chocola en jojo's en fopneuzen en vingerpoppetjes in de lucht en heel even hangt het in een volmaakte ruimte, en dan klettert de inhoud van de knalbonbon overal neer in de balzaal en is het ieder kind voor zichzelf en één groot gevecht om zilveren munten en plastic spinnen, waardoor niemand merkt dat een kleine terriër met een papieren hoedje om zijn nek een vrije val maakt door de rokerige, bijtende lucht.

'Waar is het grote cadeau?' vraagt de dikke jongen. 'Ik heb gewonnen. Ik wil het grote cadeau.'

De hond komt op zijn pootjes terecht.

'Wat moet die hond in de knalbonbon?' schreeuwt het meisje.

Het hondje is het wel gewend dat hij wordt verjaagd en dat er naar hem wordt geschreeuwd, maar hij weet dat hij nu in de problemen zit en daarom denkt hij zo snel als hij kan met zijn hondenhersentjes en zegt hij: 'Hoi! Ik ben een toverhond, zoals de geest in de fles.'

'Welke geest? Welke fles?' zegt de dikke jongen argwanend, want hij is bang dat iets hem ontgaat. 'Wie heeft mijn geest gestolen?'

'Ja hoor, als jij een TOVERHOND bent, mag ik drie wensen doen,' zegt het slanke meisje.

Het bleke, rustige jongetje zegt niets. Hij kijkt naar de hond.

'Oké, jullie mogen allemaal een wens doen,' zegt de hond terwijl hij met zijn snuit naar de kinderen wijst. 'Een! Twee! Drie! Zeg het maar!'

'Ik wil een Ferrari,' schreeuwt de dikke jongen.

'Komt voor elkaar,' zegt het hondje. 'Geef me een minuut of tien.'

Het hondje duikt onder het lange tafellaken en rent naar de andere kant van de balzaal. Hij wil alleen maar ontsnappen.

Hij glipt over de geboende vloer, over het tapijt, langs de garderobe, ziet het groene bordje van de nooduitgang en denkt dat die voor hem is bedoeld.

Dit is een noodgeval! Ren, hondje, ren!

Hij stuift de smalle, betonnen roetsjbaan af en belandt op zijn kop in de ondergrondse parkeergarage.

'Zet die Ferrari eens in vak 16,' roept de parkeerwacht en hij gooit de sleutels door de lucht naar zijn assistent.

En het lijkt erop dat het moment dat alles verandert, ongeacht al onze plannen en intriges en twijfels en besluiten, zich vanzelf wel voordoet wanneer het daar zin in heeft, en niet kan worden verlokt of opgeroepen en niet moet worden gemist.

Het hondje miste niet. Hij ging op zijn achterpoten staan en sprong. Hij sprong uit zijn schriele, haveloze, armetierige verleden en ving de toekomst toen deze langs zijn kaken vloog.

Daar gaat hij weer de werveling van de betonnen trap op, door de nooduitgang, langs de garderobe, de balzaal in, en hij ontkomt nog maar net aan een hersenschudding door honderd jojo's, maar met één sprong is hij op het podium bij de restanten van de ontplofte knalbonbon, en daar liggen de sleutels voor de voeten van de dikke jongen in het Elvis-pak.

'De parkeergarage in de kelder, vak 16,' zegt het hondje.

De ogen van de dikke jongen glimmen van hebberige gelukzaligheid. Hij neemt niet de moeite de hond te bedanken, grijpt de sleutels in zijn vette knuisten, duwt de kleinere kinderen aan de kant en waggelt weg.

'Nu ik,' beveelt het meisje. 'Ikke. Ikke! Ikke! Ik wil een echte bontjas.'

'Dat is onethisch,' antwoordt de hond, die dat woord nooit eerder heeft gehoord, maar het op het puntje van zijn roze tong vindt.

'Ik wil een bontjas!' gilt het meisje, zo hard dat alle glazen kerstballen in de kerstboom breken en tot poeder vergaan.

'Zoals u wilt,' zegt het hondje, dat op het punt staat met zijn staart tussen de poten af te druipen, maar het bleke jongetje knielt bij hem neer en geeft hem water en een broodje ham, waarvan hij zorgvuldig alle slablaadjes heeft verwijderd. Het hondje is dankbaar en hoopt dat hij hoe dan ook de wens van het jongetje kan vervullen. Maar eerst de bontjas.

Hij heeft geluk, want de ouders komen net hun kinderen halen, precies op het moment dat er zachtjes nepsneeuw begint te vallen in de bar naast de balzaal, en is het niet fijn om even iets te drinken, en wat zijn nou vijf minuten op een heel leven, vooral met Kerstmis? Maar die minuten heeft een goede engel nu juist gereserveerd voor het hondje, dat zijn zachte, bruine ogen niet kan geloven wanneer de ene na de andere jas aan de meisjes in de gecapitonneerde garderobe wordt overhandigd, en als hij nou maar even rustig blijft wachten... ja, een nerts!

De meisjes zijn druk bezig want ze moeten die hele stapel jassen ophangen en met elkaar bespreken waar ze de goedkoopste kalkoenen hebben, en merken daarom niet dat een nertsmantel stilletjes onder de balie en over de vloer glijdt, met daaronder een hondje, dat er twintig keer in past, maar hij is een terriër en geboren onder de Heilige Wet van de Kaak – nooit loslaten.

'Schat, er rent een jas over de vloer,' zegt een vreselijk dronken man tegen zijn vreselijk nuchtere vrouw. Ze draait zich niet eens om: 'Doe niet zo raar, schat.'

En bestuurd door de ruwharige hond legt de zachte nertsmantel zo zijn weg af over het tapijt, door de balzaal, naar de voet van de podiumtrap.

Er klinkt een gedempt 'Woef!' Het meisje staat te praten in haar mobiele telefoon en heeft niet in de gaten dat haar hartenwens is vervuld.

Het bleke jongetje heeft staan wachten, een beetje bezorgd over het toverhondje, maar wanneer hij de jas als een tapijt op duizendpotenpootjes over de vloer ziet sluipen, weet hij dat de hond eronder verstopt zit en rent hij ernaartoe om hem te bevrijden.

'Gaat het?' vraagt de jongen.

'Beetje warm,' zegt het hondje. 'Zeg haar maar dat de jas is gearriveerd.'

Het meisje slaat haar handen voor haar gezicht en begint te klappen, precies zoals de winnaars bij die talentenjachten op de tv. Ze trekt de jas aan, paradeert het podium af en valt plat op haar gezicht, precies op het moment dat de ceremoniemeester weer verschijnt met een microfoon in zijn hand. Hij kijkt nors. Hij kijkt ernstig.

Het winnende lot 999 blijkt uiteindelijk toch niet met drie te zijn vermenigvuldigd. Het waren geen kerstelfjes, maar twee viltstiften. De nummers 9 en 99 hebben de benodigde 9's aan hun voorraad toegevoegd. De hoofdprijs gaat alleen naar nummer 999.

Het bleke jongetje heeft nog steeds zijn lot in zijn hand. De ceremoniemeester inspecteert het met een vergrootglas – ja, dit is hem.

Het orgel zet 'Jingle Bells' in, maar niet hard genoeg om de enorme klap in de hotellobby te overstemmen.

Iedereen rent naar de deur en ziet een rode Ferrari, die geparkeerd is in een schervenzee van spiegelglas en met een rood aangelopen jongen in een rood pak achter het stuur. De witte kerstboom is door het zonnedak gedrongen en de groene portier ligt met zijn armen en benen wijd op de motorkap.

'Het komt door die hond!' schreeuwt de jongen wanneer hij door beveiligingsmedewerkers uit de auto wordt gesleurd.

Het meisje in de bontjas giert van het lachen en kan haar telefoon amper stil genoeg houden om een foto te nemen. Wanneer ze beide handen boven haar hoofd houdt, wordt er een paar handboeien stevig om haar polsen geklikt. 'Dat meisje heeft mijn jas gestolen!' Het Russische model is niet blij. 'Ik ben een vriendin van president Poetin.' 'Ik heb hem van die hond gekregen,' jankt het meisje. 'Arresteer die hond!'

Maar de hond is nergens te zien. De hond is achter het opblaasbare rendier in de balzaal gekropen en komt niet tevoorschijn.

Terwijl de ruzie in de hotellobby de omvang van een slagroomtaart aanneemt, neemt de ceremoniemeester het bleke, rustige jongetje mee naar een gouden doos met een rode strik en zegt dat hij de doos moet openmaken. Aarzelend trekt het jongetje aan het lintje, want hij is het niet gewend om grote cadeaus te krijgen. Hij en zijn moeder hebben niet veel geld. In de doos zit een mountainbike.

'Hij is helemaal van jou,' zegt de ceremoniemeester. 'Je hebt hem eerlijk gewonnen.'

Wanneer hij alleen is met zijn fiets, voelt de jongen met zijn handen aan de schone tandraderen en de soepele versnellingen, het lichtgewicht frame en het stuur. Het is de beste fiets van de hele wereld.

'Nou, dan hoef je ook geen wens meer te doen,' zegt de hond achter de opblaasbare rendieren. 'Dat is misschien maar beter ook, gezien de omstandigheden.'

Er stijgt nog een gil op in de hotellobby wanneer de eigenaar van de Ferrari met de restanten van zijn auto wordt verenigd. Hij roept iets over een golfbaan en Donald Trump.

De jongen zit op de rand van het podium, zwaait met zijn dunne beentjes en kijkt naar de hond die naar hem zit te kijken. Hij houdt nog een broodje op. De bruine hondenogen schieten naar links en dan naar rechts en dan trippelt hij naar voren, pakt het broodje en gaat naast de jongen zitten.

'Ik ben geen toverhond,' zegt het hondje. 'Ik ben een zwerfhond. Ik kwam vast te zitten in die knalbonbon. Het was zo koud gisteravond en gewoonlijk slaap ik onder de vuilcontainers in het park, maar die hadden ze weggehaald, en ik zat te rillen van de kou en toen ben ik gaan lopen om het warm te krijgen en ik zag een lichtje in een raam en vond een bank vol gekleurd papier en toen viel ik in slaap en nu ben ik hier.'

'Ik ben met de bus,' zegt de jongen. 'Ik woon bij mijn moeder. Ze is schoonmaakster in het hotel en daarom moeten ze me voor het feest uitnodigen.'

'Wat zou jouw wens zijn geweest?' zegt het hondje. 'Als ik een toverhond was?'

De jongen denkt even na, want zo'n soort jongen is hij, en dan zegt hij: 'Als ik een wens mocht doen, zou ik zeggen dat ik jou mee naar huis wil nemen en altijd wil houden.'

'Wat?' blaft de hond terwijl zijn oren ronddraaien als satellietschotels die een buitenaards signaal hebben opgevangen. 'Wat? Woef! Wat? Woef! Wat? WOE-OE-OEF!'

'Ik zou jou wensen,' zegt de jongen. 'Ik heet Tommy. Hoe heet jij?'

'Ik heb geen naam.'

'Dan noem ik je Magic,' zegt Tommy.

Toen Tommy aan zijn moeder vroeg of hij Magic mocht meenemen naar huis, zei ze ja, hij mocht de hond houden als hij maar wel wist dat een hond voor altijd is en niet alleen maar voor kerst.

Dat was goed, want Tommy was zo'n soort jongen die wist wat altijd was.

Toen renden Tommy en Magic rond en rond en hielpen ze de moeder van Tommy met het opruimen van de slingers en de geknapte ballonnen en alle dingen die Kerstmis achterlaat.

En ze waren gelukkig omdat ze elkaar niet hoefden te verlaten.

Uiteindelijk was de moeder van Tommy klaar met haar werk en toen liepen ze met zijn drieën door de ijskoude straten naar de bushalte.

Het hondje trippelde naast de jongen en keek naar de koude en stralende sterrenhonden in de heldere hemel, en wist dat je nooit iets mooiers kan wensen dan liefde.

Mijn bisschopswijn
(Of: Nooit Meer Fruit
in Hoofdgerechten)

IN DE KERSTTIJD ontkomt niemand aan het eten van gedroogde vijgen, mandarijnen, granaatappels, kaneel, kruidnagel, marsepein, peperkoek, allerlei soorten vruchten en specerijen, vaak verwerkt in stol, ontbijtkoek, bisschopswijn, punch, pudding en zuurstokken van suiker en sinaasappelolie die in de kerstboom hangen.

Als er op kerstavond door de Kerstman een kous moet worden gevuld, moet er volgens de traditie een sinaasappel in worden gestopt. Een sinaasappel met kruidnagels op de bodem van de pan is de basis van bisschopswijn. In koude landen was vers fruit vroeger schaars in de winter. De sinaasappel, met zijn felle kleur, zoete smaak en vitamine C, was een welkome kersttraktatie.

Kerst is een midwinterfeest. Het midden van de winter was voor de mens altijd de moeilijkste tijd om voedsel, en vooral vers voedsel, te vinden. Ook psychologisch gezien is het midden van de winter de moeilijkste tijd van het jaar. Korte dagen. Barre weersomstandigheden.

Stel je voor dat er geen elektriciteit is, dat er alleen slechte wegen zijn, dat er nauwelijks wordt gereisd, dat je dagelijks moet zwoegen om het vuur en de kachel brandende te houden. Klamme kleren, klamme bedden, ijzige kou. Dat verandert allemaal pas in de twintigste eeuw.

En stel je voor dat je dan twaalf dagen kunt feesten en kunt genieten van warmte, ontspanning, vrolijkheid, bezinning, gezangen, liefdadigheid en barmhartigheid. Het leven krijgt weer een beetje zin. Het geloof kan de geest tegen depressie en wanhoop beschermen, niet in de laatste plaats vanwege het verhaal dat het vertelt – een verhaal van hoop en een nieuw begin. En de gemeenschap is van levensbelang voor de geestelijke gezondheid.

De eenzaamheid die zoveel mensen tegenwoordig met Kerstmis ervaren is een gevolg van de teloorgang van de gemeenschap – onder meer de gemeenschap waar je bij hoort wanneer je lid bent van een kerk of een geloof. We leven nu in een tijd waarin religieus extremisme even dodelijk is als tijdens de kruistochten en de inquisitie, en daarom is het moeilijk om het geloof te zien als hoop en godsdienst als goedheid jegens anderen. Maar in de christelijke traditie begint Kerstmis met geschenken – het geschenk van een nieuw leven in de vorm van het kindeken Jezus, de geschenken van de koningen aan het kindeken Jezus en Gods geschenk aan ons. Je hoeft hier helemaal niet in te geloven om er de kern en de bedoeling van in te zien. De kersttijd draait om geven.

Tijdens de feestdagen, wanneer het lastiger was om voedsel en warmte te vinden, kon je levens redden door met je naaste te delen – je naasten lief te hebben als jezelf.

En je werd er gelukkiger van.

Toen ik kind was, hadden we in ons volkstuintje een kersenboom. Ieder jaar spande mijn vader oude nylon netgordijnen om de rijpende vruchten tegen vogels te beschermen. Later werd het fruit gebotteld voor Kerstmis. Sommige flessen werden geruild voor andere etenswaren voor de kerst. Iedereen die we kenden, werkte met hetzelfde systeem – appels voor de appelmoes werden geruild voor stronken met spruiten. Kastanjes voor walnoten, peperkoekmannetjes voor mince pies.

Het verhaal gaat dat Elizabeth de Eerste in Engeland peperkoekmannetjes liet maken die op haar leken. Een Duitse vriendin van me vertelde dat de peperkoekhuisjes die zo populair zijn in Duitsland en de Verenigde Staten in de negentiende eeuw een heuse rage waren, naar het sprookje 'Hans en Grietje' van de gebroeders Grimm. Het huisje van de heks in dat verhaal is gemaakt van kruidkoek – en we weten dat kersttradities een vreemde mengeling zijn van allerlei invloeden. Dat is een deel van hun charme.

Toen ik het met Nigella Lawson over kruidkoek had, wees ze mij op haar kruidkoekvulling voor kalkoen (zoek maar op in *Nigella's kerst*). Dit is bijzonder kerstig voer met gekruide vruchten, inclusief mandarijnenschillen. En als je de kalkoen er niet mee vult, kun je het ook in plakken eten als een soort hartige cake.

Gedroogde vruchten en specerijen bereikten de koude noordelijke landen vanuit het Midden-Oosten via Spanje, met zijn Moorse connecties, en later vanuit India. Een van de vele nadelen van het Britse koloniale rijk was de Britse obsessie met buitenlands voedsel dat op de Britse wijze werd bereid. Denk aan Coronation Chicken – een kipsalade met fruit, kruiden en specerijen.

Het leek gewaagd en modern om gedroogde vruchten of gember door je gerechten te gooien, maar omdat het ook imperialistisch en kolonialistisch was, was het dus een perfecte combinatie voor een kwijnende wereldmacht, die zich beter op zijn gemak voelde met Mrs. Beeton dan met The Beatles.

Mevrouw Winterson maakte haar eigen variant met haar Boxing Day Turkey Curry, waarvan ik hier niet het recept kan geven. Het was een soort variant op de Coronation Chicken – kalkoen met kerriepoeder, gekristalliseerde gember en rozijnen.

Het is dus niet zo vreemd dat er in de jaren zeventig in Engeland een politieke partij was die Nooit Meer Fruit in Hoofdgerechten heette. Dit was in een tijd dat iedereen zich kandidaat kon stellen voor het parlement – er waren niet veel kosten aan verbonden en excentriciteit was nog steeds een Britse deugd. Te veel mensen moesten puree met pruimen eten, *duck à l'orange*, met mandarijn uit blik, of tonijn uit blik met plakjes abrikoos. Currysaus van een gelatinemengsel met limoen of mango was heel gewoon.

Met Kerstmis werd alles alleen maar erger omdat keukens in het hele land bezeten waren van het vage idee dat Bethlehem in het Oosten lag.

In mijn volgende recepten – een Pakistaans en een Joods recept – wordt fruit op een waardige en vaardige manier behandeld, maar voorlopig hou ik het hier bij bisschopswijn – er zitten vruchten en specerijen in, maar je hoeft het niet te eten.

Stel je voor dat je honderd jaar geleden in de kou door de sneeuw hebt gelopen, in een herberg aankomt en zin hebt in iets waar je het warm van krijgt en slaperig van wordt omdat er alcohol in zit. Daar sta je dan bij het haardvuur met je verkleumde handen om een beker warme wijn die aromatisch en lekker is.

Ik vind het raar om bisschopswijn te drinken in een feestjurk in een kamer waar het te warm is.

Bisschopswijn is uitstekend geschikt om in een veldfles te gieten en mee te nemen tijdens een winterse wandeling met een plak kersttaart en een homp kaas in je zak.

Noot van de auteur: bisschopswijn is eerder een soort toverspreuk dan een recept. Een dampende pan met een donkere vloeistof suggereert toch een toverdrank. Gebruik je neus. Blijf proeven terwijl je bezig bent. Experimenteer.

Ingrediënten

* Een paar flessen goede rode wijn
* Enkele glazen rubyport
* 1 verse sinaasappel die je helemaal hebt volgeprikt met kruidnagels. Ik weet dat dit een nogal tijdrovende bezigheid is, maar
kleine kinderen en oude mensen vinden het leuk om te doen. Goed
moment om naar een hoofdstuk uit dat luisterboek te luisteren...
* Klein stukje gemberwortel
* 1 kaneelstokje
* 1 vers laurierblad
* Ruwe rietsuiker

Over de wijn: neem mensen die zeggen dat je elke willekeuri-
ge rode wijn kunt gebruiken niet serieus. Hoofdpijn is hoofdpijn. Koop een goede eenvoudige rode wijn. Een fatsoenlijke,
alledaagse rode wijn van de wijnhandel is beter dan een fles die
je van het schap in de supermarkt plukt. Als je de wijn niet zo
zou drinken, drink je hem toch ook niet uit de pan?

Over de port: niks bijzonders, maar mijn lijfspreuk is: 'je hebt
maar één lever en maar één leven'. Sommige mensen doen er
een scheut cognac doorheen en als ik geen port heb, gebruik
ik gewoon alleen rode wijn.

Bereidingswijze

Doe de sinaasappel met de kruidnagels in een pan met dikke
bodem en giet de wijn en de port in de pan. Voeg de andere
ingrediënten toe, behalve de suiker, en verwarm alles langzaam op laag vuur. Zodra het mengsel warm is, voeg je naar
smaak suiker toe. Het is helemaal aan jou hoe zoet je het
brouwsel wilt maken.

Laat de vloeistof niet koken, want dan verdampt de alcohol.
Je kunt de wijn later weer zachtjes opwarmen.

Ik drink bisschopswijn graag om elf uur 's ochtends wanneer ik klaar ben met mijn winterse bezigheden buiten, of om vier of vijf uur 's middags, wanneer de dag erop zit en het nog geen tijd is voor een borrel of het avondeten. Drink hem bij peperkoek en kaas.

EEN SPOOKVERHAAL

*I*n het Berner Oberland in Zwitserland ligt de beroemde wintersportplaats Mürren. Mürren is niet met de auto bereikbaar. Je moet de trein nemen naar Lauterbrunnen en vervolgens de kabelbaan naar het dorp.

Drie bergtoppen kijken op je neer: de Eiger, de Mönch en de Jungfrau.

De Britten begonnen Mürren in 1912 te bezoeken. Dat was het jaar dat Scott op de Noordpool overleed. Er werd dat jaar veel over hem gesproken, over zijn heldendaden en zijn opofferingen, over de Britten die de last van hun Rijk moesten dragen, want de helft van de wereld was roze gekleurd als een blik zalm.

Toen werd het oorlog.

Toen er weer Britten naar Mürren begonnen te komen, was het 1924. Arnold Lunn arriveerde met zijn vader, sir Henry, een predikant die er niet in was geslaagd de Indiërs in Calcutta tot het methodisme te bekeren en daarom maar had besloten de glorie van de Alpen bij de Britten te prediken.

Het was de jonge Arnold die verliefd werd op skiën en inzag dat de afdaling een wedstrijdsport was – en niet alleen de snelste manier om bij de voet van de berg te komen.

Dat was het natuurlijk ook. In 1928 klommen Arnold en een paar vrienden naar de top van de Schilthorn, boven Mürren, en skieden ze de veertien ijzingwekkende, oogverblindende, halsbrekende, zenuwslopende, hartverheffende kilometers naar Lauterbrunnen. Ze hadden er zo van genoten dat ze het nog een keer deden. En nog een keer. Ze noemden de race The Inferno. En ieder jaar komen mensen uit de hele wereld naar Mürren om het ook eens te doen.

Mijn vrienden en ik zijn niet goed genoeg voor The Inferno. We komen daar aan het begin van ieder jaar vanuit plekken in de hele wereld bijeen en schuiven ons leven even opzij om elkaar te ontmoeten en herinneringen op te halen. We waren collega's of studiegenoten of buren, tot iemand verhuisde. Partners mogen niet mee met dit uitstapje. Dit is een vriendenclub. Het is aangenaam ouderwets in het Facebook-tijdperk. Er wordt niets geüpload. De rest van het jaar hebben we eigenlijk nauwelijks contact.

Maar als we nog in leven zijn, zijn we aan het begin van het jaar in Mürren. We overnachten in het Palace Hotel en organiseren ons eerste diner op 3 januari.

Het was na een goed diner met forel en aardappelen, toen we bij een brandend haardvuur koffie of cognac of allebei zaten te drinken, dat iemand uit ons gezelschap voorstelde om elkaar – waargebeurde – spookverhalen te vertellen, bovennatuurlijke gebeurtenissen die ons waren overkomen.

Dat was Mike – hij was exuberant en altijd op zoek naar iets nieuws. Sinds afgelopen jaar, zei hij, deed hij onderzoek naar het paranormale.

Toen we hem naar de reden vroegen, zei hij dat het hier in Mürren was begonnen. Waarom had hij ons dat dan niet eerder verteld?

'Ik durfde niet zo goed. En ik dacht dat jullie me zouden uitlachen.'

We lachten hem uit. Alleen kinderen en oude dames geloven toch in spoken?

Mike leunde naar voren en stak zijn hand op om een einde te maken aan de stroom grappen en opmerkingen over *Ghostbusters* en over de hoeveelheid alcohol die hij had gedronken waardoor hij dubbel zag.

'Ik was niet dronken,' zei Mike. 'Het was overdag. Jullie zaten allemaal in de skilift voor de slalom. Ik had besloten te gaan langlaufen – om mijn hoofd leeg te maken – jullie weten dat ik vorig jaar huwelijksproblemen had.'

Hij was opeens serieus. En daarom luisterden we.

Mike zei: 'Ik was alleen en behoorlijk snel aan het skiën op de pas hierboven. Ik zag nog iemand, nog hoger, griezelig hoog, alsof hij over een strakgespannen koord aan het skiën was. Ik zwaaide en riep, maar hij ging verder. Het leek wel alsof hij zweefde. Ik ging ook weer verder en bedacht dat ik later in de bar wel op zoek zou gaan naar die man die door de ijle lucht leek te skiën, en toen, ongeveer een uur later, zag ik hem weer. Hij leek iets te zoeken.

Ik skiede naar hem toe om hem te helpen. Ik zei: "Ben je iets kwijt, makker?"

Hij keek me aan – ik zal die blik nooit vergeten… Melkblauwe ogen als het blauw van de zon op de sneeuw in de ochtend. Hij vroeg me hoe laat het was. Ik vertelde het hem. Hij zei dat hij zijn ijsbijl kwijt was. Ik dacht dat hij geoloog was of zoiets. Hij had een rugzak die er nogal gespecialiseerd uitzag.

Hij was heel raar gekleed. Alsof hij in zijn gewone kleren met zijn ski's op pad was gegaan. Dikke schipperstrui – geen felgekleurd microfiber. Hij droeg hoge schoenen, maar van die oude leren gevallen met lange veters die ze vroeger hadden. En hij had houten ski's – echt, ik meen het…

Maar dat was niet het enige. Ik had het gevoel dat ik dwars door hem heen keek. Dat hij van glas of van ijs was. Ik kon niet echt door hem heen kijken, maar ik had zo dat gevoel. Ik had niet het idee dat hij op mijn gezelschap zat te wachten en daarom skiede ik een stukje door en toen draaide ik me om. En toen was er niemand.'

We hadden met z'n allen zwijgend zitten luisteren. Toen begonnen we allemaal tegelijk te praten. We hadden allemaal zo onze eigen verklaring: ze doen hier soms van die historische skidemonstraties – oude ski's, zware kleren, dat soort dingen. En Mike gaf toe dat hij moe was geweest en behoorlijk beneveld. Dat kan hier door de lucht komen.

Maar dat betekende nog niet dat hij een spook had gezien. Mike schudde zijn hoofd. 'Ik meen het, ik heb iets gezien. Ik doe al het hele jaar mijn best om het te begrijpen. Er is gewoon geen verklaring voor. Een man verschijnt uit het niets en verdwijnt in het niets.'

Terwijl wij zaten te discussiëren, verscheen een van de managers, Fabrice, die ons namens de zaak een drankje aanbood en vroeg of hij erbij mocht komen zitten.

'We vertellen spookverhalen, Fabrice,' zei Mike. 'Heb jij die hier ooit gehoord?'

Mike begon het hele verhaal opnieuw te vertellen. Ik stond op en verontschuldigde me. Ik wilde een luchtje gaan scheppen. Als je hier net bent, moet je even wennen. Ik was slaperig van het vuur en de cognac, maar ik wilde nog niet naar bed. Daarom ging ik naar buiten om een rondje om het hotel te lopen.

Ik hou ervan naar binnen te kijken in kamers waar mensen zijn. Ik hou van dat gevoel dat je naar een stomme film kijkt. Dat deed ik al toen ik nog een meisje was. Ik keek naar mijn ouders en mijn zussen wanneer ik wist dat ze mij niet konden zien.

Nu, in de knisperende lucht vol sterren, keek ik naar binnen en zag ik het gezelschap, mijn vrienden, die geanimeerd zaten te lachen. Ik glimlachte. En toen, terwijl ik stond te kijken, liep er een andere gast door de bibliotheek. Iemand die ik niet kende. Op den duur ken je alle gezichten wel. Deze jongeman was jong en sterk. Hij had een mooie lichaamshouding. Naar zijn kleding te oordelen was hij Brits. Hij droeg een wollen broek, een kaki overhemd en een korte stropdas, een op maat gemaakt tweedjasje. Die tijdloze *look* waar de Britten zo goed in zijn. Hij wierp zelfs geen blik op ons gezelschap, pakte een boek van een plank en verdween door een deur in de lambrisering. De bibliotheek is een imitatie van een herenclub van ongeveer een eeuw geleden. Leer, hout, warmte, boeken, schilderijen van dieren, oude ingelijste foto's, kranten.

Ik ging weer naar binnen – de anderen vermaakten zich uitstekend en ik was nog steeds niet in de stemming. Vermoeidheid, denk ik. In een opwelling besloot ik de man te volgen. Het hotel was kortgeleden hier en daar verbouwd. Ik bedacht dat ik eens kon gaan kijken wat er was veranderd.

Maar toen ik de deur door was, besefte ik dat ik in het oudste deel van het hotel was. Waarschijnlijk in het personeelsgedeelte.

Ik zag de benen van de man verdwijnen via een smalle trap. Waarom ging ik achter hem aan? Ik was niet van plan om hem te versieren of zoiets. Maar ik voel me hier altijd vrij – of eerder roekeloos. Het komt door de lucht. De lucht is hier stralend; alsof je licht inademt.

Ik volgde hem.

Boven aan de trap scheen een zachte gloed door een kamer met een deurtje onder het schuine dak. Het kamertje leek er op het laatste moment nog even snel bijgebouwd. Ik aarzelde.

Door de half openstaande deur zag ik de man, die met zijn rug naar me toe stond en door een boek bladerde. Ik klopte op de deur. Hij keek om. Ik duwde de deur verder open. 'Komt u het warme water brengen?' vroeg hij. Toen realiseerde hij zich dat hij zich had vergist. 'U hoeft zich niet te verontschuldigen,' zei ik. 'Ik ben degene die u komt lastigvallen. Ik hoor bij de groep die beneden zoveel lawaai maakt.' De jongeman keek verbaasd. Hij was breedgeschouderd en slank, als een roeier of een bergbeklimmer. Hij had zijn tweedjasje uitgetrokken. Zijn broek werd opgehouden met bretels. Hij stond daar in hemdsmouwen en met zijn das, aandoenlijk formeel en kwetsbaar op die formele en kwetsbare manier die kenmerkend is voor de Engelsen. 'Ik wilde net gaan zitten om dit boek over de Mount Everest te lezen,' zei hij. 'Ik ga daar later dit jaar naartoe. Komt u binnen. Alstublieft. Zou u willen binnenkomen?' Ik ging naar binnen. De kamer leek helemaal niet op de andere hotelkamers. Er brandde een haardvuur en er stond een divan tegen een muur. Op een nachtkastje stonden een kan water en een kom. Midden in de kamer lag een zware leren koffer die voor de helft was uitgepakt, met bovenop een gestreepte verfrommelde pyjama. Op de schouw stonden twee druipende kaarsen. Op het bureau bij het raam stond een olielamp. Bij het bureau een bijpassende stoel en bij het haardvuur een roze fluwelen leunstoel. Blijkbaar was er hier geen elektriciteit.

Hij volgde mijn blik. 'Ik ben niet rijk. De andere kamers zijn beter. Nou ja, dat weet u natuurlijk. Maar het is hier knus. Gaat u zitten... de leunstoel is erg comfortabel... alstublieft... mevrouw...?'

'Hallo, ik ben Molly,' zei ik terwijl ik mijn hand uitstak.

'Sandy,' zei hij. 'U bent vast Amerikaanse.'

'Hoezo?'

'U klinkt niet Amerikaans, maar u lijkt nogal zelfverzekerd.'

Ik lachte. 'Ik wist wel dat ik u stoorde... Ik ga al.'
'Nee! Ik meen het, alstublieft, wat ben ik toch ongemanierd. Gaat u bij het vuur zitten. Gaat uw gang. Alstublieft...'
Hij rommelde in een rugzak met allemaal vakjes die van canvas leek te zijn, en haalde een heupflacon tevoorschijn.
'Wilt u een glas cognac?'
Hij schonk twee ruime hoeveelheden in tandenpoetsbekers.
'Ik ben nog nooit in dit deel van het hotel geweest. Het is wel raar. Waarschijnlijk is het nooit opgeknapt. Hoort het bij dat historische?'
Sandy leek me weer niet te snappen. 'Historische wat?'
'Je weet wel, die demonstraties en zo – skiën als Arnold Lunn en dat soort dingen.'
'Kent u Arnold Lunn?'
'Ik heb van hem gehoord... Daar ontkom je hier niet aan.'
'Ja, hij is wel een uitzonderlijk figuur, vindt u niet? Kent u het verband met Sherlock Holmes?'
Dat kende ik niet en ik kon merken dat hij het me graag wilde vertellen. Hij was zo gretig en zo enthousiast. Hij leunde naar voren en stroopte zijn mouwen op. Zijn huid was spierwit.
'Zijn oude heer, sir Henry, de vader van Arnold, was dol op de avonturen van Sherlock Holmes. Hij las ze 's avonds voor bij het haardvuur – hij zei dat ze waren geschreven om te worden voorgelezen – en dat ben ik met hem eens. Hoe dan ook, Conan Doyle was samen met sir Henry in het Berner Oberland, tijdens een van zijn reizen door de Alpen, en Conan Doyle liep wat rond en voelde zich nogal bedroefd omdat hij Sherlock Holmes om het leven moest brengen zodat hij zich aan zijn paranormale onderzoek kon wijden. Dat is toch ongelooflijk? Paranormaal onderzoek! En hij wilde geen detectiveverhalen meer schrijven.'
Sandy knikte met zijn hoofd en lachte. Hij nam een grote

slok cognac en schonk nog een keer bij. Hij had grote, sterke handen, de witste handen die ik ooit bij een man heb gezien. 'Het is prettig om gezelschap te hebben,' zei hij. Ik glimlachte naar hem. Hij was erg knap.

'Ik wist niet dat Arthur Conan Doyle in het paranormale geloofde.'

'O ja, hij heeft zich tot het spiritualisme bekeerd. Hij geloofde er heilig in. Maar goed, sir Henry wilde helemaal niet dat er een einde kwam aan Sherlock Holmes en wilde alleen zijn vriend maar helpen en daarom zei hij: "Duw Holmes dan van de Reichenbachfall." Conan Doyle had nog nooit van de Reichenbachfall gehoord en had geen idee waar dat was. Sir Henry, die goed de weg wist in de Alpen, nam Conan Doyle mee naar de waterval en toen wist Conan Doyle dat hij de oplossing had gevonden. En zo kwamen Holmes en Moriarty dus om het leven. Ik heb zo genoten van dat verhaal "Het laatste probleem".'

'Als je dan toch dood moet, kun je maar beter sensationeel aan je einde komen,' zei ik. 'En dan kun je zelfs nog je comeback in scène zetten.'

Zijn gezichtsuitdrukking veranderde. Angst en pijn. 'Hou je vast aan het touw.'

'Pardon?'

Sandy wreef met zijn hand over zijn hoofd. 'Sorry, ik zeg maar wat. Ik bedoel, de Engelsen leven liever goed dan lang.'

'Echt?'

'Er waren zoveel knapen die gewoon te jong waren om mee te vechten in de oorlog en het zichzelf nooit hebben vergeven dat ze het ultieme offer niet hebben gebracht. Die knapen durfden alles, waren bereid om overal naartoe te gaan en alles te doen.'

'Waarom zou iemand zijn leven onnodig op het spel willen zetten?'

'Voor een roemrijke daad? Waarom zou je je leven niet op het spel willen zetten?'

'Zou jij het doen?'

'Zeker. Voor vrouwen is dat anders.'

'Omdat wij kinderen krijgen?'

'Dat denk ik. Hoewel jullie nu ook mogen stemmen...'

'Het uitoefenen van ons democratische recht is niet echt een belemmering om kinderen te krijgen.'

'Nee, waarschijnlijk niet.'

Hij keek naar het vuur. 'Zou u morgen met me willen gaan skiën? Ik ken een paar interessante routes. Ik heb het idee dat u dat wel aankunt.'

'Dat beschouw ik maar als een compliment. Ja, waarom niet? Dat zou me een genoegen zijn. En, Sandy, als je het over de oorlog hebt, dan bedoel je...'

'De Grote Oorlog.'

Ik nam maar aan dat hij het nieuws over de herdenking volgde. Ik zei: 'Er is niets waarvoor ik mijn leven op het spel zou zetten. De dood is definitief.'

Hij knikte langzaam en hield zijn ogen als blauwe laserstralen op me gericht. 'Gelooft u niet in een leven na de dood?'

'Nee, helemaal niet. Jij wel?'

Hij zweeg. Zijn oprechtheid beviel me wel. Hij had niet één keer naar zijn smartphone gekeken. En hij las boeken. Oude boeken. Ik zag het boek dat hij had geleend. Hij had het opengeklapt op het tafeltje gelegd.

'Het is geen kwestie van geloof,' zei hij een paar minuten later. 'Het is wat het is.'

Ik wilde niet verwikkeld raken in nog een gesprek over wat er gebeurt nadat we zijn gestorven en daarom begon ik over een ander onderwerp.

'Zei je dat je de Mount Everest ging beklimmen?'

'Ja. Het is een officiële Britse expeditie. Ik ben verantwoordelijk voor de zuurstofcilinders, niks opwindends. Ik verwacht niet dat ik de top zal halen, maar het is een eer dat ze mij hebben gekozen. De andere leden hebben veel meer ervaring. Ik ben altijd al gefascineerd geweest door de bergen en de wildernis. Koude bergen. Koude wildernis. Als kind verslond ik alle boeken en artikelen over kapitein Scott en de Zuidpool die ik maar te pakken kon krijgen – en over die valsspeler Amundsen.'

'Amundsen had honden in plaats van pony's. Dat was geen vals spelen.'

'Hij had nooit een wedstrijdje met Scott moeten beginnen. Wij hadden een wetenschappelijke expeditie. Hij deed het alleen voor de eer.'

'Welkom in de moderne wereld.'

'Dat is goedkoop. Ik wil niet goedkoop zijn.'

'Waarom wil je de Mount Everest beklimmen?'

'Mallory heeft dat beter onder woorden gebracht dan ik ooit zou kunnen. "Omdat hij er is."'

Hij was wit en monumentaal als marmer. Misschien kwam het doordat het vuur uitging of doordat mijn gezicht rood was aangelopen door de cognac of doordat de maan door het kale, heldere raam scheen. Hij had van maansteen kunnen zijn, deze jongen.

'Hoe oud ben je, Sandy?'

'Tweeëntwintig. Ik kan u die vraag niet stellen omdat het niet gepast is een dame naar haar leeftijd te vragen.'

'Ik ben veertig.'

Sandy schudde zijn hoofd. 'U bent veel te knap om veertig te zijn. Ik hoop dat u het niet vervelend vindt dat ik u knap noem. In plaats van mooi.'

'Dat beschouw ik ook als een compliment.'

Hij keek me opeens met een volle, stralende glimlach aan. Als de zon.

'In april vertrek ik naar de Himalaya. Via Darjeeling. Dan gaan we naar een klooster aan de voet van de berg. Rongbuk. Daar blijven we. Volgens de monniken zingt de berg – de Mount Everest. De muziek zou zo hoog zijn dat wij die niet kunnen horen, maar sommige boeddhistische meesters wel.'

'Dat is voor mij iets te mystiek.'

'O ja? Voel jij je dan niet licht in je hoofd als je hier in Mürren bent?'

'Nou ja, dat wel, maar dat komt door de ijle lucht. Het is fysiologisch. Het is...'

Sandy onderbrak me: 'Mensen voelen zich licht in hun hoofd als ze op een berg zijn omdat de tastbare wereld dematerialiseert. We zijn niet de dimensionale objecten die we denken te zijn.'

'Ben je boeddhistisch?'

Sandy schudde ongeduldig zijn hoofd. Ik zag dat hij teleurgesteld in me was. Hij probeerde het nog een keer en keek me aan. Die ogen...

'Als ik aan het klimmen ben, zie ik in dat de zwaartekracht ons moet beschermen tegen de lichtheid van ons wezen, zoals de tijd ons voor de eeuwigheid behoedt.'

Terwijl hij sprak, kreeg ik het opeens koud. Er drong iets kouds in me door alsof ik in een kamer zat waar de temperatuur plotseling daalde. Toen zag ik dat er ijs zat aan de binnenkant van het raam.

Sandy keek nu langs me heen. Alsof hij was vergeten dat ik er was. En er viel me iets vreemds op aan zijn ogen. Hij knippert niet met zijn ogen, bedacht ik.

Toen hij weer begon te praten, klonk er een vreemde wanhoop in zijn stem. 'Ik heb het overweldigende vuur van het bestaan nooit proberen te ontlopen. Het is niet de dood waarvoor we bang moeten zijn. Het is de eeuwigheid. Begrijpt u dat?'

'Ik geloof het niet, Sandy.'

'De dood... Dat is toch een uitweg? We zijn er wel heel erg bang voor, maar het is toch een opluchting te weten dat er een uitweg is?'

'Ik heb nooit nagedacht over de dood.'

Hij kwam overeind en liep naar het raam. 'En als ik u nu zeg dat de dood geen uitweg is?'

'Ik ben niet gelovig.'

'U komt er nog wel achter. Als het zover is, komt u er zelf nog wel achter.'

Ik kwam overeind. Er was geen klok in de kamer. Ik keek op mijn horloge. Het glas was gebroken.

'Is hij gebroken?' vroeg Sandy. Zijn stem klonk ver weg, alsof hij het tegen iemand anders had. 'U moet hem in uw zak steken.'

'Ik moet me ergens hebben gestoten.'

'Die ellendige schalie. Die ellendige rotberg.'

'Welke berg? De Eiger?'

'Niet de Eiger – de Mount Everest. Ik heb die naam altijd al belachelijk gevonden – die meedogenloze, onbarmhartige berg, geen rust, geen slaap, windsnelheden van tweehonderd kilometer per uur als je geluk hebt, en je hebt nooit geluk – en de Britten noemden hem Ever Rest, terwijl je er nooit rust hebt. Denkt u dat hij aan de doden dacht?'

'Wie, Sandy, wie dacht aan de doden?'

'Sir George Everest. U denkt toch niet dat een berg in de Himalaya door de Tibetanen of de Nepalezen Everest is genoemd? Royal Geographical Society, 1865, genoemd naar het hoofd van de cartografische dienst in India, sir George Everest. Het pleit voor hem dat hij tegen die naam was – hij zei dat je het niet in het Hindi kon schrijven of uitspreken. Voor hen blijft de Mount Everest de Heilige Moeder.'

'Rare moeder als ze zoveel van haar eigen kinderen doodt,' zei ik.

'Er zijn heilige plaatsen,' zei Sandy. 'Plaatsen die we niet zouden moeten bezoeken. Dat begreep ik pas toen we in het klooster in Rongbuk waren.' 'Ben je er al geweest? Ik dacht dat je nog moest gaan.' 'Ja. Ja. Hoe laat is het? De zon is ondergegaan.' Hij leek in de war. Ik besloot op de Britse manier verder te gaan, alsof er niets was gebeurd.

'De Chinezen hebben het oorspronkelijke klooster van Rongbuk toch in 1974 tijdens de Culturele Revolutie vernietigd?'

Sandy luisterde niet. Hij zat op zijn knieën en zocht in zijn rugzak, met zijn grote lichaam ineengedoken als dat van een kind. 'Ik ben mijn ijsbijl kwijt.'

Ik wist dat ik meteen moest vertrekken. Ik kwam overeind en trok mijn jas aan. Mijn voeten waren gevoelloos. Ik had het kouder dan ik dacht. De kamer was langzaam aan het verstenen. Werd helemaal wit. De warme tinten van het gepolitoerde hout waren verbleekt, als een bot in de zon, als een lijk dat op een bergwand is achtergelaten. Het vuur was uitgegaan en de as vormde zelf een grijze, nutteloze berg. De gordijnen leken op ijskappen die het bevroren raam omlijstten.

Ik rilde nu. Ik had het gevoel dat mijn nek nat was. Er kwamen donkere vlekken op de roze fluwelen stoel. Toen Sandy op zijn knieën ging zitten, zag ik dat er sneeuw op zijn kaki overhemd zat. Angstaanjagend. Mooi. Kan dat hetzelfde zijn? Het sneeuwde nu in de kamer.

'Sandy! Pak je jas! Kom mee!'

Zijn ogen waren zo lichtblauw.

Het begon harder te waaien. Het waaide nu ook in de kamer. De wind tilde de deksel van de koffer op en liet hem weer vallen. Alles in de kamer klepperde. De wind blies de kaarsen op de schouw uit. De olielamp brandde nog, maar de heldere vlam flakkerde en de binnenkant van de glazen kap besloeg van de kooldioxide. De lucht in de kamer is te ijl. Het waait, maar er is geen lucht. Sandy stond roerloos bij het raam.

'Sandy! Kom mee!'

'Mag ik u zoenen, Molly?'

Belachelijk. We gaan sterven en hij wil me zoenen. Ik weet ook niet waarom, maar ik liep naar hem toe. Ik legde mijn hand op zijn borstkas en ging op mijn tenen staan toen hij vooroverboog. Ik zal dat gevoel van zijn lippen nooit vergeten, de brandende kou van zijn lippen. Toen ik mijn mond een heel klein beetje opende, ademde hij in door zijn mond, alsof ik een zuurstofcilinder was – dat was het beeld dat ik voor me zag. Hij ademde in en ik voelde hoe mijn longen zich samentrokken door de kracht waarmee de lucht uit me werd gezogen. Zijn hand lag op mijn heup, rustte daar, koud, zo koud. En nu brandden ook mijn lippen.

Ik deinsde achteruit en hapte naar lucht. Mijn longen zwollen op door de inspanning. Hij was nu minder bleek en er zat weer wat kleur op zijn wangen. Hij zei: 'Hou je vast aan het touw.'

Ik stond bij de deur. Ik moest beide handen gebruiken om hem open te krijgen vanwege de hoop sneeuw die ertegenaan lag. Rennend en vallend ging ik de steile trap af en ik liep te stommelen in het donker. Op de een of andere manier vond ik de weg naar het hoofdgedeelte van het hotel terug. Ik moest hulp zoeken.

De bar was gesloten. De bibliotheek waar we na het eten hadden gezeten was verlaten. Het vuur was allang uit. Ik rende verder naar de lobby. De nachtportier zat achter zijn bureau. Hij leek verbaasd me te zien. Ik zei: 'Waar is iedereen?'

Hij trok zijn wenkbrauwen op en spreidde zijn handen. 'Het is tien over halfvijf 's ochtends, mevrouw. Het hele hotel ligt in bed.'

Ik was nog geen uur weggeweest. Maar dit was niet het moment om te discussiëren. 'De jongeman die in het oude deel van het hotel overnacht... Hij vriest dood.'

'Er is helemaal niemand in het oude deel van het hotel, mevrouw.'

'Jawel! Door de deur aan het einde van de bibliotheek... Ik zal het u laten zien!'

De nachtportier pakte zijn sleutels en zijn zaklamp en liep met me mee. Door de bibliotheek liepen we naar de deur in de lambrisering. Ik duwde op de klink. De deur ging niet open. Ik trok de klink omhoog en duwde hem omlaag, rammelde eraan. 'Doe open! Doe open!' De nachtportier legde zijn hand zachtjes op mijn arm.

'Dat is geen deur, mevrouw. Die is er alleen voor de sier.'

'Maar aan de andere kant zit een trap. Een kamer... Ik meen het... Ik ben er zelf geweest!'

De nachtportier schudde glimlachend zijn hoofd. 'We kunnen morgen misschien gaan kijken. Mag ik u naar uw kamer begeleiden?'

Hij denkt dat ik dronken ben. Hij denkt dat ik gek ben.

Ik ging naar mijn kamer. Vijf uur 's ochtends. Ik was klaarwakker toen ik ging liggen en ik schrok wakker. De zon scheen in mijn gezicht en kierde door de lamellen. Ik hoorde het rumoer en de bedrijvigheid buiten. En ik stond doodsangsten uit. Ik keek in de spiegel. Mijn lippen waren bevroren.

Ik douchte, kleedde me aan, smeerde vaseline op mijn lippen en ging naar beneden. Een paar mensen uit ons gezelschap stonden met hun ski's in de lobby. 'Hé! Wat is er gisteren met jou gebeurd? Je was opeens verdwenen!'

Mike was er ook. 'Heb je een spook gezien?'

Iedereen lachte.

Ik vroeg Mike of hij wilde meekomen. We gingen eerst naar de deur in de lambrisering.

'Die is nep,' zei Mike. 'Voor het authentieke gevoel.'

Ik nam hem mee naar buiten, naar de achterkant van het hotel, waar het raam had moeten zijn. Maar er was geen raam. Ik probeerde het uit te leggen. Ik stond te ratelen als een krankzinnige. De zoen. Het touw. Mount Everest. De jongen die de Mount Everest zou beklimmen. Het gezicht van Mike betrok. 'Kom mee. We gaan met Fabrice praten,' zei hij.

Fabrice zat in zijn kantoor, omringd door papieren en koffiekopjes. Hij leek niet verbaasd over de dingen die ik hem vertelde. Toen ik was uitgesproken, knikte hij en keek eerst even naar Mike en toen naar mij.

'Het is niet de eerste keer dat deze jongeman op de berg is gezien, maar nu wel voor het eerst in het hotel. De kamer die je beschrijft bestond vroeger wel, bijna honderd jaar geleden. Kijk, ik zal je de foto's laten zien.'

Daar was het Palace Hotel uit de beginjaren van de Alpenreizen. Een groep mannen met houten ski's stond glimlachend voor het hotel. Fabrice wees ze aan met zijn pen.

'Sir Henry Lunn. Zijn zoon, Arnold Lunn...'

Ik onderbrak hem: 'Dat is hem! Dat is Sandy!'

'Voilà,' zei Fabrice. 'Dat is de heer Andrew Irvine. Maar misschien wist u al hoe hij heette?'

Mikes stem klonk laag en onvast. 'De man die de Mount Everest heeft beklommen met George Mallory?'

'Dat is hem. Irvine en Mallory zijn nooit teruggekomen nadat ze op 8 juni 1924 hebben geprobeerd de top te bereiken. Het lichaam van Irvine is nooit gevonden, in tegenstelling tot dat van Mallory.'

'En hij heeft hier overnacht,' zei ik.

'Zoals je ziet. Hij heeft in een derdeklaskamer in het hotel overnacht. Hij was een opmerkelijke jongeman. In 1902 geboren. Een getalenteerd mechanicus en ingenieur. Het verhaal

gaat dat Mallory hem als partner voor die laatste fatale be-
klimming heeft gekozen omdat Irvine de enige was die de
zuurstofcilinders kon repareren.'
'Hoe is hij gestorven?'
'Dat weet niemand. Mallory's lichaam is pas in 1999 gevon-
den. Het touw zat nog om zijn middel.'
Opeens zie ik Sandy terwijl alles wit wordt. 'Hou je vast aan
het touw.'
'Sorry?'
'Niets. O, niets.'
We zwegen alle drie. Wat valt er te zeggen?

Uiteindelijk verbrak Fabrice de stilte. 'De ijsbijl van Irvine is
in 1933 gevonden. Sinds die tijd is er geen enkele aanwijzing
aangetroffen. Maar als ze op een dag zijn lichaam vinden,
hangt er een camera om zijn nek, en mensen van Kodak zeggen dat ze de film waarschijnlijk wel kunnen ontwikkelen.
Dan komen we misschien te weten of Mallory en Irvine de top
van de Mount Everest hebben bereikt.'
Ik haalde mijn kapotte horloge uit mijn zak en legde hem op
tafel. 'Dat is vreemd,' zei Fabrice. 'Ze hebben Mallory's horloge ook in zijn zak gevonden. Dat was ook kapot. Misschien
op het moment dat de tijd voor hem is gestopt.'
'Moet je dit eens zien,' zei Mike. Hij gaf me zijn iPad.

*En tenslotte is vreugde het doel van het leven. We leven niet
om te eten en geld te verdienen. We eten en verdienen geld
om van het leven te kunnen genieten. Dat is het doel en het
nut van het leven.*
George Mallory. New York City. 1923

Net als iedereen dompel ik mijn geest onder in de materie,
bind ik gewichten om mijn enkels als een diepzeeduiker. Geef

ik geen gehoor aan de oproep omdat ik in de doorzichtige lucht zou leven als ik dat wel zou doen, van de berg zou stappen, zou vertrekken om niet terug te keren.

Het overweldigende vuur van het bestaan.

En overal om hen heen valt de sneeuw. En boven hun hoofd de hemel. En de oude sterren in hun ogen stralen koud en somber in andere hemels.

De kalkoenbiryani
van Kamila Shamsie

AFGELOPEN JAAR WILDE mijn vrouw, Susie Orbach, voor de feestdagen wel weer haar gebruikelijke feestmaal bereiden. Ik vroeg: 'Zal ik dit jaar koken?' Ze keek me verschrikt aan. Susie kan uitstekend koken. Toen we elkaar net hadden leren kennen, kookte ik met veel plezier, maar ik kreeg al snel in de gaten dat ze mijn gerechten helemaal niet wilde eten – gebraden vlees, stoofpotten, hartige taarten, ovenschotels, worsten en stamppot en dat soort dingen. Ik kocht een Jiddisch woordenboek om op te zoeken wat *goyishe chazerai* betekende. Onze vriendin, de Pakistaanse schrijfster Kamila Shamsie, was dat jaar in december bij ons op bezoek en ik vroeg haar hoe Kerstmis werd gevierd in Karachi, haar woonplaats met vijfentwintig miljoen inwoners. Ze vertelde me een fantastisch verhaal dat ze op het Amerikaanse nieuws had gehoord. De inwoners van Karachi zouden massaal de Taliban steunen, want dat bleek uit de valse Taliban-baarden die bij stoplichten werden verkocht.

Kamila had een vriendin gebeld om dit interessante detail te controleren en ontdekte dat het gewoon om de Kerstmannenbaarden ging die erg populair zijn in die tijd van het jaar.

Kamila Shamsie is niet alleen een fantastische schrijfster, maar ook een uitstekende diplomaat, en ze slaagde erin het duel tussen Susie en mij in goede banen te leiden door aan te bieden haar eigen Pakistaanse versie van een kerstmaal voor ons te bereiden. Om me niet helemaal buitengesloten te voelen, maakte ik de fazantschotel uit het Aga-kookboek van

Mary Berry. Tot mijn genoegen kan ik zeggen dat veel gasten ervan hebben genoten, maar ik moet toegeven dat Kamila's kalkoen – noem het geen curry – het lekkerst was.

Dit recept kwam ter sprake naar aanleiding van onze discussie over mijn recept voor bisschopswijn (zie pagina 214). Zoals Kamila zei: 'De Britten hebben de halve wereld gekoloniseerd en aten vervolgens nog steeds gekookte kool.'

Mensen die van gedroogde vruchten en verse specerijen houden en nog wat kalkoen overhebben, moeten dit recept maar eens proberen. Met dank aan de kokkin, die zo vriendelijk was toestemming te geven het recept hier af te drukken.

Kamila zegt: het is niet erg waarschijnlijk dat je in Pakistan een kalkoen ziet en daarom kan ik ook niet verklaren waarom er twee kalkoenen rondliepen op de boerderij in de Punjab van een bevriende familie, waar wij met Kerstmis 1980, toen ik zeven was, op bezoek gingen.

De eerste dag dat mijn zus en ik er waren belandde de eerste kalkoen al op ons bord, nadat hij 'English style' was geroosterd. Ik heb hem zonder gewetensbezwaren opgegeten omdat ik hem nooit in levenden lijve had gezien. Maar de volgende dag hoorden wij vijven – mijn zus en ik en de drie kinderen van het gezin bij wie we te gast waren – een merkwaardig geluid, dat ons naar een nog merkwaardiger schouwspel leidde – een opgeblazen beest, een en al veren en kwabben en snavel. We noemden hem Aha! (Er waren ook twee eenden, die we Déjà-vu en Voulez-Vous hadden genoemd. We spraken geen Frans, maar in Karachi was recent café Déjà-vu geopend en we kenden allemaal het nummer 'Voulez-Vous' van ABBA. We hadden de kalkoen Aha! genoemd omdat het refrein van dat nummer 'Voulez-vous... Aha!' is.)

We ontdekten al snel dat één bepaalde eigenschap van Aha! ons een eindeloos genoegen verschafte: als je een hoge stem opzette en op een bepaalde toonhoogte tegen hem sprak of zong, antwoordde hij in het 'kalkoens'. Zijn antwoord was precies even lang als de vraag die je hem had gesteld. Als we bijvoorbeeld 'Voulez-vous Aha!' zongen, antwoordde hij: 'Gorgel gobbel jip.' 'The hussy!... Ought to be ashamed of herself,' zeiden we (een van onze lievelingsregels uit de musical *Oklahoma*). 'Gorgel jip gobbel jip-bark gobbel gurgel,' zei de kalkoen terug.

Dit verhaal loopt natuurlijk niet goed af. Op een dag was Aha! verdwenen. Er werd ons verteld dat hij was weggelopen met een wilde kalkoen, en om dat verhaal enige geloofwaardigheid te geven, gingen kinderen en volwassen naar hem op zoek. 'Kalkoenenjacht!' riepen we allemaal toen we te voet en in jeeps vertrokken, langs katoen- en suikerrietvelden en sinaasappelplantages en over de zandduinen, die mysterieus genoeg aan de grazige boerderij grensden.

Aha! is nooit gevonden en ik hoorde de verschrikkelijke, onontkoombare waarheid pas van twee van de kinderen van de boerderij toen ik allang volwassen was: Aha! was niet romantisch de woestijn in gevlucht. Hij was op een hakblok geëindigd.

Maar wat was er daarna gebeurd?

'We hebben de kalkoen die avond gegeten,' zeiden ze met klem en dat blijven ze volhouden.

'Nee,' zei ik, 'we hebben alleen die eerste avond kalkoen gegeten. Toen kenden we Aha! nog niet. Als hij die avond op ons bord had gelegen, zou ik niet al die jaren bij dat verhaal van de gevluchte kalkoen zijn gebleven.'

Achteraf bezien kan ik alleen maar aannemen dat de kalkoen vermomd was toen we hem opaten. Nadat we de hele dag naar hem hadden gezocht, lag er die avond vast iets op ons bord dat als kip werd gepresenteerd. Ik heb vast gedacht dat de bittere smaak de smaak van mijn verdriet was.

Ik hou niet van plots met gaten en daarom voel ik me ge-
noodzaakt om me voor te stellen hoe Aha! was vermomd.
Ik wil graag geloven dat hij als kalkoenbiryani was vermomd.
Dat lijkt een passend einde voor een dappere vogel, een vogel die zoveel te bieden had, tot de laatste hap aan toe.
Hier is mijn recept voor kalkoenbiryani van kliekjes kalkoen (Gobbeldegobbel gobbel gobbel).

Ingrediënten

* Restjes kalkoen, in blokjes gesneden (als je vanaf het begin wil
beginnen, bak je een paar kalkoenenpoten en snijd je het vlees in
blokjes. Je kan het vel naar wens weggooien of opeten – het vel
van gevogelte komt nooit in Pakistaanse gerechten terecht). Ik
zeg hier zo'n 500 gram vlees, maar het hangt er helemaal van af
hoeveel kalkoenenvlees je over hebt. Je kunt de andere hoeveelheden in dit recept desgewenst aanpassen.
* 500 gram rijst. Alleen basmatirijst is geschikt. Neem dat maar van
mij aan. (Ik gebruik Tilda.)
* 2 grote uien, gesnipperd
* 1 eetlepel geraspte gemberwortel
* 3 knoflooktenen, geperst
* 1 rode chilipeper, fijngesneden, of 1 theelepel chilipoeder (of meer,
afhankelijk van je smaak)
* 1 theelepel koenjit
* 1 theelepel zout (kan net als alle andere ingrediënten geheel naar
eigen smaak worden aangepast)
* 8 groene kardemompeulen
* 6 kruidnagels
* 1 theelepel zwarte peperkorrels
* 1 kaneelstokje
* 1 eetlepel korianderzaad
* 3 middelgrote tomaten, in blokjes gesneden

*1 dl melk (als je in een uitbundige bui bent, doe je een beetje
  saffraan door de melk wanneer je aan de biryani begint)
*Handje grote rozijnen (naar wens)
*Handje cashewnoten (naar wens)

Bereidingswijze

Doe dit ruim van tevoren, als dat het leven makkelijker maakt:
Spoel de rijst tot het water helder is. Doe de rijst in een pan
en voeg een halve liter water toe. Kook deze op redelijk hoog
vuur tot het water is opgenomen (8 tot 10 minuten). De rijst
moet gaar zijn. Als je denkt dat de rijst te snel kookt en het water niet volledig is opgenomen, giet je het overtollige water
gewoon af. Ik heb de verhouding tussen rijst en water slechts
twee op de drie keer goed – waarschijnlijk omdat ik de hoeveelheid water niet precies afpas voordat ik het in de pan doe.
Het gaat er hier vooral om dat de rijst gaar is – als je op een
rijstkorrel duwt, moet hij meegeven, maar nog steeds een harde kern hebben. Maak de rijst los met een vork om te voorkomen dat hij tijdens het afkoelen plakkerig wordt.

Bak de ui in een aparte pan op hoog vuur goudbruin. Dit is
een belangrijke stap. Het vuur moet echt hoog staan en de ui
moet echt goudbruin zijn. Je hebt natuurlijk een royale hoeveelheid olie nodig zodat de ui niet aan de bodem blijft plakken. Schep een eetlepel ui uit de pan en gebruik deze later als
garnering.

Doe alle specerijen bij de ui die nog in de pan zit. Roer ongeveer 2 minuten totdat ze een heerlijke geur beginnen te verspreiden. (Niet iedereen houdt van de geur van gebakken uien
en specerijen – zet eventueel een pan kokend water met een
kaneelstokje op het vuur om de geur op te nemen.) Doe de to-
matenblokjes bij het specerijenmengsel en zet het vuur laag.
Laat de pan op het vuur staan tot een dikke pasta ontstaat
(voeg een klein beetje water toe wanneer het mengsel aan de

bodem van de pan begint te kleven). Dit duurt zo'n 15 tot 20 minuten (vertrouw eerder op je ogen dan op de tijden die ik hier opgeef).

Voeg de kalkoen toe en laat deze ongeveer 10 minuten op laag vuur staan zodat het vlees de smaken in zich op kan nemen.

Zet het vuur ten slotte zo nodig enkele minuten hoger zodat een teveel aan vocht kan verdampen.

Doe het volgende ongeveer 40 minuten voordat je klaar bent om op te dienen:

Vet een ovenschaal in. Schep ongeveer een derde van de biryani met een lepel in de ovenschaal. Sprenkel er melk overheen. Leg ongeveer de helft van het gekruide kalkoenmengsel op de rijst. Voeg nog een laag rijst toe. Sprenkel er melk overheen. Voeg de rest van de gekruide kalkoen toe. Bedek deze met de rest van de rijst. Sprenkel er melk overheen en garneer alles met de gebakken ui die je apart had gehouden en een ruime hoeveelheid fijngesneden koriander. Dek het gerecht af met aluminiumfolie of een deksel. Zet het ongeveer een halfuur, misschien iets langer, in een voorverwarmde oven op 180 °C.

De laatste optionele stap, afhankelijk van de ernst van de littekens die je hebt overgehouden aan fruit en noten in kerstgerechten:

Bak de rozijnen in een beetje olie tot ze beginnen op te zwellen. Houd ze apart. Bak de cashewnoten ongeveer 1 minuut.

Strooi de rozijnen en de cashewnoten over de kalkoenbiryani en dien het gerecht op.

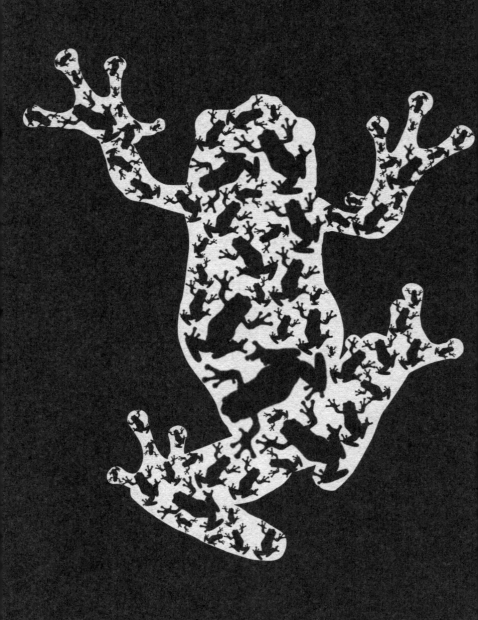

DE ZILVEREN KIKVORS

*I*n mevrouw Reckitts Instelling voor Wezen werden voorbereidingen getroffen voor het kerstfeest. In de ruime entreehal stond een kolossale sparrenboom die weldra zou worden opgetuigd met indrukwekkende kerstversieringen. Aan de voordeur hing een kerstkrans zo groot als een reddingsboei. Het was misschien ongelukkig dat de voordeur zwart was omdat de combinatie van de sombere kleur en de winterse krans aan een begrafenisonderneming deed denken. Maar de koperen klopper was blinkend gepoetst en de kordate trekbel glom voor de bezoekers. En bezoekers zouden er zijn: de notabelen van Soot Town kwamen naar het kerstdiner. Soot Town had voor het diner betaald, ter ere van de feestdag en uit barmhartigheid voor de arme, ouderloze kinderen die bescherming hadden gezocht onder de uitgestrekte vleugels van mevrouw Reckitt.

Als ze een vogel was geweest, had mevrouw Reckitt waarschijnlijk niet ver kunnen vliegen – of misschien helemaal niet kunnen vliegen – want in de meeste opzichten leek mevrouw Reckitt op een reusachtige kalkoen. Geen wilde kalkoen. Nee. Een gefokte bronzen vogel met een imposante borst, een hals met kwabben, een kleine kop en kleine poten – maar niemand had ooit de benen van mevrouw Reckitt gezien, want in die tijd was de mode nogal verhullend. Het volstaat te zeggen dat

haar benen, als we ervan uitgaan dat ze die had, op kalkoenenpoten leken en niet waren gemaakt om zich mee te verplaatsen.

De dame leek in de meeste opzichten weliswaar op de beroemde vogel van het kerstfeest, maar in één bepaald opzicht
leek ze op een ander dier.

Mevrouw Reckitt had de kop van een krokodil. Ze had een
lange kaak en een brede mond, waarin grote tanden zaten verborgen. Verder had ze hangende oogleden en kleine oogjes die
uit haar gezicht puilden met een uitdrukking van waakzame
moordzuchtigheid. De huid in haar nek en haar decolleté had
eerder iets van een handtas dan van een mensenhuid. Maar ze
was niet groen. Nee, mevrouw Reckitt was niet groen. Ze was
roze.

En iedereen in Soot Town was het erover eens dat ze een
verrukkelijke, barmhartige, blakende weduwe was.

Het was niet bekend waaraan de heer Reckitt was overleden.
Het volstaat te weten dat hij dood is en dat het stel geen kinderen had.

Mevrouw Reckitt zei het zelf regelmatig, met krokodillen-
tranen in haar krokodillenogen. Daardoor was haar weeshuis
die gelukkige samenloop van toeval en liefdadigheid die haar
het gezin had geschonken dat het lot haar had ontzegd.

Overal werden wezen verzameld en vervolgens gastvrij ondergebracht in de grote villa, die bij intekening door Soot
Town was betaald.

Die Kerstmis zat het tehuis vol kinderen. Wezen waren de
voornaamste bestaansreden, maar sommige ouders die elders
verplichtingen hadden, brachten hun nageslacht soms tijdelijk
onder bij mevrouw Reckitt. De tarieven waren aanzienlijk,
maar je kreeg, zoals ze zelf zei, wel waar voor je geld.

Bezoekers van de Villa of Glory, zoals mevrouw Reckitt
haar instelling graag noemde, waren gewoonlijk onder de in-

druk van de gezellige, lichte salon waar de meisjes voor een warm vuur zaten te naaien. In de tuin stond een werkplaats waar de jongens gebruiks-voorwerpen vervaardigden en repareerden. Verder waren er een klaslokaal, een tuintje, een lelievijver en twee slaapzalen. Op ieder metalen ledikantje lag een warme deken en op ieder nachtkastje stond een beer met kraalogen. En Kerstmis... ach, Kerstmis. Het is de tijd voor vrolijkheid.

Die ochtend waren de kinderen de kerstboom aan het versie-ren. Hij stond in de hal, een geschenk van de houtzagerij aan de rand van de stad. Sterke mannen hadden hem omgehakt en weer rechtop gezet. De laagste takken waren zo diep als een woud. De veerachtige kruin was ver weg als een groene vogel. De kinderen stonden in hun bruine ketelpak naar de boom te kijken. Mevrouw Reckitt keek naar de kinderen. 'Elk kind dat een kerstbal kapotmaakt wordt zonder eten opgesloten in het kolenhok,' zei mevrouw Reckitt. 'En waar-om is de trapleer zo kort dat je niet bij de kruin van de boom kan komen? Stuur ik jullie naar de timmerlessen om te korte ladders te maken?'

Reginald stak zijn hand op. 'Alstublieft, mevrouw Reckitt, een trapleer die groter is, is niet veilig. Een trapleer is een tweepoot, mevrouw Reckitt, en...'

Het roze gezicht van mevrouw Reckitt werd rood. Ze deed een stap naar voren en keek Reginald aan door haar paarle-moeren monocle. Reginald zag dat mevrouw Reckitt niet met haar ogen knipperde. 'Goed dan,' zei ze, 'als dat de grootste trapleer is die jullie kunnen maken, zul je een stoel op de lad-der moeten zetten en op de stoel moeten klimmen om de fee in de kruin van de boom te zetten. Hoor je me?'

Het was onmogelijk haar niet te horen. De kinderen zwe-gen. De stoel werd gepakt. Reginald kon hem nauwelijks tillen. Maud deed een stap naar voren: 'Alstublieft, mevrouw Reckitt. Reginald kan niet met de stoel op de ladder klimmen. Hij heeft een horrelvoet.'

Mevrouw Reckitt keek naar Reginalds zware zwarte schoen. 'Als er iets is waaraan ik een nog grotere hekel heb dan aan wezen, is het wel aan kreupele wezen,' zei ze terwijl ze Reginald inspecteerde alsof ze overwoog of ze hem zou opeten. 'Ronald, ben jij een kreupele wees of een verweesde kreupele? Hahahaha!'

Toen richtte ze zich tot Maud: 'Goed dan, Mavis. Volgens mij ben jij hier het kleinste kind... Het is altijd teleurstellend wanneer een kind niet wil groeien, maar in dit geval komt het van pas. Klim in die boom.'

Maud keek omhoog naar de top van de boom, die helemaal tot het geornamenteerde, gepleisterde plafond reikte. De kruin bevond zich vlak onder de kin van een cherubijntje.

'Hup, naar boven! Klim gewoon in de stam en zet deze fee in de kruin.' Mevrouw Reckitt pakte de fee. Ze was van stof met raffia haar. 'Doe haar maar tussen je tanden. Zo.' Er klonken angstige en ongelovige OOH's en AAH's van de wezen toen mevrouw Reckitt de ongelukkige fee in haar mond stopte. Ze bleef moeiteloos doorpraten terwijl de fee daar zat. 'In mijn tijd klommen wezen op schoorstenen die twintig keer zo hoog waren als deze stomme boom en dat heeft ze nooit kwaad gedaan.' Ze haalde de fee uit haar mond – die had haar eraan herinnerd dat ze honger had. 'Het is tijd voor mijn saucijzenbroodje. Als ik terugkom, kan die fee maar beter in de top van die boom staan. En denk aan wat ik heb gezegd: als je ook maar één kerstbal kapotmaakt, stop ik je in het kolenhok!'

Mevrouw Reckitt haastte zich naar haar saucijzenbroodje. Reginald stopte de stoffen fee bij Maud tussen haar tanden.

Maud begreep dat ze het midden van de boom moest zien te bereiken en in de stam moest klimmen. De boom rook naar hars en winter. De lagere takken waren zo lang dat het leek alsof ze in haar eigen bos stond. De wereld was groen. Maud kon de andere kinderen niet meer zien. Net als Grietje was ze verdwaald in het bos.

De boom haalde haar huid open en de dennennaalden deden hun naam eer aan. Haar handen en voeten begonnen al snel te bloeden en er zaten grote rode schrammen in haar gezicht. Ze durfde haar ogen niet open te doen of omhoog te kijken. Ze begon het koud te krijgen en haar gezicht was nat. Ze had het merkwaardige gevoel dat het sneeuwde in de boom.

En ze klom omhoog. Ze dacht aan haar moeder, die was gestorven toen Maud nog een baby was. Haar vader had haar aan een tante gegeven, haar tante had haar aan een nicht gegeven, de nicht had haar aan een buurman gegeven, de buurman had haar aan de voddenboer gegeven. De voddenboer, die lompen en kapotte pannen ophaalde in Soot Town, had haar verkocht voor een borrel in The Baby In Half. De kroegbaas had nog nooit zo'n klein kind gezien. Hij bedacht dat hij haar misschien wel in een fles op de bar kon zetten, naast de opgezette uil. Goed voor de klandizie.

Maar Maud had andere plannen en was weggelopen. Ze werd gepakt toen ze eieren stal, naar de gevangenis gebracht en gered door een van die goedbedoelende heren die meenden dat een kind alleen behoefte had aan brood en boter en tucht.

En er was tucht in Reckitts Academie voor Wezen en Vondelingen en Tijdelijke Opvang van Minderjarigen. Af en toe was er ook brood en boter. Maar er was geen spel. En er was geen hoop. En er was geen warmte. En er was geen liefde.

Maud was negen toen ze arriveerde.

'Onvolgroeid,' zei mevrouw Reckitt toen ze haar de eerste keer inspecteerde. 'Handig voor afvoerbuizen en om kleine voorwerpen uit roosters te halen.'

Maud kreeg maar weinig te eten, maar ze was een behendige dievegge en slaagde er meestal in om het rantsoen van haarzelf en een paar andere kinderen aan te vullen.

De TOM's (Tijdelijke-Opvang-Minderjarigen) hadden meer dan genoeg te eten – sponscake, knoedels, custard van eieren, enzovoort. Ze hadden een mooi bed en een mooie beer en het werd zo voorgesteld alsof hun onderkomen en menu de standaard was. Maar in werkelijkheid was dat niet het geval. Ouders van TOM's betaalden een flink bedrag om hun nageslacht onder te brengen wanneer ze opeens naar Monte Carlo moesten of een bezoek moesten brengen aan rijke verwanten die op sterven lagen.

Mevrouw Reckitt was afhankelijk van vaste klanten en enthousiaste rapporten. En daarom staken de wezen en vondelingen het vuur aan, poetsten ze schoenen, kamden ze haren, veegden ze, stoften ze, dweilden en poetsten ze, terwijl de TOM's, die even egoïstisch waren als hun ouders, zich voorstelden dat dit hun allemaal toekwam.

Vandaag, op eerste kerstdag, hadden de TOM's hun eigen eetzaal en hun eigen Kerstman. Overvloedige geschenken van onachtzame ouders lagen te wachten tot ze onder de boom werden opgestapeld.

De wezen en vondelingen gingen later in de rij staan en pakten het weggegooide inpakpapier en de touwtjes om mee te tekenen of te spelen.

Maud had de top van de boom bereikt. Haar hoofd verscheen opeens onder het dikke gipsen cherubijntje. De kinderen in de diepte juichten. Maud keek naar beneden; dat had ze niet moeten doen. Ze keek net op tijd naar beneden om mevrouw Reckitt te zien terugkomen van haar afspraakje met het saucijzenbroodje.

Met haar handen in haar zij brulde mevrouw Reckitt: 'MARGARET! DE FEE, ALSJEBLIEFT!'

Maud haalde de arm van de fee uit haar mond en bevestigde het met een klemmetje op de rug van de fee aan de bovenste tak. Maud was even rood en groen als Kerstmis, want haar handen zaten onder het bloed en er staken dennennaalden uit haar lijf alsof ze een egel was. Net toen ze zich begon af te vragen hoe ze weer beneden moest komen, brak de tak onder haar voet af. KRAK!

Daar komt Maud, die tuimelt en slingert, zich beetpakt en valt, zich schramt en glijdt, bonst en zich vastgrijpt, mist, steeds verder naar beneden door de donkergroene tunnel van de boom, tot ze veilig op haar achterwerk landt, op het stro dat onder de boom voor de kerststal ligt.

Ze was nog heel.

Alle kinderen klapten en juichten.

'STILTE!' schreeuwde mevrouw Reckitt. Ze liep naar Maud, greep haar bij haar arm en trok haar uit het stro. 'O! O! O!' gilde mevrouw Reckitt, 'ellendig kind, je zit helemaal onder de naalden... Kijk nou eens wat je hebt gedaan!'

Maar voordat mevrouw Reckitt haar andere grieven kon opsommen, zag ze wat er te zien was en dat was een kapotte kerstbal. Haar dikke ogen glommen. 'Wat heb ik gezegd? WAT heb ik gezegd?' Ze probeerde voorover te buigen en de kapotte kerstbal te pakken, maar dat ging niet vanwege haar korset.

'Geef me die kerstbal!' riep ze.

Maud pakte het gebroken glas trillend op en haalde haar handen nog meer open, maar toen ze de kerstbal pakte, zag ze dat er een kleine zilveren kikvors in zat. Het lukte haar hem te verstoppen.

Maud moest de rest van de dag in het kolenhok, zei mevrouw Reckitt. Toen kwam dokter Scowl, haar assistent, die verantwoordelijk was voor het welzijn van de kinderen, in zijn witte jas en met zijn rubberen handschoenen tevoorschijn uit de zijvleugel van het gebouw. Het speet hem te moeten mededelen dat het niet mogelijk was om Maud in het kolenhok te stoppen. Daar zaten al vier kinderen in gepropt.

Mevrouw Reckitt keek beteuterd.

'Mag ik u voorstellen haar buiten te zetten, mevrouw?' vroeg dokter Scowl. 'De buitenlucht is verkwikkend en gezond voor kinderen. Achteloze jonge mensen kunnen hun roekeloosheid overpeinzen zonder te worden afgeleid door kolen. De kinderen die we gisteren uit het oogpunt van de morele verbetering in het kolenhok hebben opgesloten, hebben kastelen gebouwd met de kolen. Stelt u zich toch eens voor!'

Mevrouw Reckitt stelde het zich eens voor. Toen ze het zich had voorgesteld, wendde ze zich tot Maud. 'Naar buiten, jij! Zonder jas, sjaal of wanten. Tot ziens.'

Reginald strompelde naar voren. 'Alstublieft, mevrouw Reckitt. Zet mij ook maar buiten. Maud is voor mij in de boom geklommen.'

Er was weinig waaraan mevrouw Reckitt zo'n grote hekel had als aan menselijke goedheid. Ze nam Reginald op met haar basale, eeuwenoude reptielenbrein. Waarom zou je één kind eten als je er twee kan krijgen?

'In dat geval mag jij, Rodney, Marigold gezelschap gaan houden in de tuin. Frisse lucht! Ik ben te goed, maar het is eerste kerstdag.'

De verzamelde wezen hielden allemaal hun adem in. Mevrouw Reckitt draaide zich om in haar rokken en keek hen aan.

'En als jullie andere nutteloze schepsels maar één enkel los verdwaald triest klein woordje ontglipt, brengen jullie de kerst ALLEMAAL buiten door. Horen jullie?'

De wezen hadden geen ouders, maar ze hadden wel oren. Ze hadden het gehoord. Het was stil in de hal.

Toen...

DING DONG! MERRILY ON HIGH,
IN HEAV'N THE BELLS ARE RINGING;
DING DONG! VERILY THE SKY
IS RIV'N WITH ANGELS SINGING...

'De Carol Singers van Soot Town!' riep mevrouw Reckitt, die net als alle ongevoelige mensen sentimenteel was. 'Ik moet ze uitnodigen voor warme punch en gesmolten gouden beertjes.'

Ze ging naar de voordeur, met een gezicht dat roder was dan alle bessen en een hart dat kouder was dan de sneeuw die door de deur naar binnen woei. De lantaarns brandden en het gezang weergalmde in de hal. De lucht was bijenwas en groene spar en cognac en kruidnagel en suiker en wijn, en de boom glinsterde.

De vijver in de tuin was dichtgevroren. Reginald en Maud bleven maar rennen en rennen om warm te blijven, maar dokter Scowl zag hen door het raam van de zitkamer, waar hij zijn grote achterwerk warmde bij het grote vuur. Rennen had te veel weg van een spel en te weinig van straf en daarom schreeuwde hij dat ze stil moesten blijven staan.

Mauds grijze ketelpak was dun en haar jurk was nog dunner. Reginald droeg een grijze korte broek en het voorgeschreven mosterdgele vilten jasje. Ze werden al snel blauw.

Dat was het moment waarop ze geklop onder het ijs hoorden. Ja, ze hoorden het duidelijk. KLOP KLOP KLOP.

Ze vroegen zich af wat het kon zijn en vergaten dat ze het koud hadden.

'Daar!' zei Reginald. 'Kijk!'

Er sprong een grote kikvors. Op de plekken waar hij had gezeten liet hij een reeks sporen achter ter grootte van een schotel.

Zilver. Niet glanzend. Niet gepoetst. Maar zijn ogen straal-

den als zilveren sterren en staarden hen aan zonder te knippe-
ren.

'Gegroet, kinderen,' zei de Zilveren Kikvors. 'Mijn kinderen zitten gevangen onder het ijs.'

KLOP KLOP KLOP.

'Wie heeft ze opgesloten?' vroeg Reginald.

'Vroeger,' zei de Zilveren Kikvors, 'legde de tuinman in de
winter altijd een stam in het water. Hij legde hem schuin. In
het water en op de oever. Dat was een brug en zo konden wij
kikvorsen komen en gaan wanneer we wilden. We konden ons
onder het ijs verstoppen om warm te blijven en aan land gaan
om te eten. Maar nu is er niemand meer die aan ons denkt.'

'Er is ook helemaal niemand die aan ons denkt,' zei Maud.
'Alle wezen zitten opgesloten onder het ijs van het hart van
mevrouw Reckitt. We kunnen niet ontsnappen, maar we zullen alles doen om je te helpen.'

De Zilveren Kikvors luisterde, en zijn ogen, die bijna vochtig waren omdat hij immers een kikvors was, werden nat. Am-
fibieën huilen niet. Maar het was Kerstmis.

'We kunnen het ijs stukslaan!' riep Reginald. 'Ik kan erop
stampen met mijn horrelvoet! Kijk! Mijn schoen heeft een stalen zool.'

De Zilveren Kikvors schudde zijn lichaam. (Een kikvors
kan zijn hoofd niet schudden.) 'Dat is te gevaarlijk. Je zult in
het water vallen en verdrinken. Nee, het kan anders. Zij heeft
het antwoord in haar zak.'

Maud graaide in de zak van haar ketelpak. Ze vond een stuk
vetspek dat ze van het ontbijt had bewaard en iets hards, als
een kiezelsteen. Maud viste het uit haar zak. Het was de kleine
zilveren kikvors die ze in de kapotte kerstbal had gevonden.

'Ja,' zei de Zilveren Kikvors, 'dat is de Kwaak.'

'De Kwaak?'

'De Kwaak is de Koningin van de Kikvorsen. Niemand

heeft haar ooit in levenden lijve gezien, of in het kroos en het slijk, maar iedereen weet dat ze over ons waakt. Die massieve zilveren kikvors is haar heilige beeld. En nu moet je doen wat ik zeg en haar op de vijver zetten.'

Maud geloofde niet dat een zilveren miniatuurkikvors van tweeënhalve centimeter veel goeds kon doen in deze bevroren wereld, maar ze deed wat haar werd gevraagd en schoof de kikvors over het gladde ijs.

Er gebeurde niets. Maud rilde.

'Dit gaat nooit werken,' zei Reginald. 'Waarom zou ik het ijs niet aan stukken stampen?'

'Verbeid een ogenblik,' zei de Zilveren Kikvors. Het was Kerstmis en daarom was 'verbeid' weliswaar bloemrijk, maar wel acceptabel.

Onder het kleine, minuscule miniatuurgewicht van kikvorsigheid verscheen een donkere vlek, die steeds groter werd. Er kwamen bubbels in de donkere vlek. Er klonk gezucht en gekraak. Het oppervlak van de vijver was nat en gebarsten.

'Het smelt!' zei Reginald, die was vergeten te rillen.

En het smolt ook. En terwijl het smelten smolt, gleed de kleine kikvors over het brekende ijs, en waar de kikvors gleed, barstte het ijs en verspreidde het zachte water zich over het harde oppervlak.

En alsof dit nog niet vreemd genoeg was, gebeurde er vervolgens nog iets vreemders. In de vijver wemelde het van de identieke zilveren kikkertjes.

'Ze zijn piepklein!' zei Reginald.

'Ze zijn nieuw,' zei de Zilveren Kikvors. 'Net als de maan.'

De kinderen keken op. De maan keek naar beneden, stralend en mooi en zilver.

'Ik heb het niet koud,' zei Reginald.

En Maud had het ook niet koud.

De Zilveren Kikvors zei: 'Mijn vrienden, jullie hebben mijn

kinderen geholpen en nu zullen mijn kinderen jullie helpen. Kom mee, maar let op waar je loopt!'

Maud en Reginald volgden de Zilveren Kikvors en alle piepkleine kikkertjes stroomden om hun voeten als een rivier. De maan lichtte hen bij en het leek alsof de kinderen op een zilveren stroom naar het huis werden gevoerd.

Door de lange ramen van de eetzaal konden de kinderen zien hoe de laatste voorbereidingen voor het kerstdiner werden getroffen. Wat zag het er mooi uit; rode kaarsen en rode knalbonbons, damasten tafelkleed en servetten. Maud wist alles van het tafelkleed en de servetten, want ze had ze gestreken met een strijkijzer dat op de kachel was verhit.

'Naar binnen!' beval de Zilveren Kikvors. De kleine kikkertjes stroomden op magische wijze door het glas en opeens waren ook de kinderen binnen.

'Glas wordt geregeerd door de maan,' zei de Zilveren Kikvors, alsof dit alles verklaarde.

Toen ze eenmaal binnen waren, kropen in elke knalbonbon twee kleine kikkertjes. Vierentwintig kleine kikkertjes lieten zich in de kristallen glazen zakken. Midden op de tafel stond een mooie trifle in een glazen schaal. De trifle was versierd met piepkleine zilveren balletjes, die al snel door kleine kikkertjes waren vervangen.

'Mijn kleine kikkerino's en kikkerina's, verspreiden! Jullie gaan waar jullie maar willen en verspreiden jullie als kleine kwikbolletjes. En zorg voor problemen vanaf het moment dat er wordt gegild.'

'En wat doe jij?' vroeg Maud.

'Ik heb een bepaalde taak, maar dat is nog niet aan de orde. In de tussentijd moeten jij en een dozijn kikkerissimo's – de snelste die ik heb – je achter de kerstboom in de hal verstoppen. Ze weten wat ze moeten doen, en dat doen ze bij dokter Scowl. En jij, Reginald, onder de tafel! Ga daar zitten als een kikker en knoop de veters van de schoenen van de heren aan elkaar – en wanneer de dames hun schoenen uittrekken – zoals dames altijd doen zodra hun voeten uit het zicht zijn – verwissel jij hun schoenen zodat niemand meer een passend paar heeft. Begrijpen jullie dat?'

De kinderen knikten.

'Uitstekend!' zei de Zilveren Kikvors. 'En eet dan nu maar van die ham op dat dressoir. We hebben nog wel even de tijd.'

De notabelen van Soot Town arriveerden in de hal, en de koetsen met dampende paarden wachtten in de rij bij de trap, die nu met fakkels was verlicht.

Dokter Scowl had zijn witte jas en rubberen handschoenen uitgetrokken en was feestelijk verpakt in een witte das en een rokkostuum. Mevrouw Reckitt droeg een avondjurk die geïnspireerd was op een grote roze blanc-manger. Om haar schouders lag een roze vossenbontje waarvan de vossentanden aan de vossenstaart waren bevestigd.

'Wat een interessante gesp!' zei mevrouw Fleas toen ze er haar vinger in stak. 'Au! Ik bloed!'

'Ha! Ha! Ha! Ha! Ha!' lachte mevrouw Reckitt. 'Mijn grapje voor de feestdagen. Hij lijkt alleen maar dood.'

En ze kwamen binnen, alles en iedereen, belangrijk, zelfvoldaan en ijdel, en ze kregen zoals gewoonlijk een rondleiding door de instelling: ze kregen de kamers van de TOM's te zien, waar inderdaad donzen dekbedden en beren waren, maar de slaapplaatsen van de wezen met het beddengoed van zakken en de kussens met stro en de dichtgetimmerde haard waarin nooit een vuur brandde, kregen ze niet te zien.

En ze kregen de eetzaal van de kinderen te zien, en de tafel die vol stond met allemaal heerlijk eten – gelatine en taartjes en een dampende vogel –, maar ze kregen niet te horen dat dit eten spoedig zou worden weggehaald en dat het kerstdiner van de wezen uit een dunne soep van botten en schillen en wat rundvlees op grof brood bestond.

'Het is hier een beetje koud voor kleine kinderen,' zei een vriendelijke heer met een gouden horloge. Hij was nieuw in Soot Town. Mevrouw Reckitt zag dat ze was vergeten het vuur te laten aanmaken. 'Ach jee! Ja! Vergeeft u me! We waren allemaal zo druk met de kerstspelletjes en het versieren van de boom dat ik het helemaal ben vergeten! Het wordt onmiddellijk aangemaakt.' En daarop sloeg ze de deur daadkrachtig dicht.

'Waar zijn de wezen?' informeerde de vriendelijke heer. 'Ik zou ze graag allemaal een zilveren zespencemunt willen geven ter gelegenheid van deze feestdag.'

'Ze zijn hun beste kleren aan het aantrekken,' zei mevrouw Reckitt. 'Na alle opwinding van de spelletjes. Maar maakt u zich geen zorgen. Als u mij de zespencemunten geeft, zal ik ze aan hen overhandigen in mijn hoedanigheid van Kerstvrouw.'

'Deze kinderen hebben het inderdaad getroffen,' zei de vriendelijke heer.

Juist op dat moment waren de kinderen die het zo hadden getroffen bezig kolen vanuit het kolenhok in ijzeren kruiwagens te scheppen. Ze reden ze naar de grote kachel waarmee het huis en het water werd verwarmd.

De kinderen waren zo zwart dat ze volkomen onzichtbaar waren tegen de zwarte hemel en de zwarte kolen.

'Ach! Hoor ze nou eens zingen!' riep mevrouw Reckitt. Dokter Scowl had boven een plaat opgezet van een kinderkoor dat allang dood was en dat 'The Holly and the Ivy' zong.

En gloeiend en geroerd van geluk en bedrog gingen de notabelen van Soot Town naar binnen om te dineren.

Niet lang nadat de eerste gang van paling in gelei was opgediend, nam een van de dames een slok uit haar glas water. Ze begon te gillen en gooide de inhoud over haar buurvrouw.

Haar buurvrouw verhief zich in doorweekte woede en ontdekte dat haar schoenen waren verdwenen. De heer aan haar linkerkant stond behulpzaam op en viel plat op zijn gezicht in de trifle – waaruit, als de plagen van Egypte, tientallen kleine kikkertjes sprongen.

Een dame greep naar de gordijnen en ontdekte dat haar hand glom van de kikkerdril. Ze viel flauw. Een heer boog zich voorover om een kussen onder haar hoofd te leggen en zag dat haar pruik met een sprongetje op haar hoofd tot leven kwam.

Mevrouw Reckitt, die zich uitstrekte om met de schel te klingelen en versterking te roepen, zag, of meende te zien, hoe een vastberaden kikvors zich vasthield aan de klepel. Maar hoe krachtig ze ook klingelde met de schel, er klonk geen geluid. In haar woede gooide ze de schel op het vuur. Ze zag niet hoe de behendige kikvors uit de schel op haar vossenbontje sprong en daar even roerloos bleef zitten als een broche.

De dames waren ondertussen allemaal hysterisch, vooral de dames zonder schoenen, en dankzij Reginald was er behalve dokter Scowl niet één heer wiens schoenen niet aan elkaar waren geknoopt.

'Die rotwezen!' schreeuwde mevrouw Reckitt. 'Dit vinden ze blijkbaar grappig! Ik zal ook eens een grap met ze uithalen! Ik zet ze tot hun ondervoede nek in het stinkende rioolwater!'

De vriendelijke oude heer die nieuw was in Soot Town schrok van deze uitbarsting en vroeg zich stilletjes af of de hele Villa of Glory wel zo voorbeeldig was. Verder leek niemand zich druk te maken om de bedreigingen die mevrouw Reckitt uitte aan het adres van haar pupillen, want de gasten waren druk bezig om de kikkertjes van zich af te slaan en hun schoeisel in orde te maken.

Nadat er een overvloedige hoeveelheid champagne was geserveerd, zat iedereen uiteindelijk weer fatsoenlijk aan tafel en ongestoord te smullen van een stuk uitstekend geroosterd vlees.

Iedereen, behalve dokter Scowl, die het op zich had genomen een ronde te maken door het weeshuis.

In de stilte van de hal hoorde hij luid gekwaak. Gekwaak? Dat kon toch niet? Toen hoorde hij het weer en hoorde hij dat het geluid uit de kerstboom kwam. Woonden er misschien kikkers in de boom? Boomkikkers? Wonen boomkikkers ook in kerstbomen? Misschien waren de wezen wel helemaal niet schuldig. Ze kregen natuurlijk toch straf. Maar misschien kon mevrouw Reckitt de houtzagerij aanklagen. Ongelukken betekenen geld.

Dokter Scowl dook in de kerstboom.

'Nu!' zei de Zilveren Kikvors, die bij Maud op schoot zat en werd omringd door honderdduizend kikkerissimo's.

Ze sprongen allemaal tegelijk, en de dokter, in zijn zwarte jacquet, had opeens een kikkerstaart en een kikkerlichaam en kikvorserige armen en benen, want de snelle kikkerissimo's bedekten hem als prikkers op een prikbord.

Dokter Scowl viel op zijn handen en voeten en kon niets zien omdat twee vastberaden kikvorsen zijn oogleden omlaag drukten. Hij opende zijn mond om te gillen en vijf warme wriemelende kikkertjes sprongen naar binnen en gingen op zijn tong zitten alsof het een lelieblad was.

'Breng hem naar de vijver en gooi hem erin!' zei de Zilveren Kikvors.

En door een wonder van kikvorserige bedrijvigheid begon de dokter over de gladde houten vloer te rollen alsof hij zilveren zwenkwieltjes had.

'Ho! Ho! Ho!' zei de Zilveren Kikvors. 'Maud, haal nu alle wezen die je maar kan vinden uit hun donkere vochtige koude hol en zet ze rondom de kerstboom.'

In de eetzaal verklaarden de gasten dat ze zo uitgeput waren door de onverwachte gebeurtenissen dat ze hun knalbonbons en kerstpudding verkozen mee te nemen naar de warme en gerieflijke zitkamer, die uitkwam op de eetzaal. Zodra ze de zaal hadden verlaten, namen duizend kikkertjes de ham en de kalkoen en de aardappelen mee – want de gasten hadden opeens geen eetlust meer – en brachten dit alles naar de wezen die zich in de hal hadden verzameld.

De kikkertjes hadden zich gegroepeerd in formaties die iets weg hadden van glimmende zilveren borden – op poten – en zo lukte het ze makkelijk. Reginald kroop onder de tafel vandaan en was enkele zilveren shillings rijker doordat sommige gasten hun zakken binnenstebuiten hadden gekeerd.

In de hal aten de kinderen zoals ze nog nooit hadden gegeten en ze voelden de heilzame warmte in hun lege maag. Ze begonnen te glimlachen en te lachen en met elkaar te praten, niet langer fluisterend, en ze deelden wat ze hadden en niemand nam te veel. De kleinste kinderen hoopten dat ze later konden trouwen met een aardappel die in jus was gekleed.

In de gerieflijke zitkamer werden de gasten gekalmeerd met pudding en mevrouw Reckitt troostte zich met fantasieën over straf en wraak. Een maand lang zouden de kinderen niet te eten krijgen en ze moesten allemaal in de tuin slapen tot op zijn minst de helft dood was – om een voorbeeld te stellen voor de rest.

Ze bedacht dat ze te goed was geweest voor de kinderen. Als ze dood waren, was het goedkoper om ze te voeden. Vanaf nu nam ze alleen nog dode wezen in huis.

Toen ze haar zesde portie pudding zat te eten, stelde de vriendelijke oude heer die nieuw was in Soot Town voor te proosten en de knalbonbons daarna op de traditionele manier open te trekken – in een kring, met gekruiste handen uitgestoken naar degene die naast je stond.

'Op de gastvrouw van het feestmaal, mevrouw Reckitt!'
'Op mevrouw Reckitt!' antwoordde het gezelschap met geheven glazen, die tot de rand waren gevuld met port.

Mevrouw Reckitt bloosde, zo vermoedde men, want haar gezicht was zo rood dat het niet meer kon blozen, maar ze mompelde welgemeend dank en opperde dat nieuwe fondsen haar in staat zouden stellen nog verder te groeien – ze verwees niet naar haar lichaamsomvang, giechelden de dames die waren ingesnoerd in een korset.

'Maar waar is dokter Scowl?' vroeg mevrouw Reckitt zich hardop af.

De dokter, die was opgeleid als begrafenisondernemer, een cursus grafschennis en lijkenroof had gevolgd, daarmee geld had verdiend en was teruggekeerd naar de beschaafde wereld met een titel die hij niet bezat, was door een soort levitatietruc aan de rand van de vijver geplaatst.

Kikkers uit alle tuinen, bossen, poeltjes, stenen, greppels, hopen, kelders en sprookjes hadden zich in een stille, gehurkte concentratie om hem heen verzameld. Ze hadden zich verzameld in naam van de Kwaak.

De vijver was weer dichtgevroren, maar dat was geen probleem voor een weldoorvoede sterveling als dokter Scowl.

'Gooi hem in de vijver,' beval de Zilveren Kikvors.

Net op het moment dat ze de knalbonbons zouden laten knallen, hoorde mevrouw Reckitt het geluid van een reusachtig voorwerp dat in het water plonsde. Maar ze had de knalbonbon van haar en haar buurman stevig vast en was vastbesloten de inhoud van beide te winnen en daarom sloot ze haar oogjes en trok ze uit alle macht met haar dikke vuist.

WIEW-KE-BOEM-PLOP-KRAK-AU!

En in de buskruitdampen lachte iedereen en begon vervolgens te

GILLEN!

De kleine kikkerbommen sprongen vanuit de knalbonbons in ogen, neusgaten, monden, decolletés, broekspijpen en broeksbanden, en kronkelden en wriemelden en sprongen en wachtten en wachtten en sprongen.

De notabelen van Soot Town renden van de zitkamer naar de hal en daar stopten ze vanzelf met gillen, want rondom de boom, in kleermakerszit en in vodden, zaten de wezen, de echte, niet de modelwezen voor het mooie plaatje.

Ze waren eenzaam. Ze waren verwaarloosd. Ze waren zielsbedroefd. Ze waren vuil. Ze waren mager. Ze waren moe. Ze droegen versleten kleren en schoenen die niet pasten en hun haar was niet geknipt of allemaal afgeknipt. Het waren kinderen.

Hun ogen waren groot omdat ze altijd in het donker hadden gestaard. Ze verwachtten niet meer dat er iets zou gebeuren. Maar vandaag was er iets gebeurd.

En de vriendelijke oude heer zei: 'Hoe durft u, mevrouw?' En enkele dames begonnen te huilen. En Maud stond op en zei (zoals de Zilveren Kikvors haar had opgedragen): 'Deze kant op, alstublieft.'

En de gasten zagen de aftandse slaapzalen en de kale bedden. En de koude kamers en de lege speelgoedkist. En er was vroeger wel een beer geweest, maar de kleinste kinderen hadden hem met elkaar gedeeld en nu had één kind een achterpoot en een ander een voorpoot en ging de kop om beurten naar het kind dat die dag straf had gekregen zodat hij zijn zachte kop tegen zijn gepijnigde hart kon houden.

En ze zagen de kinderen die nog steeds kolen in de kachel stonden te scheppen. En de kinderen die lagen te slapen in het stro in het kippenhok. En de kinderen die buiten onder de maan lagen.

Mevrouw Reckitt was een reistas met kostbaarheden aan het pakken. Ze had niet in de gaten dat de broche op haar vossenbontje bewoog en zijn kikkerpoten uitstrekte. Ze wist niet dat deze kikkerina, een prinses onder de kikkers, een piepklein levend alarmsignaal was voor een cohorte zilveren soldaten. En ze kwamen. En ze wachtten. En toen ze vertrok, weggedoken in een cape en trippelend op haar kalkoenenpoten, waren de kikkertjes als kogellagers, overal tegelijk, willekeurig waar, onder haar voeten, en mevrouw Reckitt gleed uit en viel en greep zich vast en rolde weg en de Zilveren Kikvors deed de voordeur open en ze rolde bonk-bonk-bonk de trap af en naar buiten. En daarna heeft niemand in Soot Town haar ooit nog gezien.

Is dat het einde van het verhaal? Nee! Het is Kerstmis.

De vriendelijke oude heer nam het weeshuis over en de kinderen werden verzorgd en gevoed en ze kregen les en tijd om te spelen en warme kleren en bedden en beren.

En ieder jaar stond de kerstboom in de hal en in plaats van een ster of een engel plaatsten ze een zilveren kikker in de kruin – maar dan een met vleugels.

Maud werd volwassen en toen directrice van het weeshuis en ieder kind vond er een thuis en liefde, hoe moeilijk de omstandigheden ook waren, en er werd nooit meer een kind buitengesloten in de kou.

Reginald leerde alle jongens en meisjes timmeren en hoe ze zich thuis konden voelen in het tehuis en hij maakte zelfs een speciale ladder die helemaal bij de top van de kerstboom kwam.

En een tijd later trouwden Reginald en Maud en de Kwaak

kwam naar hun bruiloft en gaf hun, zo gaat het verhaal, een zak met zilveren munten die nooit leeg raakte.

En op hun beurt groeven Reginald en Maud een stel vijvers voor de kikkers, die 's winters nooit meer vast kwamen te zitten onder het ijs en uit volle borst meezongen op eerste kerstdag.

Mijn
nieuwjaarskaaskoekjes

VOOR DE MEESTE mensen betekent Nieuwjaar het nieuwe kalenderjaar dat op 1 januari begint.

De Romeinen hebben januari vernoemd naar Janus, de god van de doorgangen, de godheid van de tijd en overgangen. Hij heeft twee gezichten omdat hij zowel naar voren als naar achteren kijkt.

Ik doe niet aan goede voornemens – ik hou een grote psychische schoonmaak. Welke dingen herhaal ik liever niet? Niet alleen de grote geschiedenis herhaalt zich, maar ook onze persoonlijke geschiedenis. Het is moeilijk negatieve patronen en negatieve gedachten te veranderen. Het is moeilijk dingen anders te doen, op te houden met destructief en zelfdestructief gedrag, de strijd met onze ergste vijand – wijzelf – te staken.

Ik heb liever een nieuwjaarsfeest dan een oudejaarsfeest, waar iedereen dronken wordt en vals zingt. Voor mij is oudjaar, net als kerstavond, een moment van bezinning.

En het is een moment om te herinneren.

We herinneren ons dingen niet in chronologische volgorde. Onze geest is minder geïnteresseerd in wanneer iets is gebeurd, dan in wat er is gebeurd en wat er met wie is gebeurd. Op den duur doet het er steeds minder toe of je je het jaar of de maand verkeerd herinnert. We weten niet altijd precies wanneer iets is gebeurd, maar wel: *'Dit is er gebeurd.'*

Herinneringen die in de tijd van elkaar zijn gescheiden, worden vaak gezamenlijk herinnerd – er is een emotioneel verband dat niets van doen heeft met de data in de agenda en alles met het gevoel.

De herinnering is niet als een bezoek aan een museum: Kijk! Daar staat het verdwenen object in een vitrinekast. De herinnering is geen archief. Zelfs een eenvoudige herinnering is een verzameling van verschillende herinneringen. Iets wat indertijd onbelangrijk leek, wordt later, wanneer we het ons herinneren, opeens de sleutel. We zijn geen leugenaars en houden onszelf niet voor de gek – oké, we zijn wel leugenaars en houden onszelf voor de gek, maar het is een feit dat onze herinneringen net als wijzelf veranderen. Sommige herinneringen lijken echter helemaal niet te veranderen. Ze blijven hangen door de pijn. En zelfs als we ons bepaalde dingen niet bewust herinneren, lijken ze zich ons wel te herinneren. We kunnen ons niet losmaken van de gevolgen. Daar is een mooie uitdrukking voor: het oude heden. Dingen zijn in het verleden voorgevallen, maar we dragen ze nog iedere dag met ons mee.

Een beetje zelfreflectie is geen substituut voor de algehele ontgiftingskuur die je krijgt wanneer je in therapie gaat, maar een beetje zelfreflectie op oudejaarsavond kan ons helpen onze mentale en emotionele landkaart in beeld te krijgen – en vast te stellen waar de landmijnen liggen.

En sommige nare herinneringen zijn in wezen de emotionele bagage van andere mensen die we met ons meeslepen, alsof we in dienst zijn van een diva die altijd een paar koffers pakt, maar alleen met haar handtasje wil worden gezien.

Waarom loop ik met deze troep te zeulen? Dat is een goede vraag voor Nieuwjaar.

Jom Kipoer, Grote Verzoendag of de Dag van de Vergevingen, valt tien dagen na Rosj Hasjana, het Joodse Nieuwjaar. Ik ben getrouwd met een Jodin, die mij vertelt dat de hele periode tussen Nieuwjaar en Grote Verzoendag een periode van bezinning is – een tijd om opnieuw te beginnen, boete te doen en te bekennen waarin men tekortgeschoten is. Het Jodendom is een praktische religie. Je wringt niet gewoon de handen en jammert 'oj weh', maar je doet er iets aan.

Ik hou van het idee van boetedoening – een praktische reactie op dingen die we verkeerd hebben gedaan. Anderen doen misschien geen boete voor het kwaad dat ze ons hebben aangedaan, maar wij kunnen wel boete doen voor het kwaad dat we zelf hebben aangericht, voor het kwaad dat we onszelf hebben aangedaan. En je kunt teruggaan in de tijd en het verleden helen, zoals Freud zo goed had begrepen. De feiten zijn misschien onveranderlijk – wat gebeurd is, is gebeurd – maar de betekenis van die feiten in ons leven is niet onveranderlijk.

Herinneringen kunnen ons helpen zaken te veranderen; het hoeven geen wapens te zijn die tegen ons worden gebruikt, of koffers waarmee we moeten blijven zeulen.

En soms zijn herinneringen ook plekken die we bezoeken om de doden te eren. Er is altijd die eerste, verschrikkelijke oudejaarsavond wanneer onze geliefde er niet zal zijn.

Het is goed om op die plek van verlies en verdriet te blijven en de gevoelens gewoon de gevoelens te laten. De herinneringen zijn vloeibaar; we huilen.

En goede herinneringen, gelukkige herinneringen, moeten ook worden geëerd. We herinneren ons zoveel slechte dingen en gaan zo achteloos om met de goede dingen. Herinner je het jaar vanwege de dingen die het je heeft gebracht. Zelfs als er heel weinig waardevol was, is dat heel kleine beetje waardevol.

Maar, zou je kunnen zeggen, *wat heeft dit allemaal met kaaskoekjes te maken?*

Dit zijn de allerbeste kaaskoekjes, of het nu voor een nieuwjaarsfeest is of voor een klein, persoonlijk feestje op oudejaarsavond voor jou en de kat en de hond.

Ik vind ze heerlijk bij een koude, droge, zoutige sherry uit de ijskast of een wodka met mineraalwater en stukken limoen. Als je liever rode wijn wilt, kun je een lichte wijn nemen die je gekoeld kunt drinken, zoals een chiroubles of een gamay of een zinfandel of, als je extra parmezaan toevoegt, een dolcetto d'alba. Heerlijk.

Ik begon mijn kaaskoekjes zelf te maken toen ik zag dat de koekjes van mijn lievelingsmerk uit Nederland met palmolie zijn bereid. Palmolie is geen goed product, noch voor mensen, noch voor de aarde.

Mijn gouden regel is: koop geen levensmiddelen die ingrediënten bevatten die je zelf niet zou gebruiken.

Kaaskoekjes hoeven niet te worden bewaard – ze worden binnen hoogstens tien minuten opgegeten.

Probeer deze daarom eens. Snel. Eenvoudig. Leuk. En bij een beetje zelfbezinning heb je wel een koekje verdiend.

Ingrediënten

* 225 gram goede gezouten boter
* 225 gram biologische bloem
* 225 gram geraspte kaas
* Zout naar smaak

Over de geraspte kaas: je kunt hier het beste niet-gepasteuriseerde cheddar als hoofdbestanddeel gebruiken, maar ik doe er ook gruyère en parmezaan door. Ja, allemaal niet-gepasteuriseerd. Ik zou een lang essay over bacteriën kunnen schrijven, maar het is Kerstmis, en bacteriën zijn niet zo feestelijk. Dat neem ik die bacteriën niet kwalijk, want zo zijn ze gewoon. Zoek na Driekoningen maar op wat de voor- en nadelen van pasteuriseren zijn en dan zul je merken dat ik gelijk heb.

Wat betreft de kaas: je kan geen blauwe kaas of roomkaas gebruiken, maar als je een harde kaas hebt die je lekker vindt, een kaas uit de streek waar je woont, of iets ouds in de ijskast hebt liggen, dan kun je daarmee experimenteren. Je ontdekt vanzelf wat je het lekkerst vindt, en ik denk dat kaaskoekjes op de gebruikelijke manier zijn uitgevonden: er moest iets op omdat er een overschot was of omdat het over de datum was, in dit geval stinkende kaas.

(Noot van de auteur: honden zijn ook een goede bestemming voor stinkende kaas.)

Bereidingswijze

Kneed de boter en de bloem in een kom tot het geheel op broodkruim begint te lijken – je kan het desgewenst met de keukenmachine doen.

Voeg de kaas toe tot het geheel op een mooi deegachtig mengsel begint te lijken. Als het te droog is, kun je een beetje melk of een ei toevoegen.

Kneed het geheel tot het glad en stevig is.

Rol het mengsel tot staven van ongeveer 20 centimeter lang – als ze te kort zijn, wordt het lastig, als ze te lang zijn, zijn ze onhandelbaar.

Leg de staven in de ijskast om ze stevig te laten worden. (Ik weet dat je een seksspeeltje hebt gemaakt, maar daar hebben we het verder niet over.)

Wanneer je de kaaskoekjes wilt opdienen, verwarm je de oven voor op ongeveer 180 °C. Heet, in elk geval. Ik heb een Aga en snap niet goed hoe andere ovens werken – ik word zenuwachtig van het geluid – maar we komen er wel.

Als je ook een Aga hebt, is het natuurlijk de bovenste oven.

Vet de bakplaat in om te voorkomen dat de koekjes blijven plakken of gebruik bakpapier. (Handig om later het haardvuur mee aan te steken.)

Snijd de staven in dunne plakjes – voor dunne koekjes – en bak deze 15 minuten in de oven.

Je kunt de staven ook goed invriezen.

En dat is het! Als je deze koekjes voor de ondankbare gasten op je feest maakt, moet je er een paar voor jezelf, de hond en de kat bewaren en opeten tijdens dat moment van bezinning.

DE LEEUW, DE EENHOORN EN IK

*V*oordat het gebeurde, zette een engel alle dieren op een rij – alle dieren, alle soorten, want deze engel had de volledige lijst van de Ark nog.

De meeste dieren vielen meteen af – spinnen, apen, beren, walvissen, walrussen, slangen. Het was al snel duidelijk dat je met vier poten op de grond moest staan als je de volgende ronde wilde halen. Er was nog genoeg serieuze concurrentie over: paarden, tijgers, een hert met een gewei dat zich vertakte tot een onduidelijk bos, een zebra die zwart-wit was geschilderd als een ruzie.

De olifant kon de hele wereld op zijn rug dragen. Katten en honden waren te klein. Het nijlpaard was te onberekenbaar. Er was een giraffe met legpuzzelgraffiti. De kameel was elders ontboden, net als het vee. Na een hele tijd waren alleen wij drieën nog over: de leeuw, de eenhoorn en ik.

De leeuw sprak als eerste. Huidige functie: koning van de jungle. Werkervaring: samengewerkt met Hercules en Samson, ook met Daniël in de leeuwenkuil. Sterke punten: erg sterk. Zwakke punten: niet bekend. De engel noteerde het.

Toen sprak de eenhoorn. Huidige functie: mythisch dier. Werkervaring: in het Hebreeuws ben ik Re'em, het beest dat niet kan worden getemd. Sterke punten: staat erom bekend dat hij goed met maagden kan omgaan. Zwakke punten: neiging om plotseling te verdwijnen. De engel noteerde het.

Toen was ik aan de beurt.

'Wat doet hij toch weer ezelachtig,' fluisterde de leeuw.

Dat deed ik ook. Dat ben ik ook. Ik ben een echte ezel. Huidige functie: onderezel. Sterke punten: kan alles overal naartoe dragen. Zwakke punten: niet mooi, niet van voorname komaf, niet belangrijk, niet slim, onopvallend, nooit een prijs gewonnen...

De engel noteerde, noteerde, noteerde. Toen stelde de engel ons de beslissende vraag: konden we in één zin uitleggen waarom wij geschikt waren voor de baan?

De leeuw sprak als eerste. 'Als Hij de Koning van de Wereld zal worden, moet Hij worden gedragen door de koning der dieren.'

De eenhoorn zei: 'Als Hij het Raadsel van de Wereld moet worden, moet Hij worden gedragen door het meest raadselachtige dier.'

Ik zei: 'Nou, als Hij de last van de wereld moet dragen, kan Hij maar beter door mij gedragen worden.'

En zo gebeurde het dat ik rustig voortstapte in de richting van Bethlehem, met de rode woestijn onder mijn hoeven, de hemel uitgerold als een zwart laken boven mijn kop en een vermoeide vrouw die zat te knikkebollen op mijn rug.

O, maar dat stadje was een muffe, suffe, duffe bedoening, waar iedereen was uitgelopen en liep te vloeken en te tieren, een en al kopen, verkopen, geld, en iedereen greep zijn kans zolang het goed ging en voordat de goederen weer verdwenen waren. Belastingen, en iedereen betalen, en iedereen wilde een slaapplek, voor die ene nacht, en daarom hadden zelfs de muizen hun muizenhol verhuurd en hingen de reizigers uit vogelnesten, met hun baard vol takjes en oude wormen, en zaten zelfs de mierenheuvels vol, en in alle bijenkorven zaten drie gezinnen, en er was een man die op het bevroren meer klopte en de vissen vroeg of ze hem wilden binnenlaten.

En ieder bed en onder ieder bed, en iedere stoel en ieder kussen en tapijt en kleed, en iedere richel, hoek, plank, gleuf, spleet en scheur en ieder rek, kast en kar puilde uit en barstte van de armen en benen. Bij de herberg stonden twee grote, lege potten aan weerszijden van de deur.

Ik ben een ezel en stak mijn kop natuurlijk in een van de potten om te kijken of er iets te eten in zat. Uit de pot dook onmiddellijk een stoppelig gezicht op en dat deelde ons mee dat de herberg zo vol zat dat hij en zijn broer de olijfbomen in de portiek met wortel en al uit de pot hadden moeten rukken. En inderdaad, daar was de broer, met een hoofd als een meloen, die ons stuurs aankeek vanuit de andere pot.

Mijn baas Jozef was een optimistisch man. Hij klopte op de deur. De herbergier deed open en de jongen die in de brievenbus had liggen slapen tuimelde naar buiten.

'We zitten vol,' zei de herbergier.

'Alleen voor mijn vrouw?' vroeg Jozef. 'Ze zal vanavond een zoon baren.'

'Dat moet ze dan maar onder de sterren doen,' zei de herbergier en hij deed de deur weer dicht. Jozef stak zijn voet tussen de deur.

'Luister,' zei de herbergier, 'denk je dat ik een grapje maak?' Hij wees omhoog, naar de dakbalken. Daar wierpen vijf spinnen een mistroostige blik op zes zuigelingen, die in hangmatten lagen die hun vaders van de webben hadden geknoopt.

Jozef knikte en wilde zich net omdraaien toen de herbergier zei: 'Ga maar achterom naar de stallen en kijk maar of daar nog plek is.'

Nu wisten de dieren dat er die avond iets vreemds ging gebeuren, want zoiets weten dieren altijd. Ze stonden zachtjes met elkaar te praten: de os had een ster gezien die steeds feller begon te stralen, en de kameel, die een broer had die voor een koning werkte, had gehoord dat er koningen onderweg waren naar Bethlehem.

Maria, Jozef en ik duwden ons naar binnen. In de overvolle stal rook het naar zoete warme mest en droog hooi. Ik had honger. Jozef veegde meteen wat stro op een hoop, pakte een laken uit de zadeltassen en spreidde dat uit. Hij ging naar buiten om zijn waterzak te vullen bij de put en nam ook water mee voor de verhitte, opeengepakte dieren, want hij is een goed mens. Maria was blij dat het zo warm was bij de dieren. Ze viel even in slaap.

Toen ik was afgezadeld, stuurde Jozef me naar het erf zodat ik kon gaan eten. Het was bijtend koud. De sterren waren zo helder als klokken. De maan was uitgesneden in de bodemloos zwarte hemel en onder die maan zag je de velden achter de stad, maar dan wel zoals in een droom, die te zien is voor degene die slaapt en niet voor degene die waakt.

'Er gaat vannacht iets gebeuren,' zei de os. 'Ik voel het aan mijn schouders.'

'Ik kan het ruiken,' zei de hond.

'Mijn snorharen gaan ervan trillen,' zei de kat. Het paard spitste haar oren en keek op. Ik ging verder met eten, want ik had honger. Ik at zoals alleen een ezel kan eten en toen zag ik het licht dat langs mijn hoeven flitste en dat de omgewoelde aarde en de bevroren kluiten bij de stal van grijs naar helder deed oplichten. Ik keek op. De achterzijde van de herberg was bouwvallig en donker, maar in de stal brandde fel licht. Op de losgeraakte dakpannen van de dakrand zaten twee schepsels in een bonte uitdossing, met schone blote voeten en haar dat golfde als een snelstromende rivier, en ze hadden allebei een bazuin, die over hun rug hing.

Boven hen stond een ster, en die was zo dichtbij dat ik dacht dat hij het dak doormidden zou klieven en zijn licht in de wormstekige gordingen zou steken, zodat stal en ster samen sterk zouden staan, hooi en mest en een andere wereld.

Er was grote opschudding en op het erf stonden drie dampende, geroskamde kamelen die met edelstenen waren getooid. De kamelen kregen een bevel en ze bogen en knielden en de koningen die hen hadden bereden, pakten allemaal een kostbare kist van grote waarde.

In al dat licht en die drukte ging ik rustig door het deurtje naar binnen. Ik baande me een weg door de andere dieren en sjokte naar de plek waar Jozef naast Maria geknield zat. Zij zat op handen en voeten, net als wij. Er klonk een stromend geluid, als water, en gehuil, als leven.

Het was ook leven, bloederig en rauw leven, nat en dampend in de kou als onze adem, en het kindeken, met verfrommeld gezicht en gesloten ogen, en Jozefs hand, groter dan zijn rug, en opeens klonk er bazuingeschal en vloog de gevel uit de stal en ik keek op en zag de voeten van de engelen die door het doorzakkende dak staken en hun lichamen recht op de dakrand, en ze kondigden het begin aan van iets, of het einde van iets, ik weet niet welke woorden ik moet gebruiken, maar begin en einde zijn een soort scharnieren die in elkaar grijpen, als luiken, als engelenvleugels.

Ik hield mijn kop achterover en balkte en balkte om mee te doen met de bazuinen. Mijn neus was zo hoog en het dak zo laag dat de engelenvoet me streelde toen ik stond te zingen.

De koningen kwamen binnen, hoewel er eigenlijk geen binnen meer was nu we binnenstebuiten waren geblazen, terwijl het verleden en de toekomst bulderden als een wind en de eeuwigheid boven ons hing, als engelen, als een ster. De koningen knielden neer en één koning, de jongste, begon te huilen.

De vier herders, die schapenvachten droegen en naar dompelbaden roken, kwamen binnen met schapenvlees in bouillon. Ze schonken het in de nappen en Jozef voerde Maria, die tegen hem aan lag, met het kindeken onder haar mantel, en het lichaam van het kindeken verlichtte haar lichaam en het straalde zelfs helderder dan het goud van de engelen en het zilver van alle sterren in de hemel. Ze veegden hem schoon. Ze bakerden hem in. Ze legden hem in de kribbe.

In de loop van de nacht kwam de leeuw op zachte poten naar binnen geslopen en hij boog het hoofd. In de loop van de nacht stak de eenhoorn zijn hoorn door een spleet in de muur, die niet groter was dan een gedachte, en hij raakte het kindeken aan met zijn hoorn.

De ochtend brak aan, zo'n ochtend die zich rekte en strekte en gaapte en snufte en snoof en schuifelde. Ik draafde naar de ingang van de herberg, en daar zaten de stuurse meloenhoofden op hun pot in het portiek dikke koffie uit tinnen bekers te drinken.

'Moet je de neus van die ezel eens zien,' zei de ene.

'Wat heeft hij nou weer gegeten?' zei de ander.

Ik tuurde langs de fluwelige romp van mijn neus maar kon er niets vreemds aan ontdekken.

Overal om ons heen was de stad aan het ontwaken, handelaren en herders, kamelendrijvers en geldwisselaars, en er werd gefluisterd dat er iets wonderbaarlijks gebeurde.

De herbergier kwam uit de herberg. Hij was de eerste die het nieuws had gehoord; koning Herodes kwam naar Bethlehem – wat een eer, wat een lof, dat was dus de betekenis van die ster en van het gewauwel van de ijlende zuiplap die in het lege wijnvat had liggen slapen – engelen op het dak van de stal, had hij gezegd. Hij keek me aan.

'Wat is er aan de hand met je neus?'

De drie koningen waren voor zonsopgang vertrokken en een onrustige droom had hen gewaarschuwd dat ze een andere weg terug moesten nemen. Ik had hun dromedarissen als muziek zien bewegen door de velden waar de herders hun ochtendvuur al aanstaken.

Aan niets was te zien wat er de afgelopen nacht was gebeurd, behalve aan de drie kisten met kostbare spullen, aan het gat in het dak waar de engelen hun voeten over de rand van de tijd hadden laten bungelen en aan de staldeur die uit zijn voegen was geblazen.

Jozef betaalde voor de deur met een goudstuk uit het kistje en toonde het kindeken aan de herbergier en ze praatten over de ster die was gezien in het Oosten, en de herbergier gaf te kennen wat hij ervan vond, schepte op over Herodes en zei nog iets over engelen, en toen sloeg ik de hoek om, met mijn neus naar voren.

'Wat krijgen we nou?' zei Jozef.

Toen ik had staan balken en de voet van de engel langs mijn muil had gestreeld, zo wil het geval, was mijn muil zo goud geworden als een bazuin die de komst van een andere wereld aankondigt.

We wachtten niet op Herodes. We vluchtten naar Egypte en vertelden niemand waar we naartoe gingen, en ik droeg Maria en het kindeken, vele dagen en nachten, tot ze in veiligheid waren.

In de koude en heldere nacht, wanneer ik mijn reis voor die dag heb afgelegd en in de warme stal half sta te slapen en half sta te waken, denk ik soms dat ik de beker en de lange buis van een bazuin zie, en een schone, blote voet die over de rand van de sterren bungelt, en dan verhef ik mijn stem en balk ik en balk ik, om te herdenken, om mijn eer te bewijzen, om te waarschuwen, voor het geluk, voor alles hier op aarde en voor alles wat elders is verscholen. Hooi en mest en een andere wereld.

Mijn steaksandwich
voor het nieuwe jaar

IK BEN NIET goed in goede voornemens. Voor mij is oudjaar, net als kerstavond, een moment voor contemplatie. Het is een goed moment om terug te kijken – niet met het idee dat je dingen beter moet doen, want dat werkt alleen bij praktische zaken, zoals het verbeteren van je zwemtechniek of je Frans. Nee, je moet de belangrijke zaken niet beter aanpakken, maar anders. Misschien gaat het om de omgang met je partner, of met je kinderen. Misschien wil je meer vreugde in je leven. Misschien wil je meer tijd. Misschien moet je iets loslaten.

Het is moeilijk om dingen anders te doen. We houden van gewoontes. Dat is volgens mij de reden dat mensen besluiten om hun gewoontes in het nieuwe jaar te veranderen. Sommige mensen lukt dat, door wilskracht, maar de meeste falen. Daden en gedrag – gewoontes – liggen aan de oppervlakte. De reden waarom we ons op een bepaalde manier gedragen of bepaalde dingen doen, ligt meestal dieper begraven – en daarom moeten we vaak eerst iets fundamenteels aan onszelf veranderen als we iets aan ons gedrag willen doen.

Mijn oude Joodse vriendin Mona zegt dat je met twee tassen door het leven gaat. Je moet weten welk probleem je in welke tas moet stoppen. De ene tas is tijd en geld. De andere tas is de worsteling met leven en dood. Bij de worsteling met leven en dood hoort ook iedere poging om bewust te leven nadat je aan je materiële behoeften hebt voldaan. En het accepteren van de dood hoort ook bij de worsteling met leven en dood.

Mevrouw Winterson vierde Kerstmis met een mengeling van mistroostigheid en verwachting. Dit was een vrouw voor wie het leven de ervaring was die voorafging aan de dood. Er was een betere wereld, maar die lag niet op de busroute en ze kon niet rijden. Ieder jaar vroeg ze zich hardop af of dit haar laatste jaar zou worden. Ze vroeg zich ook af of dit het jaar van de Apocalyps zou worden.

Gewoonlijk ging het als volgt: midden in de nacht, als ik lag te slapen en papa nachtdienst had, blies mevrouw W onder aan de trap haar versie van de laatste bazuin. We hadden geen jachthoorn en daarom deed ze dat meestal op een mondharmonica of een kam en papier. Soms sloeg ze gewoon op een pan. Dan moest ik naar beneden rennen en in de kast onder de trap kruipen. Daar stonden twee krukken en een olielamp. En heel veel blikken met eten. We lazen in de Bijbel en zongen. Als het einde der tijden was aangebroken, bleven wij wachten onder de trap tot een engel ons kwam bevrijden. Ik vroeg meestal of de vleugels van de engel wel onder de trap pasten, maar volgens mevrouw Winterson hoefde de engel helemaal niet binnen te komen.

Ik weet niet waar papa tijdens deze hele toestand moest blijven, maar hij had zijn blikken helm uit de oorlog nog, dus misschien moest hij die opzetten en buiten wachten.

We leefden in de eindtijd. Als je zo leeft, leef je in een toestand van verhoogde waakzaamheid. Dat deed ik. Dat doe ik nog steeds. We dragen zoveel dingen uit het verleden met ons mee. En als we daar niets aan kunnen veranderen, kunnen we het maar beter erkennen. Dan kun je er in elk geval om lachen of er zelf nog iets van maken.

Met oud en nieuw verbrandden we vroeger thuis op slag van middernacht altijd ritueel de kalender. Dat doe ik nog steeds. Ik vind het prettig om door het huis te lopen en de oude kalenders te verzamelen.

Ik weet dat tegenwoordig nog maar weinig mensen een open haard hebben, en een shredder is lang niet zo poëtisch als een haardvuur. Een vriend van mij schrijft alle dingen waarvan hij spijt heeft op een blaadje en verbrandt dat in de keuken in een kaars. Andere vrienden steken vuurwerk af en doen bij iedere pijl een wens. Vuur is feestelijk en uitdagend. Licht en vuur zijn altijd al het symbool geweest van de geest die zich tegen de meedogenloosheid van de tijd verzet.

Als het bijna middernacht is, zet ik de radio aan. Als ik de Big Ben hoor slaan op de bbc, geeft dat een plechtig gevoel en een gevoel van traditie. Bij de eerste slag van de klok zet ik de achterdeur open om het oude jaar naar buiten te laten en daar blijf ik staan tot hij is vertrokken. Vaarwel! Bij de laatste slag doe ik de voordeur open om het nieuwe jaar binnen te laten en welkom te heten. Dit is nogal een gedoe omdat ik onderweg langs de haard met de kalenders moet zien te komen. En gewoonlijk zeg ik daarbij Tennyson op, want iedereen wordt wel eens een beetje sentimenteel:

Luid, klokken, tot de wilde lucht,
De wolk die jaagt, het ijzig licht
Vannacht, de dood van 't jaar in zicht:
Luid, klokken, bij zijn laatste zucht.

De rest van dit deel van dit ontzettend lange gedicht, *In Memoriam*, is verschrikkelijke rijmelarij en daarom laat ik het meestal maar bij dit kwatrijn. Een groot dichter schrijft niet altijd grootse poëzie.

Dat is op zich een les voor Nieuwjaar.

We zijn mensen en geen machines. We hebben slechte dagen. We hebben geestelijke problemen. We hebben inspiratie, maar we falen. We zijn niet lineair. We hebben een hart dat breekt en een ziel waarmee we niets kunnen beginnen. We doden en vernietigen, maar we bouwen ook en maken dingen mogelijk. We zijn op de maan geweest en hebben de computer uitgevonden. We besteden de meeste dingen uit, maar we moeten wel met onszelf zien te leven. We zijn pessimisten, die geloven dat het te laat is en allemaal niks meer uitmaakt. We zijn de *comeback kids* die graag een tweede kans krijgen. En ieder Nieuwjaar krijgen we een nieuwe kans.

Maar wat is Nieuwjaar eigenlijk?

Tot 1752 vierden Groot-Brittannië en haar koloniën (sorry, Amerika) twee keer per jaar Nieuwjaar omdat het officiële nieuwe jaar begon op 25 maart, op Maria-Boodschap, dat zo heette omdat Jezus op 25 december is geboren en Maria precies op tijd is en dus op 25 maart zwanger is gemaakt. Dat kwam ook handig uit omdat het net na de lentenachtevening van 21 maart was, de dag waarop onze voorchristelijke voorouders Nieuwjaar vierden. Nieuw leven, de terugkeer van de zon, allemaal heel logisch.

In Groot-Brittannië wordt Nieuwjaar sinds de dertiende eeuw op 1 januari gevierd, maar tot de achttiende eeuw was men vanwege het officiële Nieuwjaar op 25 maart drie maanden lang gedwongen er een dubbele agenda op na te houden, afhankelijk van de vraag of men nu wel of niet van mening was dat het nieuwe jaar al was begonnen.

Om het allemaal nog leuker te maken werd de juliaanse kalender, die in 45 voor Christus door Julius Caesar was bedacht, in 1582 afgeschaft door het rooms-katholieke Europa en vervangen door de gregoriaanse kalender, die tegenwoordig nog steeds wordt gebruikt.

Het probleem was dat Caesars jaar elf minuten langer duurde dan een zonnejaar, waardoor de kalender iedere 128 jaar een dag achterliep op de zon. In de zestiende eeuw was er geen verband meer tussen de kalender aan de muur (oké, die was er niet, maar je snapt het idee) en de herfst- en lentenachtevening en de winter- en zomerzonnewende. Paus Gregorius besloot dat Europa een nieuwe kalender nodig had. Die werd natuurlijk naar hem vernoemd en iedereen moest het ermee eens zijn omdat hij de paus was. En behalve Engeland was iedereen het er ook mee eens. Engeland was druk bezig te breken met de Kerk van Rome – dit was onze eerste Brexit. We waren natuurlijk niet zo stom dat we die kalender met iedere maand een ander plaatje van de paus gingen kopen. En zo bleven we elf dagen afwijken van de rest van Europa. En dat bleef zo tot 1752, niet alleen in Groot-Brittannië, maar ook in Amerika zodra de puriteinen Plymouth Rock hadden bereikt.

Je hoort de oude kalender nog in de naam van de maanden: september, de zevende maand. Oktober, de achtste maand, november, de negende maand, december, de tiende maand. Toen we ons in 1752 aan de nieuwe kalender aanpasten, raakten we die elf dagen dus 'kwijt'. En daardoor werd 2 september 1752 gevolgd door 14 september 1752.

De tijd is een mysterie.

En hier is mijn steaksandwich voor het nieuwe jaar.

Ingrediënten

* Het beste zuurdesembrood dat je kunt krijgen
* Entrecote. Snijd hem dunner dan gewoonlijk – denk aan een sandwich en niet aan een lap vlees.
* Groene en rode wintersla, radicchio, witlof, bindsla
* Mierikswortel
* Zelfgemaakte mayonaise (zie bij 'Susies gravlax voor kerstavond')

Bereidingswijze

Snijd het brood niet te dun. Smeer er mayonaise op. Geen boter.

Beleg beide sneden brood met groene en rode sla.

Bak of gril de entrecote zoals je hem het liefste eet – rood of goed doorbakken – en leg op iedere snee brood een of twee plakken.

Smeer mierikswortel op de lappen vlees.

Leg de tweede boterham op de eerste – de sla blijft wel op zijn plek liggen.

Snijd de sandwich met een dodelijk mes doormidden.

Eet hem direct op.

Drink er een lichtgekoelde gamay bij, ongeacht het tijdstip, ook als het nog ochtend is. Dit is nieuwjaarsdag en miljoenen mensen beginnen nu aan hun alcoholvrije januari en zijn begonnen aan een dieet. Protesteer.

Als ik gasten heb die vegetariër zijn, maak ik een omeletsandwich voor ze: ik smeer *brown sauce* op hetzelfde brood, en geen boter. Ik geef er een glas champagne bij. Of een kop sterke thee. Meer kan ik niet doen.

Gelukkig Nieuwjaar.

HET GLIMHART

*K*erstavond.

Marty stond op het punt het huis van zijn vriendin Sarah te verlaten na het kerstdiner. Sarah gaf altijd een feestje op kerstavond en ging op eerste kerstdag, net als alle andere Joden die ze kenden, naar een Chinees restaurant.

Marty was de laatste die vertrok. Hij stond uit het raam te kijken. De sneeuw was tevreden aan het vallen. De straat was rustig.

'Wat een gedoe altijd, die kerst,' zei Sarah. Ze was de vaatwasser aan het inruimen en liet de stapel borden voor wat ze waren. Ze kwam naast hem staan en leunde een beetje tegen hem aan. 'Jezus was een Jood en hij is in Bethlehem geboren. Waarom sneeuwt het altijd?'

'Nou, het sneeuwt, dat valt niet te ontkennen,' zei Marty. 'Ik hou van een witte kerst. Bing Crosby, Judy Garland, *have yourself a merry little* enzovoort.'

'Doe niet zo sentimenteel,' zei Sarah.

'Wat is er mis met schmaltz?' vroeg Marty. 'We hebben het zelf uitgevonden.'

'We hebben het christendom uitgevonden en wat hebben wij eraan gehad? We zijn honderden jaren vervolgd.'

'We hebben het uitgevonden, maar geloven er niet in – we waren te praktisch... En het is een belachelijk verhaal, een timmerman die de Messias blijkt te zijn en opstaat uit de dood en dan aan het einde van de rit de hemel ontdekt. Maar als we nou eens het copyright hadden gehouden...'

'Ja, het was een waardeloze deal, maar je kan de geschiedenis niet herschrijven.'

'Dat zit ik anders wel de hele dag op mijn kantoor te doen. Hé, kunnen we dit contract verbreken? Hé, kunnen we voorkomen dat deze mensen het contract verbreken?'

'Dat zijn zaken. Ik heb het over het leven. Het leven van iedereen.'

'Wacht eens even... jij bent toch psychiater? Heb ik iets gemist?'

'Nee, je hebt niets gemist. Als je het over uitvindingen van de geest wilt hebben – en volgens mij is godsdienst een uitvinding van de geest – dan hebben de Joden de psychoanalyse uitgevonden, want elke Jood wil het verleden veranderen: "Oi vei! Ze heeft een hap van die appel genomen." "Ja, dat was best lekker, maar als je hier voor de zondvloed had gegeten..." "Is dit nou het beloofde land? Zullen we een Uber bestellen en teruggaan naar Egypte?" Iedereen wil het verleden veranderen – de dingen waarvan je spijt hebt, de mislukkingen, de fouten – maar dat kan niet.'

'Je kan het verleden wel veranderen,' zei Marty, 'niet de grote geschiedenis, maar de kleine. Als massa zijn we verdoemd en teleurgesteld, dat ben ik met je eens. Maar op persoonlijk vlak kunnen dingen wel veranderen. Dat geloof jij ook.'

'*Home is where the heartache is*,' zei Sarah. 'Rond Kerstmis is het altijd druk op mijn werk. Het gaat slechter met mensen, niet beter. Maar hoe gaat het met jou? Hoe gaat het nu? Sorry dat we vanavond niet met elkaar hebben kunnen praten... zoveel mensen en iedereen is zo druk. Wil je een whisky?'

Marty schudde zijn hoofd. 'Ik moet gaan.'

'Kom morgen naast me zitten bij Chine-Ease.'

'Ik kom niet. Ik wil bij David zijn. Hij was dol op Kerstmis.'

'Marty... dit is niet goed...'

Marty kuste Sarah bij wijze van antwoord op haar wang en pakte zijn jas. Hij vergat zijn handschoenen.

Het was stil op straat. Was iedereen al naar bed, in afwachting van de Kerstman? Wat een geïnspireerd rommeltje is Kerstmis toch. De Kerstman, dennenbomen, elven, cadeautjes, gekleurde lichtjes, versieringen, magie, een wonderbaarlijke geboorte. En de kortste dag van de zonnewende is net achter de rug en daarom is er, net op dat moment, behoefte aan zoiets als hoop.

Marty begon Judy Garland te zingen – was het uit *Meet Me in St Louis*? '*Someday soon we all will be together, if the fates allow. Until then, we'll have to muddle through somehow...*'

David was dood. Dit was de tweede kerstavond waarop hij in zijn eentje terugliep van Sarahs huis.

De eerste kerstavond was hij bij haar blijven slapen, op de bank, onder dekens die wel dik genoeg waren om hem tegen de tocht te beschermen, maar niet tegen de kou in zijn hart.

Liefde is spijt, dacht hij. Het ultieme 'wat als'. De verleidelijke wending in de tijd waardoor de loop van je leven twee keer verandert. Wanneer je elkaar ontmoet. En wanneer je uit elkaar gaat.

David was het dromerige type geweest, de tuinman, de sportieveling, het type van de frisse buitenlucht. Marty gaf de voorkeur aan een film en een etentje met vrienden. David at alleen warm wanneer iemand anders zijn eten had bereid. Wanneer hij alleen was, waren het broodjes kaas of sardines uit blik, met een goede fles wijn. Hij at handenvol sla en wortels, rechtstreeks uit de tuin. Marty protesteerde en probeerde de verse oogst mee naar binnen te nemen om een nieuw recept te proberen. David vond dat je op je intuïtie moest koken. 'Dat is omdat je nooit kookt,' zei Marty.

David geloofde in tekens – 'Je moet op de tekens letten,' zei hij als er een besluit moest worden genomen, en dan probeerde Marty zuchtend de voors en tegens tegen elkaar af te wegen. 'Maar goed dat we het niet via een datingsite hebben geprobeerd,' zei Marty, 'want dan waren we elkaar nooit tegengekomen.' Ze waren geen tegenpolen, maar eerder verschillende tijdzones. Marty werkte 's avonds laat door. David stond vroeg op en ging in de tuin aan de slag. David sliep altijd diep en werd nooit wakker. Marty lag minstens twee uur in het donker naar het plafond te staren. Marty kwam graag op tijd. David dreigde altijd te laat te komen. Hij had een soort versnelling, dacht Marty. Zijn lichaam had zijn geest niet kunnen bijhouden. Zijn geest was voor hem uit gerend. Zijn lichaam had geen tijd meer gehad.

De gemeente was er eindelijk mee opgehouden om af te tellen naar Kerstmis, alsof iedereen een ruimteschip was en Kerstmis een persoonlijke ster.

Die middag waren de winkels allemaal gesloten. Het personeel was naar huis. Marty wist dat miljoenen mensen nog online aan het shoppen waren, maar nu liepen ze hem in elk geval niet in de weg, zodat hij rustig – maar niet sereen – kon wandelen. Hij hield van wandelen. Hij hield ervan om in de stad te wandelen. Hij wilde niet naar de plek die de natuur heette om te wandelen. Hij wilde zijn handen in zijn zakken steken, zijn interne kompas vagelijk afstemmen op het oosten of het zuiden en blijven lopen tot hij moe genoeg was om de bus naar huis te nemen. Dat had hij vaak gedaan sinds David was overleden. Het was een manier om bij hem te zijn. Wat Marty vooral zo haatte aan de dood was dat je bijna doorlopend aan die ander dacht – het was overweldigend en opdringerig. Uitputtend. Je sprak niet meer om zes uur af om eens een bepaald restaurant te proberen. Je haastte je niet om op tijd klaar te zijn met werken zodat je vroeger weg kon voor het weekend dat je samen ging doorbrengen. Je kon niet meer ergens helemaal in opgaan en de ander helemaal vergeten – omdat je je die luxe kon permitteren – en dan opkijken naar de klok en overweldigd worden door een vlaag van verwachting, seksueel, emotioneel, in de wetenschap al snel bij die ander te zijn, weg te gaan van je werk, met duizenden anderen door de straten te stromen om die ander te ontmoeten.

En altijd diezelfde glimlach, begroeting, zoen, zijn hand op je schouder, wat een dag, wat neem jij, o, wat goed om je te zien. En later niet alleen naar huis. De stilte 's nachts wanneer hij zich slapend van je heeft afgewend en jij ongezien zijn blote rug aanraakt, en dit bed is je vlot op de tijd.

Ze hadden samen door Londen gelopen en nu was lopen voor Marty een manier om tijd door te brengen met de man van wie hij hield.

Alsof hij er was. En thuis, bij de deur, nam Marty afscheid – soms liet hij zijn dode David achter bij een bushalte, zoende hem en liep door, zonder om te kijken.

En als hij dan binnen was, iets had ingeschonken of thee had gezet of met een boek was gaan zitten, dan voelde hij zich een tijdje iets beter. Maar hij werd nog te vaak midden in de nacht wakker, nog steeds, en dan draaide hij zich om in het lege bed.

'Je moet misschien weer eens op zoek gaan naar iemand,' zei Sarah.

'Daar ben ik nog niet aan toe.'

Sarah woonde in Camden Town. Marty woonde in Shoreditch, in een oud negentiende-eeuws huis dat van zijn ouders was geweest. Ze hadden het niet verkocht – het was destijds helemaal niets waard. Ze waren vanuit de ruige stad naar de buitenwijken vertrokken en hadden het huis kamer voor kamer verhuurd aan studenten, die één enkele badkamer met elkaar deelden.

Marty had het huis geërfd en was kamers blijven verhuren. Zolang hij het nog niet zonder huurders kon redden, woonde hij in de kelder, waar alleen een koude kraan was.

Hij knapte het huis jaar na jaar verder op en deed het meeste werk zelf.

Hij woonde alleen omdat hem dat beviel. Hij had mannen, maar geen relaties. David was de eerste op wie hij verliefd was geworden.

David was nooit bij hem ingetrokken – er was genoeg plek, maar David hield van zijn kleine, lichte huurappartementje in King's Cross.

Marty vermoedde dat David ook seks had met andere mannen, maar hij vroeg er niet naar. David ging graag naar clubs. Hij was dapperder, flamboyanter. 'Wat is er nou precies zo flamboyant aan elkaars handje vasthouden?' had hij aan Marty gevraagd, die daar 's nachts, als ze naar huis liepen, zenuwachtig over was, en zich er overdag opgelaten over voelde.

David deed aan fitness, hield van zijn lichaam, had een piercing in zijn oor. Marty had een diamant voor hem gekocht toen ze elkaar nog maar pas kenden.

'Dat is pas flamboyant,' zei David. 'Het woord betekent deinend als een stuiterende vlam – en kijk nou eens naar het licht dat nu van me af stuitert!'

Op een avond had Marty ongezien bij Davids appartement staan wachten. Hij zag David naar binnen gaan met een oudere man. Ongeveer een uur later kwam de man weer naar buiten. Marty had later die avond met David afgesproken om naar de film te gaan. Hij stuurde David een sms'je om af te zeggen. Hij zei er niet bij waarom. Hij zei niet tegen David wat hij had gedaan, maar die avond drong het tot hem door dat hij zijn minnaar moest gaan bespioneren of er nu meteen mee op moest houden.

David was David. Waarom worden we verliefd op iemand vanwege wie hij is en proberen we hem daarna onmiddellijk te veranderen?

Pas nadat David was overleden, begon Marty weer rond te hangen bij zijn appartementsgebouw. Hij liep er minstens één keer per week langs, en daarvan werd hij boos en verdrietig. Het deed hem geen goed, luchtte hem niet op, maar hij bleef het doen.

Ook nu liep hij weer langs het gebouw. Davids luxaflex hing nog voor het raam. Halfdicht, zoals hij het graag wilde. Op deze avond hingen er ook kerstlichtjes voor het raam. David zou een kaars hebben aangestoken. Eén kaars.

Toen ze elkaar net hadden leren kennen, had David Marty meegenomen naar zijn appartement en de kaars aangestoken. Ze hadden elkaar gezoend toen ze voor de ijskast stonden en sinds die tijd had Marty poëtische gevoelens bij ijskasten. Soms gaf hij er een klopje op als hij er langs eentje liep, alsof elke ijskast een welwillende medeplichtige was in hun romance.

Maar Marty was verlegen en na die eerste nacht kostte het hem een week om weer contact op te nemen met David.

David kwam net thuis na het joggen, zag het bericht, gooide zijn telefoon in de lucht en rende weer naar buiten. Hij rende de hele weg naar de bloemenmarkt op Columbia Road in de buurt van Marty's huis.

Marty deed die zondagochtend de deur open in zijn kamerjas en zag David in een korte broek op sportschoenen tegen de bel leunen met een arm vol bloemen. Hij fleurde het kleine halletje op met roze pioenrozen.

'Ik dacht dat ik niet van bloemen hield,' zei Marty.

'Het is een teken,' zei David.

Al snel had David Marty's lange, smalle achtertuin omgetoverd tot een beloofd land van klimbonen en wisteria en oude Engelse rozen en lavendel, en de ramen naar de straat stonden open en het leven stroomde binnen als muziek en klonk in alle kamers.

Bedankt dat je me gelukkig hebt gemaakt.

Dit zei Marty hardop tegen de kaars. David was dol geweest op flikkerende lichtjes. Toen hij die eerste zomer de tuin voor Marty had aangelegd, had hij Marty op de avond van de zomerzonnewende mee uit eten genomen naar een bar en erop gestaan dat ze pas na zonsondergang naar huis gingen – bijna elf uur, die avond, en Marty moest de volgende ochtend vroeg naar zijn werk. Maar David was erg opgewonden over iets. Toen ze in de buurt van zijn huis kwamen, rende hij vooruit en liet hij de voordeur open. Hij riep: 'Niet het licht aandoen!'

Van de lange, smalle hal naar de lange, smalle gang liep een flakkerend licht. Marty volgde het. Hij stond in de tuin, die was verlicht met een soort Chinese lantaarns – maar ze waren lang en niet rond – die op het muurtje stonden en tussen de rozen en tussen de kroppen sla, die vreemd groen oplichtten, alsof het groente van Mars was.

'Glimwormen,' zei David. 'Omdat de zon vandaag stilstaat – dat is wat zonnewende betekent. *Solsticium.* Uit het Latijn. *Sol*: de zon. En het werkwoord *sistere*: stilstaan. Ik wil dat onze zon stilstaat, hier en nu. Laat dit genoeg wereld en tijd zijn.'

Ze bedreven de liefde op het uitklapbed in de schuur.

Marty keek naar de kaars die niet meer voor het raam stond. Toen draaide hij zich om en liep terug door Clerkenwell, met de zware tas die zijn hart was geworden.

Die allerlaatste keer had David in zijn hand geknepen en gefluisterd: 'Ik zal je een teken sturen.'

Maar hij had geen enkel teken gekregen. Dat krijg je toch nooit?

Marty geloofde niet in een leven na de dood. David wel. 'Het is niet interessant als idee,' betoogde Marty. 'Waarom hebben we het er überhaupt over?'

David zei: 'Het is een kans van een op twee. Een van ons beiden heeft gelijk en de ander heeft het mis. Als we doodgaan, in die fractie van een seconde wanneer er nog bewustzijn is, zal een van ons beiden zeggen: "O, shit!"'

Het leven na de dood, dacht Marty, en toen zei Marty hardop, tegen niemand, want er was niemand op straat: 'En daarom vroeg ik hem: "Geloof je dan ook in de Kerstman?"'

Het wit was licht. Diep en helder en gelijkmatig en het weerspiegelde de straatverlichting. Maar toen zag Marty, die om zich heen keek in de leegte en naar een antwoord op zijn vraag zocht, een verandering van het licht en een grote schaduw die het wit donker kleurde. Hij keek omhoog.

In de witte hemel vol sneeuwwolken, recht boven zijn hoofd en even groot als een zeppelin, zweefde een reusachtige, vreedzame Kerstman die een stroom HO HO HO's achter zich aan trok. Marty zag zijn zwarte laarzen en rode muts en de zak die hij over zijn schouder had geslingerd. Was hij losgeraakt van een duur kantoorgebouw? Was het een kerststunt? Waarom vloog hij stil boven de stille stad?

Marty bleef omhoogkijken terwijl de Kerstman in de ijskoude middernachtelijke luchtstroom zweefde. Het leek of hij naar Marty zwaaide. Marty had geen enkele reden om terug te zwaaien, maar hij deed het toch. En toen leek de Kerstman van richting te veranderen; hij zweefde niet meer naar het westen.

Hij ging naar het oosten, met Marty.

Marty stak zijn handen dieper in zijn jaszakken en ging sneller lopen. Hij hield van Kerstmis, echt, maar moest hij daarom naar huis worden gevolgd door een opblaasbare Kerstman?

'Hé,' had David gezegd, 'vind jij het niet prachtig dat er kamelen en roodborstjes op een en dezelfde kerstkaart staan?'

'Wanneer is de kerstkaart uitgevonden?' vroeg Marty. 'Ergens in de negentiende eeuw? Dat moet haast wel.'

'De post en goedkoop drukwerk,' zei David, 'ja, je hebt gelijk. Henry Cole in 1843 in Engeland – die man werkte bij de pas opgerichte posterijen – verantwoordelijk voor de Penny Post. In Amerika wordt de eerste commerciële kerstkaart pas in 1874 verstuurd. We waren voor de verandering eens het eerst.'

'Ik vind het fijn als je me dingen vertelt,' zei Marty.

David tekende en schreef hun kerstkaarten. Het laatste jaar was hij met kerst te moe, maar hij had Marty op pad gestuurd om vijftig van die platte, ronde horlogebatterijen te gaan kopen en hij lag de hele dag in bed blaadjes te knippen. Een vriend van hem was langsgekomen en David had Marty gevraagd om voor iedereen champagne te gaan halen.

Toen Marty terugkwam met de flessen ging hij naar boven om David op te zoeken. Het bed was leeg. Hij raakte in paniek en rende door het hele huis terwijl hij 'DAVID! DAVID!' riep. De vriend was vertrokken en had de tuindeur opengelaten. Marty hoorde Judy Garland: '*Next year all our troubles will be miles away...*'

Marty liep de tuin in. Aan de trellisschermen en de haken en aan een touw door de deur dat was vastgemaakt aan de plantenstokken in alle potten en perken, hingen verlichte witte, rode en lichtgroene papieren harten.

David zat ingepakt in zijn rolstoel in de glimmende duisternis. Hij glimlachte, tevreden over zichzelf en over de verbaasde blik op Marty's gezicht.

'Je hield zo van die glimwormen die ik die zomer voor je had gemaakt, toen we elkaar net hadden leren kennen, dat ik deze heb gemaakt. Ik noem het glimharten. En ze zijn van mij en ze zijn van jou en ik hou van jou.'

Marty knielde neer bij Davids rolstoel en legde zijn hoofd op de deken en huilde alle tranen die hij had ingehouden. En David huilde ook, maakte Marty's haar nat en zei: 'Er was eens een prinses in een winter die nooit zomer werd en ze huilde zoveel om wat ze had verloren dat haar tranen bevroren en parels werden. De vogels namen ze mee om hun nest te versieren. Er kwam een prins langsgereden, want dat doen prinsen in sprookjes, en hij zag de nesten met parels en hij vroeg aan de vogels waar ze die schatten hadden gevonden en de vogels vlogen met hem mee naar de prinses die zoveel had gehuild dat ze was omringd met parels. En ten slotte kust hij haar natuurlijk en die dag is het opeens geen winter meer.'

'Dat is het sentimenteelste verhaal dat ik ooit heb gehoord,' zei Marty door zijn tranen heen.

'Fantastisch!' zei David en ze begonnen te lachen en Marty opende de champagne en ze zaten samen in de schijnende duisternis met de glimharten die de hele Kerstmis glommen. Behalve die ene. Marty had hem stiekem meegenomen en de batterij eruit gehaald, zodat het hart voor hem altijd David zou zijn.

David wist wat Marty dacht. Hij hield hem stevig vast. 'Dit is voor nu,' zei David. 'Voor vanavond. Voor dit nu. Het beloofde land ligt niet in de toekomst of in het verleden – het is altijd nu.'

'Laat me niet alleen,' zei Marty.

'Je moet op de tekens letten,' zei David.

Marty kwam thuis. In de portiek lagen twee dronkenlappen die naar de lucht wezen. Marty gaf hun geld en keek niet omhoog. Hij wist dat de helium-Kerstman boven hem zweefde. Nu hing hij boven zijn huis als de ster in het verhaal. Marty ging naar binnen en hij ging meteen naar bed. Het was ongeveer kwart voor twee 's nachts. Hij viel in slaap en sliep diep, maar even later werd hij wakker en hoorde hij David zeggen: 'Ik heb je toch gezegd dat je op de tekens moest letten.'

Marty schrok op. Hij zag dat de lichtgevende wijzers van de klok – nog steeds kwart voor twee – waarschijnlijk stil waren blijven staan. De kamer werd dof verlicht door de lantaarnpaal. En David zat in kleermakerszit op het bed. Hij droeg een pyjamabroek en een tweedjasje. Hij had blote voeten en niets aan onder het jasje.

'Ik heb geen kleren bij me,' zei hij. 'Die neem je niet mee als je doodgaat. Dit zijn de jouwe.'

'Ik ben aan het dromen,' zei Marty, 'maar maak me niet wakker.'

'Wat vond je van de Kerstman die ik je heb gestuurd?'

'Heb jij die gestuurd?'

'Ik begon wanhopig te worden... Dit was mijn laatste kans.'

'Kerstavond, is dat niet een beetje afgezaagd?'

'Het is zo moeilijk om je te bereiken! Ik krijg je steeds maar niet te pakken!'

'Ik denk de hele tijd aan je!'

'Dat is nou juist het probleem. Je bent de hele tijd zo hard aan me aan het denken – aan het deel van me dat dood is – dat ik je maar niet te pakken krijg. Ik heb zoveel tekens gestuurd.'

'Zoals wat?'

'Kun je je die twee kometen aan het strand van afgelopen zomer nog herinneren?'

Die kon Marty zich nog wel herinneren, maar hij deed niet

mee met het spelletje. 'Kometen zijn verschijnselen in de ruimte en geen tekens.'

'Die eerste zomer, na de zonnewende, zagen we twee kometen in Frankrijk en toen zei ik tegen jou: "Die zijn voor ons."'

Marty wist het nog. Hij had het altijd mooi gevonden hoe David het hele universum medeplichtig maakte aan hun liefde. Maar hij protesteerde. 'Dat is heel romantisch, maar het klopt niet!'

'Daarom heb ik ze weer gestuurd – om jou eraan te herinneren. En die dag in de British Library... de vrouw die naar je toe kwam en "Hallo David" zei.'

'Ik had haar nooit eerder gezien. Die vrouw was gek.'

'Dat was mijn tante,' zei David. 'Ze is helderziend. Ze zag dat ik naast je liep.'

'Hoe kon ik nou weten dat het je helderziende tante was? Waarom heeft ze dat niet gezegd?'

'Je was alweer in de menigte verdwenen... ze kreeg er de kans niet voor! Ik heb haar met de trein helemaal uit Milton Keynes gestuurd.'

'Waarom heb je dan niks gezegd?'

'Ik heb het je wel gezegd! Je zou die dag helemaal niet naar de bibliotheek gaan... Ik heb je moeten dwingen. Ik stond achter je te schreeuwen: "GA NOU NAAR DIE KLOTEBIBLIOTHEEK!" Ik kan natuurlijk niet schreeuwen omdat ik geen strottenhoofd heb, maar je snapt wat ik bedoel.'

Marty voelde berouw. Hij had zijn minnaar genegeerd en onbeschoft gedaan tegen de helderziende tante uit Milton Keynes.

'Moet ik je tante een kerstkaart sturen?'

'Dat zou aardig zijn. Haar adres staat in mijn iPhone onder HT – helderziende tante. Heb je mijn iPhone nog?'

Marty knikte. Hij had wel eens door de adressen gescrold, maar was daar weer mee opgehouden – te veel mannen die hij nooit had ontmoet.

'Ik heb nergens spijt van,' zei David, alsof hij Marty's gedachten kon lezen.

Marty bedacht iets. 'Hoe kun je nu praten als je geen strottenhoofd hebt?'

'Ik heb je volledige aandacht. We communiceren via onze gedachten.'

'Dat kan helemaal niet.'

'Alleen het onmogelijke is de moeite waard.'

Marty stak zijn hand uit om David aan te raken. Maar ze werden van elkaar gescheiden door een soort lichtbarrière. Zijn hand was lichtgevend. Hij trok hem terug en wreef in zijn ogen. Hij was opeens bang en moe.

'Ik kan niet zonder je leven, David. Het is alsof ik als schaduw leef. Jij was de zon.'

'Daarom ben ik hier... Hé, je hebt vorige week niet eens het soepteken gezien. Je was met Dan bij Chez Henri en Dan bestelde mijn lievelingssoep, en toen de ober hem kwam brengen, zette hij hem per ongeluk voor jou neer. Ik heb die soep verwisseld.'

'Ben je er altijd?'

'Nee, maar ik kom jou opzoeken.'

'Hou me vast.'

'Dat kan ik niet. Het is dat gedoe van Einstein. $E = mc^2$. Alle massa is energie, maar niet alle energie is massa. Jij bent massa. Ik ben energie. Ik ben niet verloren, ik ben niet verspild, maar ik kan je niet vasthouden. Maar ik kan je wel opwarmen. Moet je maar voelen... Hier... Steek je hand eens uit.'

Marty stak zijn hand uit naar Davids borst. Er was helemaal niets wat hij kon vastpakken. Voordat hij helemaal begon weg te teren, was hij zo gespierd geweest. Maar misschien was hij helemaal niet weggeteerd, misschien was het datgene aan het worden wat het moest zijn. Energie, en geen massa.

Marty voelde zijn vingers tintelen en zijn hand warm worden. Hij stak zijn andere hand uit, alsof David een vuur was dat op het bed was aangestoken. Hij begon te huilen. 'Niet huilen, prinses,' zei David. 'Daarom ben ik hier. Daar moet je eens mee ophouden. Doe het voor ons. Ik moet gaan en jij moet blijven. Ik zal er altijd zijn, maar ik wil dat je weer begint te leven. Het leven is mooi en kort. Verpest het nou niet.'

'Ik kan je maar niet vergeten,' zei Marty. 'Dat wil ik niet.'

'Je zult me ook helemaal niet vergeten – je houdt onze liefde in ere – wat we hebben gedaan. De liefde is geen gevangenis. Je kunt je voor mij niet in je liefde opsluiten. Neem onze liefde met je mee – die is altijd bij je. Je komt er niet overheen en je gaat ook niet door of dat soort flauwekul, maar je neemt mij met je mee.'

'Nee, neem jij mij maar mee,' zei Marty. 'Ik wil hier niet alleen achterblijven.'

David keek hem oneindig liefdevol aan. 'Je moet me vertrouwen, zoals je me vroeger altijd vertrouwde. Doe je dat?'

Er viel een lange stilte. Toen zei Marty: 'Wat moet ik doen?'

'Je staat morgen op, drinkt koffie in de tuin en dan zal ik er zijn. Je zult wel merken dat ik er ben. Wacht maar af. Dan lopen we samen naar je lunch in Chine-Ease en dan zeg ik je buiten gedag – ik eet nu even niet – het valt nogal zwaar als je geen maag hebt.'

Marty lachte terwijl hij helemaal niet wilde lachen.

'En dan,' zei David, 'wil ik dat je weer opnieuw begint.'

Marty viel in slaap. Toen hij weer wakker werd, was het even na achten. Het sneeuwde niet meer. Hij keek uit het raam. Er was geen teken van de opblaasbare Kerstman. Hij wreef over zijn hoofd.

En David? Een droom.

Hij zuchtte en ging onder de douche, scheerde zich, trok

zijn kamerjas aan. Koffie. In de achtertuin. Dat moest hij doen van de droom-David. In de achtertuin? Het vroor.

Marty zette koffie, heet en sterk, trok zijn schoenen aan zonder zijn veters te strikken, deed de deur van het slot en ging de tuin in. De lucht was vol ijsdeeltjes en er liep een spoor van kattenpoten in de sneeuw. Hij kon de vage omtrekken en de poppenkastachtige vorm van de schuur zien.

En toen zag hij het.

Het glimhart.

Aan het kettinkje in de appelboom hing het laatste glimhart dat Marty had bewaard van hun laatste kerst samen.

David?

Het glimhart bewoog een beetje in de wind, maar er stond geen wind.

Marty haalde het hart uit de boom en hing het om zijn nek. Hij voelde de warmte zacht tegen zijn borstkas kloppen.

En later arriveerde hij bij het restaurant, lichter dan eerst, of zo leek het tenminste. Sarah ging net naar binnen. Ze stak haar arm uit.

'Ik moet alleen nog even van iemand afscheid nemen,' zei Marty. 'Ik kom zo. Hou een plekje naast je voor me vrij.'

Sarah keek verbaasd, maar ging naar binnen.

'Dag, David,' zei Marty hardop. 'Bedankt dat je bent mee-gegaan.'

Marty deed de deur open. 'Volgens mij draaien ze jouw nummer,' zei Sarah.

'*Have yourself a merry little Christmas now...*'

Mijn viskoekjes voor Driekoningen

DRIEKONINGEN IS EEN rare feestdag. 5 of 6 januari. Tijd om de kerstversiering weg te halen en een punt achter de feestdagen te zetten.

Driekoningen is de dag waarop de drie koningen het kindeken Jezus bezoeken. In Ierland en in sommige delen van Italië worden op Driekoningen poppetjes van de drie wijzen uit het Oosten in de kerststal gezet.

De koningen die in de stal voor het kindeken knielen, passen in het patroon van omkeringen dat in voorchristelijke tijden tijdens de midwinterfeesten gebruikelijk was.

Tijdens de Romeinse Saturnalia en het Keltische feest Samhain wordt een Zottenprins geëerd. De gewone klassen-, welvaarts- en seksehiërarchieën worden in de feestperiode omgekeerd. De Italianen noemen het tijdens de carnaval *Il Monde Reverso* – de omgekeerde wereld. Hoog wordt laag, laag wordt hoog, vrouwen geven de mannen opdrachten en verkleden zich als man en vice versa.

De katholieke Kerk was er bijzonder goed in haar godsdienstige gelegenheden op bestaande niet-christelijke feestdagen te enten. Driekoningen was onderdeel van deze modernisering.

In Shakespeares tijd was Driekoningen een belangrijke feestdag. In zijn toneelstuk *Driekoningen* stelt Shakespeare de traditie van omkeringen dramatisch voor – een meisje dat zich als jongen verkleedt, een bediende die zijn kansen waagt als adellijke dame, een schipbreuk waarbij het verleden wordt weggevaagd. Het chaotische pantomime in de donkere kamer.

In pantomimes – kerstamusement bij uitstek – figureert altijd een dame die als man is verkleed en een jongetje of een meisje van gewone komaf dat prins of prinses zal worden, plus een paar boeven die in het stof bijten.

Er is een mooi gedicht van T.S. Eliot, dat 'De reis van de drie koningen' heet. Het gaat over de drie koningen die bij het kindeken Jezus zijn geweest en zich afvragen wat er is gebeurd en waarvan ze getuige zijn geweest. Was het geboorte of dood? De geboorte van het kindeken Jezus luidt de dood in van een bestaande orde.

Dat is het punt met die omkeringen – en je ziet dit principe ook in alle sprookjes, een of andere lotsverwisseling, of verandering van de omstandigheden, van armoe naar rijkdom en van rijkdom naar armoe, een einde dat eigenlijk een begin is, een dappere nieuwe wereld die niet meer is dan een bezielde necropolis, het verlies van iets waardevols waardoor we een werkelijke schat kunnen vinden.

Wanneer de bestaande situatie wordt omgedraaid, kunnen zich nieuwe mogelijkheden voordoen.

Driekoningen wordt ook wel aangeduid met het woord epifanie. Epifanie betekent verschijning. Er wordt iets onthuld. Iets wat de bestaande orde wil veranderen.

We horen veel over disruptieve bedrijven als Uber en Airbnb, die de bestaande orde willen veranderen. Er wordt ons gezegd dat dit creatief en noodzakelijk is. Misschien is dat ook zo.

Ik heb het gevoel dat we wel wat meer stabiliteit in ons dagelijkse leven kunnen gebruiken, zodat we ons aan de disruptie van ons innerlijke leven kunnen wagen; van ons denkende, voelende en verbeeldingsrijke leven. Wat heeft het voor nut om mens te zijn als we ons net als dieren alleen bezighouden met eten, territorium, overleving, voortplanting en onze positie in de roedel?

De trieste waarheid is dat geen enkel politiek systeem (en het kapitalisme is een politiek systeem) erin geslaagd is de meeste mensen van de eerste levensbehoeften te voorzien, zodat we een zekere vrijheid hebben om te onderzoeken wat er gaande is in de achtennegentig procent van onze hersenen die we niet gebruiken.

Volgens mij hebben die systemen dan gefaald.

Een epifanie is een bezielde omkering van de machtsstructuren en hiërarchieën, van klassenstelsels en de status quo, een herinnering aan het feit dat onze manier van leven propositioneel is: wij hebben het zo gemaakt – en we zouden het ook anders kunnen doen.

De koningen knielen voor iets groters dan het gezag – ze knielen voor een mogelijke toekomst, die is gebaseerd op liefde en niet op angst, waar overvloed heerst en geen gebrek.

Vervolgens vindt in het verhaal, zoals iedereen weet, de kindermoord te Bethlehem plaats. Koning Herodes laat iedere jongen van twee jaar en jonger vermoorden, omdat hij wil vasthouden aan zijn macht en de status quo wil handhaven.

Maar het kind dat hij wil hebben, is al vertrokken door de woestijn en gaat in de armen van zijn moeder zijn lot tegemoet.

Er is altijd een nieuwe kans.

En wij?

Wij hebben de surrogaatversie van Volg Je Ster – maar wat gebeurt er als de ster ons naar een vieze, oude stal in een stadje van niets leidt, terwijl wij onze beste kleren dragen en applaus verwachten? Wat doen we wanneer we moeten knielen in het stro en onze geschenken moeten geven (het beste deel van onszelf) aan iets wat we niet begrijpen?

Verhalen en spelletjes over queesten maken het allemaal zooverzichtelijk – opdrachten, monsters, tegenslagen en dan succes. Het probleem is dat de echte queeste geen einde kent, geen en-ze-leefden-nog-lang-en-gelukkig nadat je een aantal opdrachten hebt volbracht. Jezelf tot doel stellen om bewust te leven, om creatief te zijn – wat dat voor jou ook betekent – om je over te geven aan de liefde, om dingen te veranderen, dat is een levenswerk.

Sterren leiden ons naar de plek waar ze ons naartoe willen leiden. Wat we doen wanneer we op onze onverwachte bestemming aankomen, is geheel aan ons.

Tijdens een reis heb je eten nodig. Ik ben dol op vis, en deze viskoekjes zijn makkelijk te bereiden en zeer geschikt om mee te nemen als lunch of avondeten voor de picknick. Of eet ze warm met je zelfgemaakte mayonaise of je eigen tomatensaus.

Ik doe geen aardappel in mijn viskoekjes omdat ik ze lekker vind met frites. Voor een lichte en voedzame maaltijd eet je ze met wat uitgeperste limoen of citroen en een grote kom salade. Of met een bord warme kool met boter.

Ingrediënten

* Hoeveelheid gemengde vis – dit is afhankelijk van het aantal viskoekjes dat je wil bereiden. Ik gebruik verse kabeljauw, zalm en ongeveer 20 procent gerookte schelvis. Als je niet van gerookte schelvis houdt, gebruik je dat natuurlijk niet. Ik heb deze ook met kabeljauw en garnalen geprobeerd. Best lekker.
* Gesnipperde ui, maar niet te veel, genoeg om smaak te geven
* Eieren. Eieren zijn het bindmiddel aangezien je geen aardappelen gebruikt.
* Broodkruim
* Bloem
* Bladpeterselie
* Zout en peper

Bereidingswijze

Het voornaamste punt is dat dit kleine viskoekjes zijn – bij te grote en te dikke koekjes wordt de vis niet gaar. Bij grotere viskoekjes met aardappel moet je eerst de aardappelen en de vis bereiden, en dat doen we hier niet. Houd ze dus klein.

Snijd de vis fijn en de ui nog fijner.

Roer alles in een grote kom dooreen en voeg het ei of de eieren toe zodat je een plakkerig mengsel krijgt. Voeg peterselie en zout en peper toe.

Strooi wat bloem op een plank. Maak met beide handen kleine, platte viskoekjes en haal ze vervolgens aan beide kanten door de bloem zodat ze heel blijven. Haal ze vervolgens aan beide kanten door het broodkruim.

Leg alle viskoekjes op een groot bord. Zorg dat ze stevig zijn.

Laat ze, indien mogelijk, een uur afkoelen in de ijskast... Als dat niet mogelijk is...

Verhit zonnebloemolie in een pan – zorg ervoor dat de olie goed heet is en leg de viskoekjes een voor een in de pan en draai ze na 4 minuten om.

Als je tomatensaus wilt maken, moet je dat van tevoren doen. Hieronder staat een heel eenvoudig recept dat niet alleen zeer geschikt is voor viskoekjes, maar ook voor pastasaus of saus voor bij de rijst.

Neem een paar grote smaakvolle tomaten en ontvel ze door ze ongeveer een halve minuut in een grote pan met heet water onder te dompelen.

Verhit een beetje olijfolie in een pan met een dikke bodem en voeg een beetje knoflook toe. Ik doe er ook uien bij, maar dat hoeft niet. Ik doe er soms ook een verse rode chilipeper bij.

Wanneer de knoflook, ui en rode peper zacht zijn geworden, voeg je de ontvelde, in grote stukken gesneden tomaten toe. Roer alles goed door elkaar. In dit stadium voeg ik soms wat rozemarijn uit de tuin toe.

Doe de deksel op de pan en laat het mengsel ongeveer een halfuur op matig vuur staan. Laat het niet aanbranden!

Wanneer het een mooie saus is geworden, haal je het takje rozemarijn uit de pan (als je dat erin hebt gedaan). Voeg zout en peper toe en laat de saus inkoken tot hij de gewenste dikte heeft.

Als je wilt, kun je er ten slotte ook vers basilicum aan toevoegen. Dit recept is eenvoudig, snel te bereiden en veelzijdig. Eet smakelijk!

KERSTWENSEN VAN DE AUTEUR

*D*e tijd is geen pijl, maar een boemerang.
Ik ben geadopteerd door mensen die lid waren van de pinkstergemeente en tot missionaris waren benoemd. Kerstmis was belangrijk in de missiekalender. Vanaf begin november maakten we ofwel pakketten die naar het buitenland werden verzonden ofwel pakketten die afgeleverd moesten worden bij mensen die vanuit diverse brandhaarden in de wereld waren teruggekeerd naar het thuisfront.

Misschien was het omdat mijn ouders de Tweede Wereldoorlog hadden meegemaakt. Misschien was het omdat we in de eindtijd leefden en op het Armageddon wachtten. Hoe dan ook werd Kerstmis gekenmerkt door een zekere discipline, van het maken van de mincemeat voor de mince pies tot het zingen van kerstliedjes voor, of beter gezegd tegen, de ongereddenen van Accrington. En toch hield mevrouw Winterson van Kerstmis. Alleen in deze tijd van het jaar trad ze de wereld tegemoet alsof het er niet slechts een tranendal was.

Ze was een ongelukkige vrouw en daarom was deze gelukkige tijd bij ons thuis waardevol. Ik weet zeker dat ik van Kerstmis houd omdat zij ervan hield.

Op 21 december ging mijn moeder altijd op pad in haar jas en met haar hoed op terwijl mijn vader en ik mijn zelfgemaakte slingers ophingen, van de hoeken van de sierlijst naar het peertje in het midden van het plafond.

Uiteindelijk kwam mijn moeder weer terug, voor mijn gevoel altijd in een hagelstorm, maar dat waren misschien haar persoonlijke weersomstandigheden. Ze had een gans bij zich, die voor de helft in haar tas zat, maar zijn levenloze kop uit de tas liet hangen als een droom die niemand zich kan herinneren. Ze gaf ze aan mij – de gans en de droom – en ik plukte de gans en deed de veren in een emmer. We bewaarden de veren om ze later als vulling te gebruiken en bewaarden het dikke ganzenvet dat uit het beest was gelekt om de hele winter aardappelen te kunnen bakken. Met uitzondering van mevrouw W, die een schildklieraandoening had, was iedereen die we kenden graatmager. We hadden dat ganzenvet nodig.

Nadat ik op mezelf was gaan wonen, en later ook aan de universiteit van Oxford was gaan studeren, ging ik die eerste Kerstmis weer naar huis. Mijn moeder had me al een hele tijd daarvoor gezegd dat ik het huis uit moest toen ik verliefd was geworden op een meisje. In een gelovig huis als het onze had ik net zo goed met een geit kunnen trouwen. Sinds die tijd hadden we elkaar niet meer gesproken. Ik had een tijdje in een Mini gewoond, bij een leraar gelogeerd en uiteindelijk de stad verlaten.

Tijdens mijn eerste semester in Oxford ontving ik een kaart – zo'n kaart waarop in blauwe letters aan de bovenkant POST CARD stond. Daaronder, in haar onberispelijke handschrift, stond de vraag: KOM JE DEZE KERSTMIS NAAR HUIS? LIEFS MOEDER.

Toen ik bij ons kleine rijtjeshuis aan het einde van de straat kwam, hoorde ik muzikale klanken die het best te omschrijven zijn als de bossanovaversie van 'In The Bleak Midwinter'. Mijn moeder had de oude piano weggedaan en een elektronisch orgel met twee klavieren, begeleidingssectie en ritmesectie aangeschaft.

Ze had me twee jaar niet gezien. Er werd geen woord gezegd. Het volgende uur bewonderden we de snaredrumeffecten en de trompetsolo in 'Hark The Herald Angels Sing'.

Mijn vriendin uit Oxford, die uit Saint Lucia kwam, zou op bezoek komen, wat dapper van haar was, maar toen ik haar het een en ander over mijn familie probeerde uit te leggen, dacht ze dat ik overdreef.

Aanvankelijk was haar bezoek een groot succes. Mevrouw W beschouwde een zwarte vriendin als bijzonder uitdagend zendingswerk. Ze ging langs bij de gepensioneerde zendelingen en vroeg: 'Wat eten ze?' Het antwoord luidde: ananas.

Toen Vicky was gearriveerd, gaf mijn moeder haar een wollen deken die ze zelf had gebreid zodat Vicky het niet koud zou krijgen. 'Ze vinden het hier koud,' zei ze tegen mij.

Mevrouw Winterson was een obsessief type en ze had het hele jaar voor Jezus gebreid. In de kerstboom hing gebreide kerstversiering en de hond zat gevangen in een kerstjas van rode wol met witte sneeuwvlokken. Er was een gebreide kerststal. De herders droegen kleine sjaaltjes omdat dit Bethlehem op de busroute naar Accrington was.

Mijn vader deed de deur open in een gebreid vest en bijpassende gebreide das. Het hele huis was van nieuw breiwerk voorzien.

Mevrouw W was in een goede bui. 'Wil je wat ham met ananas, Vicky? Toast met kaas en ananas? Ananas met room? Ananascake? Ananasbeignets?'

Nadat ze dit voedsel een paar dagen had gegeten, zei Vicky uiteindelijk: 'Ik houd niet van ananas.'

Het humeur van mevrouw W sloeg meteen om. De rest van de dag sprak ze niet meer met ons en ze vermorzelde een roodborstje van papier-maché. De volgende ochtend stond er een piramide ongeopende blikken ananas op tafel en een victoriaanse kaart met twee katten die op hun achterpoten stonden en net zo gekleed waren als meneer en mevrouw. Het opschrift luidde: NIEMAND HOUDT VAN ONS.

Toen Vicky die avond naar bed ging, zag ze dat haar kussen uit de sloop was gehaald en dat de kussensloop was gevuld met folders die waarschuwden voor de Apocalyps. Ze vroeg zich af of ze niet beter naar huis kon gaan, maar ik had wel erger meegemaakt en dacht dat het allemaal wel weer zou overwaaien.

Op kerstavond kwam er een groepje van de kerk langs om kerstliedjes te zingen. Mevrouw W leek werkelijk wat gelukkiger. Ze had Vicky en mij opgedragen een stel halve kolen in aluminiumfolie te verpakken en daar cocktailprikkers met cheddar en de versmade stukjes ananas in te steken.

Ze noemde deze dingen Spoetniks. Het had iets met de Koude Oorlog te maken. Aluminiumfolie? Antennes? Verhalen over de KGB die afluisterapparatuur in de kaas had verstopt?

Het deed er niet toe. De beledigende ananas had nu een doel en we waren allemaal opgewekt kerstliedjes aan het zingen toen er een klop op de deur klonk. Het bleken mensen van het Leger des Heils die ook kerstliedjes zongen.

Dat was op zich niet zo vreemd. Het was tenslotte kerst. Maar mevrouw Winterson wilde er niets van weten. Ze deed de voordeur open en schreeuwde: 'Jezus is hier. Ga weg.'

Knal.

Na kerst ben ik vertrokken en nooit meer teruggekomen. Ik heb mevrouw W nooit meer gezien – korte tijd later was ze woedend over mijn debuutroman *Sinaasappels zijn niet de enige vruchten* (1985). Citaat: 'Het is de eerste keer dat ik een boek onder een valse naam heb moeten bestellen.'

Ze is in 1990 overleden.

Wanneer je ouder wordt, denk je met Kerstmis aan de doden. De Kelten dachten dat de doden de levenden gezelschap hielden tijdens hun midwinterfeest Samhain. Veel culturen begrijpen dat. De onze niet.

Dat is betreurenswaardig. En het is een gemis. Als de tijd geen pijl is maar een boemerang, blijft de tijd altijd terugkomen en zichzelf herhalen. De herinnering, als creatieve daad, stelt ons in staat de doden op te wekken of te laten rusten, wanneer we ons verleden uiteindelijk begrijpen.

Afgelopen jaar was ik met kerst alleen in mijn keuken. Ik had een vuur aangestoken – ik vind het heerlijk om in de keuken een vuur te hebben. Ik was net iets te drinken aan het inschenken toen 'Have Yourself A Merry Little Christmas' van Judy Garland op de radio kwam. Ik herinnerde me mevrouw W, die dat liedje op de piano speelde. Het was een van die momenten die we allemaal kennen, van bedroefdheid en vertedering. Spijt? Ja, dat denk ik wel, vanwege alles wat we verkeerd hebben gedaan. Maar ook waardering, want ze was een bijzondere vrouw. Ze verdiende een wonder dat haar zou bevrijden uit het leven waarin ze gevangenzat, een leven zonder hoop, zonder geld en zonder kans op verandering.

Gelukkig kreeg ze een wonder. Helaas was ik dat wonder. Ik was het lot uit de loterij. Ik had haar overal mee naartoe kunnen nemen. Ze had vrij kunnen zijn…

Het kerstverhaal van het kindeken Jezus is een complex verhaal. Het vertelt ons het een en ander over wonderen.

Wonderen komen nooit gelegen (het kindeken wordt hoe dan ook geboren, of er nu een hotelkamer beschikbaar is of niet, en die is er niet).

Wonderen voldoen niet aan onze verwachtingspatronen (een obscure man en vrouw worden de ouders van de Redder van de Wereld).

Wonderen brengen de bestaande toestand tot ontploffing – en de explosie en de naschok zullen tot gewonden leiden.

Wat is een wonder? Een wonder is een interventie – het breekt door het ruimtetijdcontinuüm. Een wonder is een interventie die niet zuiver rationeel verklaard kan worden. Het toeval en het lot spelen ook een rol. Een wonder is een goedaardige interventie, dat klopt, maar wonderen zijn als de geest in de fles – zodra die eruit wordt gelaten, komen er problemen van. Je mag drie wensen doen, maar dan begint het pas.

Mevrouw W wilde een kind. Ze kon geen kinderen krijgen. En toen kwam ik, maar geregeld zei ze: 'De duivel heeft ons naar de verkeerde kribbe geleid.' De duivel als een ster die je heeft misleid.

Dat is het sprookjesachtige element van het verhaal.

Datgene waarnaar we verlangen, datgene wat we nodig hebben, het wonder waarop we hopen, bevindt zich soms vlak voor onze neus. We zien het niet of rennen de verkeerde kant op of weten niet wat we ermee aan moeten – en dat is het treurigste. Bedenk eens hoeveel mensen het succes hebben waarnaar ze verlangden, de partner naar wie ze verlangden, het geld waarnaar ze verlangden enzovoort, en die zaken in stof en as veranderen – als het goud van de fee dat niemand kan uitgeven.

Daarom denk ik met Kerstmis aan het kerstverhaal en aan alle kerstverhalen die sindsdien geschreven zijn. Als schrijver weet ik dat we ruimte voor verbeelding en bezinning nodig hebben in ons leven. Religieuze feestdagen waren bedoeld als tijd buiten de tijd. Tijd waar de gewone tijd ondergeschikt was aan betekenisvolle tijd. Wat we ons herinneren. Wat we bedenken.

Steek daarom een kaars aan voor de doden.

En steek een kaars aan voor wonderen, hoe onwaarschijnlijk het ook is dat ze zich zullen voordoen, en bid dat jij jouw wonder zult herkennen.

En steek een kaars aan voor de levenden, voor de wereld van vriendschap en familie die zoveel betekent.

En steek een kaars aan voor de toekomst en bid dat het wonder zich mag voordoen en niet wordt verzwolgen door de duisternis.

En steek een kaars aan voor de liefde.

Voor geluk in de liefde.

DANKWOORD

*D*ank aan iedereen die heeft meegewerkt aan de totstandkoming van dit boek. Mijn redacteuren in Londen en New York, Rachel Cugnoni en Elisabeth Schmitz. Áine Mulkeen, Ana Fletcher, Matt Broughton en Neil Bradford bij Vintage. Laura Evans voor het persklaar maken en corrigeren. Kamila Shamsie, Sylvia Whitman van Shakespeare and Company. En mijn fantastische agent Caroline Michel, die net zo van Kerstmis houdt als ik.

En mijn afwezige vriendinnen: Kathy Acker en Ruth Rendell. En natuurlijk mevrouw Winterson en papa.

Verantwoording

Verantwoording van de vertaler

Het citaat van Dylan Thomas op p.101 is afkomstig uit
'Ga in die goede nacht niet al te licht', uit Ilja Leonard
Pfeijffer en Gert Jan de Vries (sam.), *De canon van de
Europese poëzie*, Meulenhoff, 2008.
Het citaat van Hart Crane op p.118 is afkomstig uit
Gefluisterd licht, vertaald door Lloyd Haft,
Athenaeum–Polak & Van Gennep, 1996.
Het citaat van Alfred Tennyson op p.291 is afkomstig uit
In Memoriam, vertaald door Rudy Bremer, Ambo, 1998.